장일홍 희곡집

매국노

장일홍 희곡집

매 국 노

평민사

차 례

매국노

등장인물

이완용	고 종
민 비	대원군
김옥균	이 토
이항구	순 종
홍계훈	전봉준
홍종우	원세개
이윤용	엄상궁
민영익	안중근
박영효	후쿠자와

이밖에 일인다역의 배우들

무대

무대의 구성은 연출자의 의도에 따라 달라질 수 있다.
다만, 배경막(대형 스크린)은 꼭 필요하고 이 배경막에 극 중 장
면의 변화에 부합하는 영상이 투사된다.

프롤로그 하라키리(腹切)

1919년 3월 19일 미명(未明), 서울 옥인동 이완용의 저택.

무대 중앙에 희미한 핀 조명. 소복을 입은 이완용이 다다미 위에 무릎 꿇고 앉아 있다. 그 옆, 나무 쟁반 위에는 단도와 장검(일본도)이 놓여 있다.

천천히 고개를 든 이완용이 형형한 눈빛으로 정면을 뚫어지게 응시한다. 인기척이 나고 유카타(잠옷)를 걸친 이항구 등장.

이항구 (심상치 않은 분위기에 놀라) 아버님! 이렇게 이른 시간에 어인 일입니까?

이완용 ….

이항구 (칼들을 가리키며) 이것들은 뭐예요?

이완용 게 앉거라. (항구, 앉는다) 저잣거리에 떠도는 소문을 알고 있느냐?

이항구 어떤 소문 말입니까? 또 독립운동이니 만세운동이니 하는 미친 소문들 말인가요?

이완용 병으로 죽은 네 형, 승구의 아내, 곧 나의 며느리와 내가 간통했다는 것… 그리고 내가 칼을 빼어들고 고종 황제에게 양위를 강요했다는 것들 말이다.

이항구 아버님답지 않게 왜 이러십니까! 다 뜬소문들 아닙니까?

이완용 그뿐이 아니야. 서울의 공중변소에는 '이·박 요리점'이라는 낙서가 휘갈겨져 있다는데… 이·박은 이완용과 박제순을 말하는 것이며, 변소가 두 사람의 요리점이라는 건 둘 다 똥을 먹는 개와 같다는 뜻이 아니냐?

이항구 아무 때나 아무나 보고 짖어대는 민중들이 개지요.

이완용 민중들이… 개라고?

이항구 '개야 짖어라, 기차는 간다' … 우린 갈 길을 가면 되는 거예요.

이완용 항구야… 이런 소문들이 나도는 까닭이 어디에 있다고 생각하느냐?

이항구 그건….

이완용 너는 백성들이 날 보고 탐욕스럽고 패륜적이며 배은망덕한 인간 말종이라고 손가락질한다는 사실을 알고 있겠지?

이항구 어제 오늘의 일이 아니지 않습니까?

이완용 을사보호조약과 고종 황제 양위와 한일합방 이후, 나에 대한 일반 민중의 저주와 증오가 하늘에 맺혔다. 나, 이완용은 만고의 역적으로 지탄받고 있느니라. 성난 백성들이 날 똥 먹는 개라고 비난하는데, 내가 어찌 뻔뻔하게 얼굴을 들고 세상에 나아가겠느냐. (기침하다가 가래를 뱉는다) … 말과 글이 칼이 되어 사람을 죽일 수도 있다는 걸 너는 아느냐?

이항구 해소병으로 늘 편찮으신데 마음까지 약해져선 안 됩니다.

이완용 항구야… 사무라이들은 책임을 지거나 명예를 입증하기 위해서 최후의 순간에 할복을 선택했어.

이항구 (하얗게 질린다. 칼을 가리키며) 그럼 이것들이…!!!

이완용 …. (고갤 끄덕인다)

이항구 을사조약과 황제 양위와 한일합방이 어째서 아버님 혼자만의 책임이란 말입니까?

이완용 자신의 긍지나 결백을 증명하기 위해서도 할복이 필요했지. 그래서 할복은 숭고한 죽음이자 의지의 죽음이 되는 거야.

이항구 도저히 승복할 수 없어요. 대관절 아버님이 무얼 잘못했단 말입니까?

이완용 넌 그걸 몰라서 묻는 거냐?

이항구 망국적 조약 체결을 거부할 힘이 없는 상황에서 아버님이 아니라 그 누구도 대세의 흐름을 막을 수 없었을 거예요. 을사조약을 맺을 수밖에 없다면 고칠 수 있는 것을 고치고, 한일병합이 불가피하다면 얻을 수 있는 것을 얻자는 게 아버님 판단이 아니었습니까?

이완용 역사의 무대에 현실주의와 실용주의가 설 자리는 없어. 오직 당위만이 존재할 뿐이야.

이항구 단지 아버님은 망해 가는 나라를 일본에 넘겨주는 악역을 맡았던 거 아닙니까?

이완용 그래, 난 피에로지. 슬픈 어릿광대… 난 이미 결심을 굳혔어. 그러니 여러 말 말고 날 도와다오. 가이샤쿠(介錯)가 돼달란 말이다.

이항구 가이샤쿠… 라뇨?

이완용 사람의 목숨은 의외로 질겨서 칼로 배를 가른다고 바로 죽지 않아. 내가 할복을 하면 더 이상 고통을 느끼지 않도록 신속하게 내 목을 쳐주는 게 가이샤쿠의 역할이야.

이항구	천부당만부당한 말씀입니다! 자식이 아비를 베는 건 인륜과 천륜을 어기는 끔찍한 죄악입니다.
이완용	너의 도움이 없으면 몇 시간 동안 엄청난 고통으로 몸부림치다가 결국 흉한 꼴로 죽게 될 거야. 진정 그걸 바라는 거냐? (다시 심하게 기침한다)
이항구	….
이완용	이건 인륜이나 천륜을 짓밟는 죄가 아니라, 애비의 명예를 지켜주는 일이다. (일본도를 건네주며) 자, 뒤에 섰다가 내가 할복하면 이 칼로 주저 없이 내 목을 치거라.
이항구	(칼을 받고 울면서) 아버님! 소자에게 어찌하여 이처럼 무거운 형벌을 내리십니까!
이완용	애비의 원이다, 아니 명이다.
이항구	인륜과 천륜을 저버리는 명은 따를 수 없습니다.
이완용	매국노의 오명을 천추에 남기게 된 내가 무슨 낯으로 목숨을 부지하겠느냐. 애비가 아니라 나라를 팔아먹은 매국노를 처단한다고 치부하거라.
이항구	….
이완용	세 가지 심판이 있다. 인간·역사·하늘의 심판이 그것인데, 인간과 역사의 심판은 진작 끝났어. 나는 하늘의 심판을 받으러 떠나는 거야. 무얼 꾸물거리느냐? 어서 칼을 들거라!

이완용, 상의를 벗고 단도를 뱃가죽에 댄다.

| 이항구 | (절규하듯) 아, 안 돼요! 안 돼…. |

부들부들 떨던 이항구, 칼을 떨어뜨린다.

암전.

1장
불세출(不世出)의 기회주의자, 이완용

1882년 10월. 경복궁 內 건천궁.

허리를 굽힌 내관이 용상에 앉은 고종에게 아뢴다.

내 관   전하, 이완용이 입시하였사옵니다.

고 종   음, 증광별시 문과에 급제한 자라고 했지?

내 관   그러하옵니다.

고 종   이조판서 이호준의 양자라 했던가?

내 관   예, 소신이 알아본 바로는… 이완용은 1858년 경기도 광
        주에서 태어나 열 살 때 이호준의 양자로 입적됐사옵니다.
        여섯 살 때 천자문을 떼고 일곱 살에 효경, 여덟 살에 소학
        을 끝내 주위를 놀라게 했다고 하옵니다. 총명한데다 배우
        기를 좋아해서 밤에 곤하게 잠을 자다가도 아버지가 어느
        구절을 외워보라고 하면 입에서 줄줄 흘러나왔다고 하옵
        니다.

고 종   허허… 가히 신동이라 할 만하군.

내 관   그렇사옵니다. 그래서 당시 예방승지였던 이호준이 그 소
        문을 듣고 먼 친척뻘 되는 이호석의 장남을 양자로 들였사

옵니다.

고 종 이판은 아들이 없던가?

내 관 평양 기생에게서 낳은 열네 살짜리 아들 윤용이 있었지만 서자에게는 집안의 대를 잇게 하지 않는 관례에 따라 양자를 들인 것이옵니다.

고 종 아무튼 보기 드문 인재로고. 지금 이 나라는 그 어느 때보다도 인재를 필요로 하고 있지. 어서 들라 하라.

내 관 예---이. (내관, 퇴장하고 이완용, 등장)

이완용 (엎드려 절하고) 전하, 증광별시 급제자 이완용, 전하의 부르심을 받고 왔나이다.

고 종 오, 그대가 이완용이로군. 이리 가까이 오라. (이완용, 무릎걸음으로 다가간다) 과인이 왜 특별히 그대를 불렀는지 아는가?

이완용 (조아리며) 소인은 아직… 연유를 잘 알지 못 하옵니다.

고 종 그대의 양부 이호준의 처, 여흥 민씨로 말하면 중전과 같은 가문의 혈족이고 이판은 과인의 부친 흥선 대원군과 친구 사이이자 사돈관계일세. 게다가 이판은 과인의 등극에도 중요한 역할을 한 은인이라네. 이러니 어찌 과인이 그대를 중히 여기지 않을 수 있나?

이완용 성은이 망극하옵니다.

고 종 장차 벼슬길에 오르게 되면 아비처럼 왕실에 충성을 다하도록 하라.

이완용 진충보국 하겠나이다.

고 종 조만간 다시 부를 터이니 오늘은 이만 물러가도록 하라.

이완용 예---이. (절하고 나가자 내관이 급히 등장)

내 관 전하!

고 종 김 내관, 이완용을 어떻게 보는가?

내 관 전하께서 인재라고 하지 않았사옵니까?

고 종 두고 보게. 모든 이름 위에 뛰어난 이름이 될 걸세. 기품 있고 당당한 눈빛을 봐. 총기 가득한 눈을 보면 알아. 눈은 영혼을 비쳐주는 거울이야. 영혼의 거울….

내 관 전하! 운현궁 저하께서 알현을 청하옵니다.

고 종 (벌떡 일어서며) 아버님이…! 어서 뫼시거라.

대원군이 느릿느릿 등장. 싸늘한 시선으로 고종을 흘겨본다. 고종, 용상에서 대원군에게로 간다.

고 종 어서 오세요. 무슨 긴한 일이라도….

대원군 오늘은 군신(君臣)의 예(禮)가 아니라 가인(家人)의 예로써 만나자고 하였소. 임금이 아니라 아들로서 대하겠다는 거요. (잠시) 증광별시 급제자를 만났다면서요?

고 종 네.

대원군 별시가 임오년 군란을 평정하고 충주 장호원에 피신해 있던 민비가 무사히 환궁한 것을 기념하기 위해 치러진 거라죠?

고 종 그렇습니다.

대원군 임오군란이 누구 때문에 일어났는지 주상은 모르시오?

고 종 군란은 구식 군인들이 신식 군대인 별기군과의 차별대우에 불만을 품고 일으킨 반란이 아닙니까?

대원군 군란은 민씨 척족정권의 무능과 부패, 탐욕이 자초한 재앙이 아니오? 내가 국태공의 자리에서 물러난 지 십 년이 다 됐소이다. 그새 중전의 친정 일가붙이 민씨들이 득세하여 정권을 잡자, 세상은 전날 안동 김씨들이 세도를 부리던 시절보다 더 나빠져서 백성들은 도탄에 빠졌소. 사세가 이러함에도 불구하고 중전 민씨의 환궁이 그리도 경하할 일입니까?

고 종 별시는… 조정 대신들의 주청에 의한 것입니다.

대원군 그뿐만이 아니오. 군란 이후, 민비의 책동으로 이 나라는 일본과 청국의 군사 각축장이 되고 말았어요. 난을 피해 달아났던 일본 공사 하나부사가 1개 대대의 병력을 이끌고 제물포에 들어오자, 민비의 구원 요청을 받은 청나라 군사 4천 명도 남양만에 상륙했소. 조선은 일본과 제물포조약을 맺고 주둔 일본군의 유지비까지 부담하게 되었소이다. 사세가 이 지경에 이르렀는데도 중전 민씨의 죄를 묻지 않고 오히려 상을 주는 격으로 증광별시를 치르다니… 백성들의 원성이 하늘을 찌르고 종묘사직이 위태로우니 오직 통탄할 따름이오.

고 종 중전은 아버님의 자부이기 이전에 이 나라의 국모입니다. 중전에 대한 지나친 폄훼는 삼가주시기 바랍니다.

대원군 폄훼라고? … (고종을 노려보다가) 주상은 '군군신신부부자자'(君君臣臣父父子子)가 무슨 뜻인지 알고 있지요?

고 종 임금답지 못하다고 소자를 책망하려는 거지요?

대원군 임금이 임금다워야지, 졸장부처럼 굴어서야 어디 만백성의 어버이라고 우러름을 받을 수 있겠소이까? 주상은 중전 민씨의 치마폭에 싸여 천지분간을 못하는 어린애처럼 굴었고, 아녀자의 베개송사에 놀아나는 어리석은 군주가 되었소.

고 종 아버님! 말씀이 지나치십니다!

대원군 지나치다니, 무얼…?

고 종 사사로이는 소자가 아버님의 자식이지만, 이 나라의 지존인 왕입니다. 지존에게 어이 그러한 망발을 하십니까?

대원군 (째려보다가) 누구 덕에 용상에 올랐소이까? 열두 살짜리 철부지를 옥좌에 앉힌 게 누구요?

고 종 ….

대원군 내가 장남인 재면이가 아니고 차남인 재황이, 곧 주상을 임금으로 앉힌 까닭을 아시오?

고 종 ….

대원군 주상은 어려서부터 겁이 많고 유약했소. 무엇보다 애비 말에 순종할 줄 아는 착한 아이였다오. 내가 천하를 호령하는 실질적인 집권자가 되려면 재면이보다 주상을 용상에 앉히는 게 부리기가 훨씬 쉬웠기 때문에 주상을 택한 것이었소. 하지만 이제 와 생각하니 나의 오판이었소. 너무… 실망이 크오.

고 종 형님을 옥좌에 앉히시지, 하필이면 왜 접니까? 왕은 아무나 합니까? 소자도 괴롭습니다….

대원군 (고종의 어깨를 잡고) 재황아, 기억하느냐? 조선 최고의 관상가 박유붕이 어린 널 가리키며 "제왕의 관상을 타고났다"

고 했을 때, 내 가슴은 터질 것처럼 방망이질 치고 있었다. 안동 김씨 세도가들의 멸시와 구박을 받을 때마다 참을 수 없는 굴욕을 견디었던 건 재황이, 너라는 미래의 희망이 있었기 때문이야.

고 종 소자도 압니다.

대원군 내가 널 궁중에 집어넣은 게 너나 나, 한 집안의 영화를 누리기 위하여 한 짓인 줄 아느냐? 이 나라의 백성이 너무 못 살아서 그걸 구하고자 한 것이 아니더냐? 이 애비는 네가 종묘사직과 억조창생을 위한 성군이 되길 바랐어. 헌데 재황아, 넌 누구를 위한 임금이냐? 민씨 계집을 위한 왕이냐!

고 종 ….

대원군, 탄식하며 나가버린다. 고종, 이마를 짚고 휘청거린다.

고 종 아버님… 성군! 성군이라니… 욕심도 과하십니다. 소자는 어리석고 나약한 군주, 바람에 날리는 갈대와 같은 왕이로소이다. 연약한 풀잎처럼 흔들리는 왕이로소이다….

고종, 무릎을 꺾고 앉아 말없이 눈물을 흘린다.

2장
위대한 시대착오자, 홍선 대원군

1882년 11월. 운현궁.
대원군이 상념에 잠긴 채 후원을 거닐고 있다. 하인 등장.

하 인 대감마님, 중전마마가 오시었습니다요.

대원군 중전이…! (하인 퇴장하고 민비 등장)

민 비 (목례하고) 환궁 인사가 늦었습니다. 그동안 이 일 저 일로 정신을 차릴 수 없을 정도로 분주했으니까요. 부대부인을 뵙고 오는 길입니다.

대원군 내자를 만났으면 됐지… 하여튼 그 난리통에 살아서 돌아온 게 다행이구려.

민 비 다 아버님 덕택이지요.

대원군 내 덕이라고? 건 또 무슨 소리요?

민 비 아버님께서 피난 중에 중전이 죽었다 하여 국장을 치러주신 덕입니다.

대원군 중전의 말에 가시가 돋혔군. 아랫것들이 죽었다 하니, 나도 그리 믿을 수밖에 없었소. 그건 그렇고… 내 중전에게 꼭 할 말이 있었는데 마침 잘 왔소이다.

민 비 말씀 하시지요.

대원군 군란의 와중에 민씨 척족의 중심인물이었던 민겸호가 난군에게 참살당하고 척족 정권은 풍비박산이 되었소이다. 자숙하는 뜻에서도… 앞으로 중전은 정사에서 손을 떼시오.

민 비 난군을 부추겨 선동한 자가 있다고 들었습니다. 난군이 아버님을 옹위하여 인정전, 교태전, 대조전 등을 샅샅이 뒤지며 중전의 행방을 좇았다는 것도요.

대원군 어허! 마치 내가 난군의 주동자라도 된 것처럼 말하는군.

민 비 대궐로 난입한 군중이 민겸호를 붙잡았고 끌려가던 그가 아버님을 보고 살려달라고 애걸했지만 아버님은 냉소하며 '그만큼 먹었으면 족하지'… 이렇게 대답했다죠?

대원군 아직도 중전은 무엇이 잘못된 것인지 모르오? 중전이 국정을 농락하여 자신의 일족으로 조정의 요직을 채우고, 민씨 척족의 세도정치에 의한 부정·부패가 군란을 야기했다는 걸 정녕 모르느냔 말이오?

민 비 국태공으로 이 나라를 십 년 동안 통치하면서 저지른 아버님의 실정은 모르십니까? 일일이 열거해 볼까요?

대원군 중전은 두 살 배기 아들을 세자로 만들기 위해 청나라 이홍장에게 엄청난 뇌물을 바쳤고 세자 책봉 후에는 금강산 일만 이천 봉우리마다 돈 일천 냥과 쌀 한 섬, 베 한 필씩을 바치며 세자의 무병장수를 빌었소. 그뿐이 아니오. 궁중에 무당과 복술 맹인 등의 잡인들을 끌어들여 굿판과 치성이 그칠 날이 없었소. 중전은 형조참의 지석영이 올린 상소를 알고 있소?

민 비 ….

대원군 백성들이 요사스러운 계집 무당, 진령군의 살점을 씹어 먹으려 한다는 상소 말이오… 이러니 가뜩이나 빈약한 국고가 남아날 턱이 없지.

민 비   아버님의 치세 중에 동방의 아방궁이라 불릴 만큼 거대한 경복궁을 중건하면서 나라의 재정이 고갈되었던 사실은 잊으셨는지요?

대원군   국사와 중전 개인의 일을 혼동하다니… (주먹 쥐고) 이런, 이런!

민 비   개인의 일이라뇨? 그건 왕실의 일이고 왕실의 일은 나라의 일이죠. 또 있어요. 수천의 천주학 교도들을 학살한 원흉이 누굽니까?

대원군   뭣이! 원흉이라고? 에끼, 고얀….

민 비   천주교인들의 울부짖음과 통곡소리가 하늘에 닿았다는 걸 모르시나요?

대원군   ….

민 비   천추의 한은 양이보국(攘夷報國)이라는 시대착오적인 쇄국 정책으로 조선의 문을 걸어 잠근 거지요. 그건 역사의 물줄기를 막고 끊어버린 바보짓이 아닌가요?

대원군   뭐야!!! 바보짓이라고?… (잠시) 암탉이 울면 집안 망한다는 소릴 들어봤소?

민 비   새벽을 깨우는 게 장닭의 임무인데, 한낮에 시도 때도 없이 시끄럽게 울어대는 장닭은 모가지를 비틀어야 마땅하겠지요?

대원군   (파르르 떨며) 네가!… 무엄하게… 날 능멸하려느냐?

민 비   닭 이야긴 아버님, 아니 대감이 먼저 꺼내지 않았나요?

대원군   뭐라고! 대감… 네가 감히 날 우롱하는 거냐?

민 비   (목청을 높여) 대감은 감히 이 나라의 국모를 우롱하려는 거요!

대원군 (기가 꺾였으나 오기를 부린다) 국모? 허허헛… 국모라고? 발 없는 소문이 천리마보다도 빠른 법. 충주 장호원에서 뿌려진 염문이 운현궁의 담을 타고 넘어 왔어. 고귀하디 고귀한 왕의 여자가 천것과 사통하다니… 오백 년 사직에 이런 해괴한 일은 없었지. 아암―!

민 비 모함이에요! 내가 어찌 왕비의 신분으로 천것과 어울리겠어요?

대원군 아니라고 잡아떼겠지. 허나 몸이 기억하고 있을 걸. 벌거벗은 몸은 철갑을 두른 마음보다 정직하니까.

민 비 흥! 아직도 날 중전으로 간택되어 대감 앞에 머리를 조아려 떨고 있는 순진한 소녀로 알고 있나요?

대원군 알지, 더러운 욕망의 화신이란 걸.

민 비 쌍언챙이가 외언챙이를 타박하는 꼴이로군요. 파락호 시절, 대감은 기생년들은 물론이고 유곽의 창부들과 어울려 날밤을 지새우던 천하의 난봉꾼이 아니던가요?

대원군 난봉꾼? 허허헛… 뚫린 주둥이라고 못하는 말이 없구나. 이 음탕한 여우같은… 감탕질과 요분질로 왕의 침상을 더럽히지 마!

민 비 (손가락질하며) 닥치시오! (휙 돌아서 나간다)

대원군 (민비의 뒤통수를 향해) 근본도 모르는 널 중전의 자리에 앉힌 게 후회막급이로구나! (중전이 사라지면 혼잣소리로) 세도정치를 이 땅에서 영원히 몰아내고, 외척의 발호를 막으려 한미한 집안의 볼품없는 계집을 며느리로 들였는데… 아! 내 발등을 내가 찍었구나, 내가….

장면이 바뀌면 교태전. 아직도 분이 풀리지 않는지 씩씩거리며
등장하는 중전. 민영익과 민영휘가 따라 들어온다.

민　비　저 늙은이와는 한 하늘을 이고 살 수 없어, 결단코! (보료 위
　　　에 앉는다)

민영휘　하지만 흥선군을 건드릴 순 없지 않겠습니까?

민영익　흥선군이 아니라 흉선군(凶鮮君)이야.

민영휘　군란이 끝나고 보니까 우리 민씨 가문은 폐족이 되고 9년
　　　여 만에 다시 권좌에 오른 흥선군이 조정의 요직을 자기
　　　사람들로 심어놨어. 전하도 흥선군이 하자는 대로 끌려갈
　　　수밖에 없게 됐네.

민　비　저 늙은이 난리통에 자기 형인 흥인군이 난군들에게 붙잡
　　　혀 죽는 걸 보고도 모른 체한 인간이오. 피도 눈물도 없는
　　　위인이지. 내 오라버니 민승호 대감을 선물로 위장한 폭탄
　　　으로 살해한 잔인한 살인자… 몸이 떨리고 이가 갈려서 자
　　　다가도 벌떡 일어나는 일이 다반사가 되었소.

민영익　너무 상심하지 마옵소서. 우리에게도 기회가 올 겁니다.

민영휘　기회? 지금으로선 앞이 캄캄할 뿐이야.

민　비　기회란 것은 가만히 앉아서 기다리는 게 아니라, 만드는
　　　거요.

민영익　어떻게요?

민　비　이이제이(以夷制夷)란 게 있잖소?

민영휘 이이제이라뇨?

민 비 군란의 와중에 일본 공사관이 불타고 일본인이 13명이나 살상당하지 않았소? 일본이 조선 조정에 배상금을 청구한다고 들었소. 흥선군은 청나라의 힘을 빌려 배상금 액수를 줄여달라고 요청한다 하오.

민영익 왜 일본과 직접 협상하지 않고 청나라의 힘을 빌리려는 걸까요?

민 비 하나부사 공사가 완강히 거부하기 때문이지.

민영휘 그러니까 흥선군이 청나라에 부탁하는 입장이 됐군요.

민 비 이 틈새를 노리자는 거요. 흥선군이 청나라를 이용하려는 것처럼 우리가 먼저 청나라를 이용하자는 거지.

민영휘 어떻게요?

민 비 청나라 장수 마건충은 뇌물을 좋아하는 자라고 하니까, 이 자를 매수하여 흥선군을 처치해 주도록 공작을 꾸미는 거요.

민영익 흥선군을 처치한다면…?

민 비 죽일 수는 없으니까, 청나라로 추방해 버리면 어떨까? 흥선군을 치워버리지 않으면 난 불안해서 한시도 편히 지낼 수 없소.

민영휘 그건 흥선군을 청나라로 납치해 가는 일인데, 자칫 일이 어그러지기라도 한다면 큰 낭패가 될 겁니다.

민 비 대감… 모험 없이 어떻게 큰일을 하겠소?

민영익 그러려면 거사자금이 필요한데… 지금은 다들 어려운 형편입니다.

민 비   엄살떨지 마오. 그동안 내 덕에 높은 벼슬아치로 치부한 거
        다 알고 있소. 우리 민씨 가문이 죽느냐, 사느냐의 중차대
        한 문제요. 재물은 집권한 후에 다시 모으면 되는 거요. 권
        력을 되찾으면 돈은 갈퀴로 쓸어 모을 수 있잖소. 속히 공
        작에 착수하시오.

민영휘   알겠사옵니다. 그럼 저희들은 이만 물러가옵니다.

        두 사람 퇴장하면, 장면은 마건충의 군영으로 바뀐다.
        무대 뒤에서 대원군이 탄 사인교의 길라잡이가 외치는 소리가
        들려온다.

길라잡이 (소리) 쉬잇… 물렀거라! 대원위 대감 행차시다. 쉬잇… 물
        렀거라! 대원위 대감 행차시다!

        대원군과 마건충이 함께 등장한다.

대원군   일전에 마 장군께 사람을 보내 부탁한 일이 있는데, 아무런
        회신이 없어서 오늘은 확답을 듣고자 내가 친히 왔소이다.

마건충   대감의 친서는 받아보았소. 대감의 요청대로 배상금 액수
        를 조정해 달라고 일본 측과 협의를 하고 있지만 여의치
        가 않소. 일본도 지금 제물포에 군함이 정박 중이고 1개
        대대 병력을 주둔시키고 있는 마당에 호락호락 협상에
        임하겠소?

대원군   어려움이 있겠지만 마 장군의 선처를 기다릴 뿐이외다.

마건충 대감은 이번에 군란을 일으켜서 다시 권좌에 오르지 않았소? 대감의 숨겨진 의도, 쉽게 말해 속셈이 뭐요?

대원군 그런 것이 아니외다. 민비 일파의 척족 정권이 국정을 어지럽히기에 이걸 바로 잡으려고 군인들과 백성들이 들고 일어선 거라오.

마건충 뭔 소리요! 폭동의 배후 조종자가 바로 대감이란 걸 잘 알고 있소. 귀국의 임금은 청국 황상이 책봉한 왕이오. 반란은 황상에 대한 불경이오. 응당 중죄로 다스려야 하오. 다만 현왕과 대감은 부자지간이니 용서할 수도 있지만, 우리 황상에게는 직접 사죄해야 마땅할 거요.

대원군 조선의 국사는 조선인이 자주적으로 처리하는 게 고금의 사례이거늘 건 또 무슨 말씀이오이까?

마건충 그야 소소한 일은 자주적으로 하지만 이번 군란은 국제적인 문제가 되었으니, 대감이 직접 천진으로 들어가서 황상의 처분을 기다려야 할 것이오.

대원군 네, 후일 그리 하리다.

마건충 후일이라니? 허튼 수작하지 마시오!

대원군 …?

마건충 청국의 군영에 들어올 땐 맘대로 왔지만 나갈 땐 뜻대로 아니 될 거요.

대원군 (안색이 변한다) 아니, 이런 경우가 어디 있소? 난 이 나라 임금의 부친이자, 조정의 우두머리인 국태공이오.

마건충 대감은 아직도 사태 파악이 안 되시오? 대감은 독 안에 든 쥐란 말이오.

대원군 독 안에 든 쥐?… (체념한 듯) 아직 내가 처결해야 할 국내 문제가 산더미처럼 쌓여 있소. 이것들을 대충 정리한 후에 천진으로 가면 안 될까요?

마건충 대감이 조선에 있으면 국내 문제가 더 꼬이게 될 거요. 잠시 청나라에 가 있다가 조선 정국이 안정되면 다시 돌아오시오.

대원군 (이마를 딱 친다) 아뿔싸! 내가 그걸 잊고 있었네. 이 모든 흉계를 꾸민 자가 누구요?

마건충 (당황하면서) 휴, 흉계라니… 당치도 않소.

대원군 또 저 암여우의 농간에 내가 놀아나는군. 철천지원수 같은 년!… (호탕하게, 껄껄 웃는다) 아하하핫… 그러고 보니 내가 호랑이 굴에 잘못 들어 왔군.

마건충 이봐! (군졸들, 등장) 바오웨이 따천(대감을 호위하라)! 라 조우(끌고 가라)!

대원군의 양팔을 잡은 군졸들이 그를 끌고 간다.

3장
근대화의 모델, 메이지유신

1882년 12월. 동경에 있는 게이오 의숙.
김옥균이 후쿠자와 유키치를 만난다.

김옥균 후쿠자와 유키치 선생님을 만나 뵙게 되어 영광입니다. 조선에서 온 김옥균이라고 합니다.

후쿠자와 아, 전보를 받았소. 내가 아는 지인들에 의하면 김 군은 대단한 열정적 개혁파라고 하던데….

김옥균 부끄럽습니다. 게이오대학을 창립하셨고 일본 근대사상의 태두로 알려진 선생님의 명성에 비하면 보잘 것 없는 존재입니다.

후쿠자와 아니오. 우린 개혁과 개화란 이름으로 묶여진 동지요.

김옥균 동지라니!… 저에겐 과분한 호칭입니다. 선생님이 저술하신 『문명론의 개략』은 저희들이 금과옥조로 삼고 있는 책입니다. 부디 조선의 장래를 위한 가르침을 주십시오.

후쿠자와 허허… 내가 도울 일이 있다면 견마지성을 다하겠소.

김옥균 감사합니다. 조선의 발등에 떨어진 불은 근대화인데, 이 절체절명의 과제를 어떻게 실현할 수 있겠습니까?

후쿠자와 메이지유신이 근대화의 모델이 될 거요.

김옥균 메이지유신이 성공할 수 있었던 건 선생님 같은 선각자와 서양에서 근대교육을 받은 수많은 인재가 있었기에 가능했지만 조선은 인물난입니다.

후쿠자와 조선에도 유대치, 오경석, 박규수 같은 선각자들이 있다고 들었소만….

김옥균 네, 제 스승들입니다. 그분들이 세상을 보는 눈을 바꿔줬지요. 그러나 그분들은 권력과 무관합니다. 한 나라의 근대화를 위해선 강력한 중앙집권적 통치체제가 필요하다고 봅니다.

후쿠자와 조선엔 왕이라는 전제 군주가 있잖소? 왕을 설득하는 게 가장 빠른 방법일 것 같은데….

김옥균 왕과 왕실 척신들은 급변하는 국제정세의 도도한 흐름을 외면한 채 매관매직과 가렴주구를 일삼으며 민생을 도탄에 빠뜨렸습니다. 우린 이런 왕에게 더 이상 기대할 게 없고 기다리기에는 우리의 피가 너무 뜨겁습니다.

후쿠자와 방법은 두 가지뿐이오. 통치자가 주도권을 잡고 하는 개혁과 신진 개화파 세력이 기득권 수구파 세력을 밀어내는 아래로부터의 개혁.

김옥균 아래로부터의 개혁?… 조선의 정치 지형에서 그게 가능하겠습니까?

후쿠자와 정치는 타협과 명분이오. 조선 왕과 타협하고 개혁의 명분을 세워야겠지.

김옥균 그렇군요, 큰 가르침을 얻었습니다. 저에겐 하나의 분명한 지향점이 있습니다.

후쿠자와 …?

김옥균 "일본이 동양의 영국이 되려고 하니, 조선은 동양의 프랑스가 되자"입니다.

후쿠자와 동양의 아일랜드나 스코틀랜드가 아니고?

김옥균 (고갤 젓고 힘주어 말한다) 아닙니다.

후쿠자와 (끄덕이며) 젊은이는 항상 가슴 속에 웅지를 품고 있어야지. 난 그대에게서 가을 매와 같은 오연한 기상을 보았소.

김옥균 (일어선다) 다음에 또 뵙겠습니다. 안녕히 계십시오.

무대, 어둬지고 장면은 박영효의 사저로 바뀐다.

개화파인 박영효, 서광범, 서재필, 김옥균이 동석했다.

박영효   후쿠자와를 만나보니 어떤 인물입디까?

김옥균   통찰력, 예지력 면에서 단연 군계일학이오.

서광범   구체적인 책략도 제시했습니까?

김옥균   신흥 강국 일본의 힘을 빌리지 않고선 개혁과 근대화가 어렵지 않겠소?

서재필   전략적 친일, 혹은 용일(用日)의 당위성을 말하는 거지요?

김옥균   그렇소.

서재필   저는 반대합니다. 일본이라는 나라, 혼네와 다떼마에, 이중성의 민족 아닙니까?

박영효   일본의 시커먼 속을 누가 알겠어요? 양두구육을 경계해야지요.

김옥균   그 위험성은 알아요. 알지만 일본의 힘을 빌리는 것 말고 다른 대안이 있으면 말해 보시오.

일 동   ….

김옥균   길은 하나뿐이오. 조선 주재 일본 공사와 일본 군대를 이용하는 것.

서광범   후쿠자와가 도와주겠다는 확실한 언질이 있었습니까?

김옥균   상당히 호의적이었소.

서광범   만약에 일본이 배신하면 어찌 합니까? 거사가 실패하면 우린 다 죽습니다.

김옥균   죽는 게 두렵소?

서광범 ….

김옥균 누란의 위기에 처한 조국을 위해 죽는 것보다 더 떳떳한 일은 없소. (잠시) 무엇보다 상감을 설득하는 게 중요한데, 이 일은 금릉위가 나서줘야 하겠소.

박영효 알겠소이다.

서재필 동조세력 규합이 급선무인데, 증광별시 급제자 이완용의 영입을 타진해 보는 건 어떨까요?

박영효 이완용의 부친 이호준은 수구파의 거두인데, 그런 자가 생사를 같이 할 동지가 될 수 있겠소?

서광범 수구파, 위정척사파, 온건 개화파… 이들은 우리와 시국관이 달라서 물과 기름이 함께 섞일 순 없지요.

김옥균 오늘 회합은 여기까지요. 또 만납시다.

모두들 자리에서 일어선다.

4장
삼일천하(三日天下)

1884년 12월 4일 저녁7시. 우정총국 낙성식 축하연장.

조선 주재 외국의 외교관들과 조선 정계의 거물들이 참석하여 샴페인을 마시며 환담을 나눈다. 김옥균이 일본 공사관 참사관 시마무라에게 다가간다.

김옥균   (거사가 임박했다는 암호로) 군(君)은 천(天)을 아는가?

시마무라   요로시. (알았다)

박영효   (목소릴 낮추어) 별궁에서는 왜 소식이 없지요?

김옥균   곧 소식이 오겠지.

박영효   별궁에 불을 지르는 건 궁녀 고대수의 임무인데 잘 해낼까요?

김옥균   감찰 상궁을 지낸 여걸이 아니오?

서광범이 다급히 등장.

서광범   서재필이 병력 배치를 완료했다는 전갈을 보내 왔습니다.

김옥균   어디에 배치했다고 하오?

서광범   여러 곳에 행동대원들을 매복시켜 놓았답니다. 전하를 호위하는 일은 사관생도가 맡고, 우리가 포섭한 조선군과 일본군들은 청국군의 출동에 맞설 태세를 갖추었습니다.

박영효   민영익이 관장하는 좌·우영 군을 포섭하지 못한 게 마음에 걸립니다.

김옥균   화약은?

서광범   인정전에 매설해 뒀습니다. 한 시간 뒤에 폭파하도록 했습니다.

김옥균   별궁에 불이 나면 대신들이 그리로 갈 거요. 그때 수구파 대신들을 일거에 처단해야 하오.

서광범   우리가 작성한 살생부대로 척살할 겁니다.

김옥균   한 치의 오차도 있어선 아니 되오. 민씨 척신들이 눈에 쌍

심지를 켜서 우리 동정을 살피고 있으니 흩어집시다.

이때, 무대 뒤편에서 "불이야! 불이야!" 하는 외침이 들려오고
민영익이 피투성이가 된 채 연회장으로 기어들어온다.

민영익 반란이오! 다들 피하시오, 어서!….

축하연장은 아수라장이 되고 참석자들이 제각기 흩어진다.
장면이 바뀌면 왕이 평소 거처하는 편전.
김옥균 · 박영효 · 서광범 등이 편전에 들어서며 환관에게 말한다.

김옥균 전하! 전하는 어디 계시오?
환 관 취침 중이십니다.
김옥균 깨우시오.
환 관 이유를 말씀해 주시지요.
김옥균 나라가 위급한 이때 네 따위 환관이 무슨 말이 많은가!

밖이 소란하자, 고종이 침전에서 나온다.

고 종 무슨 일이 있느냐? (박영효를 보고) 금릉위가 여기 웬일인
고?
박영효 전하, 우정총국 낙성식 축하연장에서 변란이 일어났습니다.
고 종 뭐, 변란이라고? (세 사람을 훑어보고) 기어이 일을 저지르고
야 말았군.

순간, 천지가 진동하는 폭음이 들린다.

김옥균 전하, 사태가 급박하옵니다. 우선 피신하셔야겠습니다.

고 종 피신? 어디로…?

김옥균 경우궁으로 뫼시겠사옵니다.

고종과 김옥균 일행이 황급히 자리를 뜬다.
장면이 바뀌면 경우궁 정전.
용상에 고종이 좌정하고 신하들이 도열해 있다.

이재원 전하의 재가를 받은 신정부의 조각 내용을 발표하겠습니
다. (칙서를 읽어나간다) 영의정 이재원, 좌의정 홍영식, 전후
영사 겸 좌포장 박영효, 좌우영사 겸 우포장 서광범, 호조
참판 김옥균, 병조참판 서재필….

홍영식 이어서 신정부의 정강을 공표하겠습니다. (정강을 읽는다)
일, 대원군을 조속히 귀국케 하고 청국에 대한 조공허례(租
貢虛禮)를 폐지한다. 이, 문벌을 폐지하여 만민 평등의 권리
를 제정한다. 삼, 조세제도 중 가장 악법인 환상(還上)을 즉
각 폐지한다. 사, ….

이때, 총소리가 들리고 일본 공사 다케조에가 병사들과 함께 등장.

다케조에 위안스카이(원세개)가 지휘하는 청군이 궁궐을 수비하는
일본군을 공격하고 있습네다. 수적으로 열세인 일본군은

퇴각할 수밖에 없습네다.

김옥균 다케조에 공사! 일본군이 퇴각하면 누가 전하를 보위한단 말이오?

다케조에 대군주를 모시고 인천으로 속히 피신해서 후일을 도모하는 게 좋겠소.

박영효 인천으로 도피한다고 해서 안전하다는 보장이 있소이까?

다케조에 지금 인천에는 일본 군함 니즈호(日進號)와 우편선 치도세마루가 정박 중이오.

고 종 (용상에서 내려와) 그리는 못하오. 과인은 대왕대비와 함께 궁에 남겠소. (총소리가 요란해지고 대포 소리도 들린다)

홍영식 (김옥균에게) 나는 위안스카이와 통하는 사이요. 전하는 내가 모실 테니 어서 피하시오.

김옥균 그럼… 뒷일을 부탁하오.

김옥균 일행과 다케조에가 일군의 호위를 받으며 퇴장.
배경막에 우편선 치도세마루가 비치고 정적을 깨뜨리는 애달픈 고동소리가 길게 여운을 끌며 울려 퍼진다.

5장
비운(悲運)의 혁명가, 김옥균

1885년 1월. 건천궁.
용상에 앉은 고종이 부복한 홍종우에게 말한다.

고　종　이완용이 갑신년 정변의 잔당을 처벌하라는 상소를 올린 걸 알고 있는가?

홍종우　마땅한 처사이옵니다.

고　종　잔당보다 본당을 처벌하는 게 더 시급한 일 아니야?

홍종우　김옥균·박영효·홍영식·서광범·서재필 등 갑신정변 5적 중 홍영식은 정변 당시 별초군에게 피살되었고 나머지 네 사람은 인천을 거쳐 일본으로 망명했사옵니다. 일본에 망명한 주동자들은 이미 대역부도 죄인으로 능지처사를 선고받았나이다.

고　종　외국으로 도망간 자들을 선고한다고 무슨 소용이 있나? 반역자들을 즉시 잡아 보내달라고 일본 정부에 요청해야 하지 않겠는가?

홍종우　요청했지만 일본은 만국 공법에 의하여 정치적 망명객은 잡아 보내지 못한다고 통보해 왔나이다.

고　종　에잇, 주리를 틀 놈들! 주동자들이 누구야? 박영효는 철종 임금의 사위이고 홍영식은 영의정 홍순목의 아들, 서광범의 부친은 이조참판이었지.

홍종우　김옥균 · 박영효 · 서재필은 일본을 둘러보고 홍영식 · 서광범은 미국과 유럽까지 다녀와서 문명개화의 필요성을 역설하던 자들이옵니다.

고　종　과인은 이들이 주장하는 개혁이 사직과 왕실을 튼튼히 할 거라 믿었어. 헌데 정변 과정에서 대신을 해치지 말라는 과인의 명령을 어기고 민태호 · 한규직 등을 살해하여 왕의 권위에 도전하였지. 아니, 왕의 권력을 찬탈하고 이 나라를 통째로 집어삼키려던 도적들이었어.

홍종우 갑신정변은 개화당이 일본의 힘을 빌려 사대수구파를 제거하고 정부를 개혁하려고 일으킨 정변이지만 임오군란 이후 한양에 주둔하고 있던 청나라 군대의 개입으로 사흘 만에 실패로 끝났사옵니다.

고 종 어휴-! 개혁하려다가 나라가 송두리째 무너질 뻔했지. 과인에게 개혁보다 중요한 게 뭔지 아나?

홍종우 ….

고 종 왕권이야. 과인이 청군의 정변 진압을 묵인한 것은 이런 연유 때문이었어.

홍종우 이제 남은 일은 정변 추종자들을 체포하고 정변 주동자와 친분이 있는 자들을 색출하여 국문하는 것이옵니다.

고 종 (손짓하며) 이리 가까이 오라. (홍종우가 다가가자) 그대에게 밀명을 내리겠다.

홍종우 밀명이라고 하셨나이까?

고 종 (손가락을 입에 대고) 쉿! 쉿!… 씹어 먹어도 시원치 않을 김옥균이란 놈이 지금 상해에 있다고 하는데… 가서 그자의 목을 따오라.

홍종우 (질겁하여) 네엣-! 모, 목을…!

고종, 말없이 끄덕인다.

장면이 바뀌면 상하이 여관 동화양행(同和洋行).

김옥균이 침대에 비스듬히 누운 채 사마광의 『자치통감』을 읽고 있다.

노크 소리가 나고 홍종우 등장.

홍종우 책을 읽고 계시는군요.

김옥균 (일어나 앉으며) 『자치통감』이오. 중국 역대 왕조 군왕의 정
치 지침서지.

홍종우 그 책은 집권한 후에나 읽을 만한 게 아닙니까?

김옥균 (물끄러미 보다가) 만시지탄이오. 거사 전에 손자병법을 읽었
더라면….

홍종우 북양대신 리홍장은 언제 만날 계획입니까?

김옥균 내 비서, 와다가 면담 신청을 해 놓았소.

홍종우 리홍장이 선생님이 주장하는 삼화주의(三和主義), 곧 조선
· 중국 · 일본 3국 연합이 서구 열강의 침략에 공동 대처하
는 방안에 동의할까요?

김옥균 그 방안을 제안하려고 상해에 온 거요. (잠시) 난 어릴 때 이
런 글을 쓴 적이 있소. "달은 비록 작지만 천하를 비춘다"…
원대한 꿈이었지.

홍종우 러시아 혁명 시인 마야코프스키의 시도 좋아하셨죠?

김옥균 (눈을 감고 읊조린다)

나는 원한다. 조국이 날 이해하게 되길,

조국이 원치 않는다면, 그땐…

그냥 조국을 지나가는 수밖에,

비스듬히 내리는 비처럼!

홍종우 (입가에 조소를 물고) 후후후… 비스듬히 내리는 비처럼… 그
렇게 스러져 가야겠네요. 혜성처럼 나타났다가 별똥별처럼

사라져야겠네요.

홍종우, 권총을 허리춤에서 꺼내 김옥균의 얼굴을 향해 쏜다.
두 번째 총탄은 가슴에, 침대에서 방바닥으로 굴러 떨어진 김옥균에게 세 번째 확인 사살을 한다.
무대, 어둬지면 후쿠자와 유키치가 김옥균의 위패를 들고 등장.

후쿠자와 아아! 비상한 재주를 품고 비상한 시대를 만났으나, 비상한 공을 세우지 못한 채 비상한 죽음을 맞이했구나! … (위패를 놓고 절한 다음) 이 위패에는 김옥균의 불멸의 혼이 깃들어 있으니 미망인 유씨에게 이걸 전해 주시오.

후쿠자와 퇴장하면 고종이 등장한다. 그는 열에 들뜬 사람 같다.

고 종 역적 김옥균이 죽었다! 그자의 시신을 썩지 않도록 소금에 절인 다음, 본국으로 수송하여 능지처사하라! 머리와 몸통은 산골짝에 버려 들짐승의 밥이 되게 하며 팔 다리 토막은 전국 8도로 순회 전시하라! 반역에 대한 대가는 언제나 파멸과 몰락과 패망뿐이라는 걸… 무지한 백성들에게 경각심을 일깨워 주도록 하라!

배경막에 관아 입구, 장대에 높이 걸려 바람에 나부끼는 검은 천이 떠오른다.
기다란 천에는 흰 글씨로 모반대역부도죄인옥균능지처참(謀反

大逆不道罪人玉均陵遲處斬)이라고 씌어져 있다.

그것은 혜성처럼 왔다가 유성처럼 사라진 어떤 풍운아의 비극적 삶이 응축된 슬픈 만장(輓章)이었다.

6장
조선에 온 26세 청년 원세개의 횡포

1886년 10월, 건천궁.
고종이 용상에 앉아 있고, 이완용이 부복해 있다.

이완용　전하! 원세개의 횡포가 하늘을 찌르고 있나이다. 말이나 가마를 타고 궁궐 문을 무단출입하고, 조정의 공식행사에서 늘 상석에 앉아 호령하며 얼마 전에는 전하께 삿대질까지 하는 무례를 범치 않았습니까?

고 종　….

이완용　마치 조선총독이나 된 것처럼 거들먹거리는 스물여섯 살 애송이의 안하무인을 더는 묵과할 수 없사옵니다.

고 종　최근에 원세개는 군함까지 내주며 청나라 상인들의 인삼 밀수를 부추겼고, 밀수를 적발한 세관을 습격한 상인들을 무죄로 방면토록 압력을 행사했다 하오. 뿐만 아니라 '조선은 청나라의 속국'이라고 주장하면서 조선이 갓 수교를 맺은 서양 여러 나라와 외교활동하는 것을 방해하고 있으니 이게 더 큰일 아니오?

이완용　청나라와 원세개가 내정간섭을 일삼으며 조선이 자주적으로 개화와 개혁을 하려는 노력을 가로막고 선진 문명국과의 교류 기회를 박탈하고 있는 것은 참으로 통탄할 일이옵니다. (이때, 내관 등장)

내 관　'주차조선총리교섭통상사의' 원세개 입시요.

고 종　들라 하라.

내 관　예 — 이. (퇴장)

　　원세개가 화난 표정으로 으스대며 등장. 이완용이 한켠으로 물러선다.

원세개　아니, 이럴 수가 있어요!

고 종　무슨 말씀이신지…?

원세개　조선이 러시아와 손잡고 청나라에 대항할 계획을 세웠다면서요?

고 종　금시초문인데, 어디서 그런 소리를…?

원세개　(삿대질하며) 시침 떼지 마세요!

　　이완용이 앞으로 나서려 하자, 고종이 손을 들어 제지한다.

고 종　흥분을 가라앉히고 차근차근 말씀해 보시지요.

원세개　다 알고 왔네요. (고종에게 손가락질) 이것 보세요. 임오군란 때 흥선대원군을 베이징으로 납치해 간 사건을 벌써 잊었나요? 청나라 병사 500명만 동원하면 국왕을 폐하고 중국으로 끌고 갈 수도 있다고요.

이완용 (격분하여) 닥치시오! 감히 어느 안전이라고 함부로 지껄이는 거요? 당장 망발을 거두시오!

원세개 (노려보며) 뭐라? 이 피래미는 누구야? 너, 직함이 뭐냐?

이완용 소인, 미관말직이나 원 대인의 망언은 참을 수 없소이다.

원세개 미관말직 따위가… 그대는 내가 누군지 아는가?

이완용 알다마다요. 북양함대를 만든 북양통상대신 이홍장의 부하로 임오군란 이후, 군대와 함께 조선에 파견됐고, 지금은 조선을 감독하는 대신, 감국대신이라 불리는 기세등등 원 대인이 아니오이까?

원세개 알긴 아는군. 하지만 더 중요한 사실 하나를 빼먹었네. 김옥균을 비롯한 개화파가 갑신년에 일으킨 정변, 갑신정변을 개화파의 '삼일천하'로 끝나게 한 장본인이 바로 나야. 내가 아니었더라면 (가리키며) 국왕도, 너도 현재 이 자리에 없었어, 알아?

이완용 정변을 진압해준 원 대인의 공은 잘 알고 있어요. 헌데 정변 이후, 청나라는 노골적으로 조선의 내정을 간섭하여 속국으로 만들려는 정책을 펼치고 있죠. 1636년 병자호란을 계기로 조선은 청나라와 조공-책봉관계를 맺었습니다. 조선이 청나라에 조공을 바치고 청은 조선 국왕을 임명하는 관계라는 거예요.

원세개 그게 속국이 아니고 뭐겠나?

이완용 청나라를 상국(上國)으로 대접하는 국제외교상의 관계일 뿐, 조선은 속국이 아니오. 조선은 엄연히 자주독립국입니

다. 지구상 그 어떤 나라도 조선의 주권을 침탈할 수 없소
이다!

원세개 너 따위가 감히 일국의 주권을 운위하다니―!

이완용 지금 삼천리 방방곡곡에서 조선 민중이 개화의 열기를 내
뿜으며 국운(國運)이 세계로 뻗어나가는 이 마당에 조선의
발목을 잡지 마시오! 중국의 패권주의적 강압과 횡포에 조
선은 결코 굴복하지 않을 것이며… 조선을 중국의 속방으
로 여기고 종주국인 양 행세하는 부당한 처사를, 온백성의
이름으로 강력하게 규탄하는 바올시다.

원세개 이놈이 죽고 싶어 환장을 했구나! (밖을 향해) 여봐라! 호위
무사는 냉큼 이놈을 끌고 가서 물고를 내라!

고 종 (옥좌에서 벌떡 일어선다) 원 대인! 참으시오! 제발 참으시
오…. (암전)

7장
민중의 장두(壯頭), 전봉준

1894년 1월, 전라도 고부 군청 동헌.
분노한 농민들이 군청으로 몰려가 군수 조병갑에게 항의한다.

농민 1 봇물도 쓰지 않은 우리에게 강제로 수세(水稅)를 내라 하니
어찌 된 영문입니까?

조병갑 무슨 수작이냐? 작년에 농사지은 게 누구의 덕택인 줄 아

느냐?

농민 2 덕택은 뭔 덕택! 정읍에서 이평으로 흘러 부안평야를 적시는 만석보는 원래 우리 농민들이 만든 보올시다. 그래서 역대 원님들이 수세를 면제해 왔는데, 이제 와서 군수님이 수세 납부를 거부한 농민들을 잡아들여서 볼기를 치며 악형을 가하니 이런 법은 없소이다.

조병갑 이런 법? 내가 만든 법이니라. 잔소리 걷어치우고 두 말 말고 수세를 납부하렷다!

농민 3 그렇게는 못 하겠소이다!

조병갑 뭐~라? 이런 쳐죽일 놈! 여봐라, 저놈의 볼기를 쳐라!

농민 1 (손을 치켜들며) 가렴주구로 백성의 고혈을 짜낸 조병갑을 응징하자!

농민 2 군수를 몰아내자!

이때 밖에서 구경하던 군중들이 동헌으로 뛰어들며 외친다.

농민 4 곡식 창고를 부수어라!

농민 5 옥문을 파괴하라!

조병갑이 사색이 되어 도망친다. 군중은 관문서를 찾아내 불 질러 버리고 아전들을 무릎 꿇려 구타한다. 군중 가운데 키가 작고 통통한 사내가 앞으로 나선다.

전봉준 여러분! 급기야 관군이 올 것이 틀림없소. 우리는 그들과 대항해야 하오.

농민 3 옳소! 끝까지 놈들과 싸웁시다. 헌데 당신은 누구요?

전봉준 동곡에 사는 녹두 선생이라고 하오.

농민 4 오, 글방 선생이군. 동학의 접주라지요?

전봉준 그렇소이다. (농민6, 황급히 등장)

농민 6 큰일났소! 장흥 부사가 관군을 끌고 고부읍으로 들어오고 있다 합니다!

전봉준 (동헌 마루 위로 올라서서) 여러분! 두려워하지 마시오. 관군은 오합지졸이오. 지금부터 우리는 군청의 무기고를 털어 전원이 무장해야 하오.

농민 1 옳아요! 무기가 모자라면 죽창을 만들어서 싸웁시다!

농민 2 무기고로 갑시다! 무기고로―!

군중들, 우~ 몰려간다. 잠시 후, 창과 칼, 죽창 등으로 무장한 농민군 등장.

전봉준 시방 관군은 고부읍 일대의 민가에서 살인과 약탈을 자행하고 있다 하오. 오늘 밤을 타서 적진을 급습해야 합니다. 놈들은 우리의 부모처자를 무참히 죽인 자들이오. 저들 손에 죽겠소, 원수를 갚겠소?

농민 4 (창을 높이 쳐들며) 원수를 갚자!

농민 5 관군을 죽여라!

군중들 죽여―! 죽여―!

징소리 요란하고 군중들의 함성이 높아지며 무대, 어둬졌다가
밝아온다.
조정 중신들이 모여 구수회의를 진행 중이다.

중신 1 반란군의 기세가 하늘을 찌를 듯합니다. 반란군의 괴수 전
봉준은 금구에서 우도(右道)를 호령하고 김개남은 남원에
서 좌도(左道)를 호령한다 합니다.

중신 2 전봉준과 관련하여 '파랑새 노래'가 민중 사이에 삽시간에
퍼졌다 합니다. 새야 새야 파랑새야 / 전주 고부 녹두새야
/ 어서 빨리 달아나라 / 대잎 솔잎 푸르다고 / 봄철인 줄 아
지 마라 / 백설 분분 휘날리면 / 먹을 것이 없어진다… 이
런 노래가 코흘리개들의 입에서도 나온답니다.

중신 3 큰일입니다. 즉시 청국·일본·미국·러시아·영국·독일·불
란서 등 각국 공사에게 호남과 호서 지방에 동학란이 일어
났다는 사실을 알려야 하지 않겠어요?

이완용 말석에 있는 소직이 한 말씀 올려도 되겠습니까?

중신 4 해 보시오, 외부협판….

이완용 동학군들은 제폭구민(除暴救民)과 왜양배척(倭洋排斥)의 기
치를 들고 일어섰다 합니다. 말하자면 동학교도들은 착취
당하는 백성을 구하고, 일본을 비롯한 서양세력의 침탈로
누란의 위기에 있는 나라를 구하기 위하여 봉기했노라
주창하고 있습니다. 이러한 때에 외국의 힘을 빌려 반란
군을 제압하는 것은 세 가지 측면에서 부적절하다고 판
단됩니다.

중신 2　그 세 가지 측면이 뭐요?

이완용　첫째, 만일 청나라의 군사를 빌면 다른 나라들도 빌려주마 고 나설 것이고 반란을 진압한 뒤에는 무거운 대가를 요구 할 것입니다. 둘째, 선무사를 내려보내 반란군 지도자와 협 상을 벌이면 수습할 수 있는 사안인데, 외세의 개입으로 민 중을 자극시켜 더 큰 화를 불러올 수 있습니다. 셋째, 반란 진압 후에는 승냥이와 늑대가 토끼를 잡아먹으려고 서로 으르렁대며 싸울 것입니다. 그리하여 이 헐벗은 강토가 오 랑캐들의 더러운 피로 물들여질 게 틀림없습니다.

중신 4　일리가 있는 제안인 것 같은데… 다른 분들의 의견은 어떠 시오?

중신 1　안 될 말이오. 반군과 협상한다는 선례를 남겨선 아니 된다 고 생각합니다. 더욱이 우리에겐 농민군을 진압할 군사가 없지 않소?

중신 2　그 의견에 동의하오. 역적들이 다시는 준동하지 못하도록 초전에 박살을 내야 합니다. 무지한 백성들은 찍어 누르는 게 상책입니다.

중신 3　미친개에게는 몽둥이가 제 격이지요.

중신 4　그밖에 다른 의견이 없으면… 외국 군대의 힘을 빌려 반란 을 진압하는 것으로 결론을 내겠습니다.

이완용　하오나 우리는 이미 임오군란과 갑신정변, 두 번의 변란을 겪으면서 외국 군대의 힘으로 국내문제를 해결하려다 혹 독한 대가를 치른 바 있습니다. 이번에도 외세의 힘을 빌린 다면 우린 영영 자주독립국가로서의 정체성을 잃게 됩니다. 이거야말로 가장 나쁜 선례가 아니고 무엇이겠습니까? 언제까지 외세에 의존하여 나라의 안녕을 보존해야 한단 말입니까!!! 이게 나라입니까?

중신 1   그만!… 외부협판은 입을 닫으시오. 더 이상 왈가왈부하는 것은 국론분열을 획책하는 자요.

이완용, 망연자실하지만 중신들은 안도의 한숨을 쉰다.
장면이 바뀌면 공주 남단에 있는 해발 100미터의 우금치 고개.
이마에 흰 수건을 질끈 동여맨 동학농민군들이 활·칼·창·죽창을 들고 도열해 있고 오방기(五方旗)가 바람에 펄럭이는데 전봉준이 장대(將臺) 위에 올라서서 기염을 토한다.

전봉준   동지들! 오늘 이곳 우금치에서의 전투는 우리 동학농민군의 생사를 판가름하는 중대한 싸움이오. 고개 너머 우리와 대치하고 있는 관군과 일본군은 신식 총으로 무장한 강군이오. 허나 동학군은 황토현에서 관군을 전멸시켰고 전주성을 빼앗은 적이 있소. 사즉생(死則生)의 정신으로 돌진하면 총알이 우리를 피해 갈 것이오. 우금치만 돌파하면 수원을 거쳐 한양까지 치고 올라갈 수 있소. 동지들! 우리는 오늘 전투에서 반드시 승리하여 한양으로 진격해서 서양 오랑캐와 왜놈들, 세도 부리는 놈들을 모조리 죽여야 하오.

동학군1   옳소이다! 한양으로 갑시다!

동학군들   (무기를 쳐들며) 가자, 한양으로! 가자, 한양으로!

동학군5   (깃발을 흔들며) 동학의 깃발을 높이 쳐들자!

동학군2 (뛰어 들어오며) 장군님! 관군이 일본군을 앞세우고 쳐들어옵니다!

전봉준 (칼을 빼어들고) 동지들! 내가 앞장설 테니 나를 따르시오! 진격—! 진격—! (둥둥둥 진격의 북소리가 울린다)

동학군3 녹두 장군을 호위하라! (전봉준을 따른다)

동학군4 꼬마 대장을 구하라! (따라간다)

동학군들이 와~! 함성을 지르며 진격할 때 일본군이 등장하여 총을 발사한다. 쓰러지는 동학군들. 일군과 동학군이 한 무더기씩 어우러져 백병전을 벌인다. 중과부적으로 적에게 쫓기는 동학군.

전봉준 퇴각하라! 퇴각하라! (퇴각을 알리는 징소리)

패주하는 동학군을 일군이 쫓아간다. 잠시 후, 오랏줄에 묶인 상처투성이 전봉준을 끌고 오는 관원들. 전봉준을 꿇려 앉힌다.

문초관 네가 전라도 동학의 괴수냐?

전봉준 오직 의(義)를 위하여 일어났을 뿐이지 괴수는 아니오.

문초관 고부에서 민중을 선동하여 난을 일으킨 이유가 무엇이냐?

전봉준 고부 군수 조병갑의 가렴주구로 백성의 원성을 산 게 이유이고, 우리는 학정에 시달리는 백성의 원한을 풀고자 일어난 것이오.

문초관 네가 왜 주모자가 되었느냐?

전봉준　내가 글을 알기 때문에 추대된 것이오.

문초관　난쟁이 똥자루같이 생긴 자가 어찌하여 동학농민군의 우두머리가 됐을꼬?

전봉준　세상은 눈에 보이는 것이 다가 아니오… 내 부하들은 거죽이 아니라 속살을 본 거요.

문초관　아하~! 중요한 건 눈에 보이지 않으니까 마음으로 찾아야 한다?… 허나, 그대의 은신처를 밀고한 사람은 그대가 가장 신임했던 부하였느니라.

전봉준　죽음의 공포 앞에서 인간은 한 떨기 꽃처럼 연약하다오. 그래요, 난 공포와 배신, 욕망과 파멸, 고통과 절망… 그 너머에 있는 인간의 심연을 봤어요. 생의 벼랑 끝에 선 사람만이 볼 수 있는 심연 말이오.

문초관　심연이라… 그건 아마도 죽음의 그림자일 테지. (잠시) 만일 난이 성공했다면 어떻게 하려 했느냐?

전봉준　우선 조정과 팔도의 탐관오리를 전부 소탕하려고 하였소.

문초관　조정의 탐관오리란 누구를 가리키는 것이냐?

전봉준　매관매직한 민영준, 민영환, 고영근 등이오.

문초관　동학의 본뜻이 무엇이냐?

전봉준　충효로 근본을 삼고 보국안민(輔國安民) 하는 것이오.

문초관　마지막으로 할 말이 없느냐?

전봉준　사이후이(死而後已)… 논어 태벽편에 나오는 '죽어야 그친다'는 뜻이오. 나는 동학혁명에 목숨을 걸었소. 사내대장부로 태어나 한때나마 천하를 호령했으니 아무런 여한이 없소. 다만 초근목피로 연명해 가는 백성들의 고단한 삶이 안

타까울 따름이오. 또한 사대수구파의 세도정치와 외세의 침략으로 나라의 장래가 심히 염려스럽소.

문초관 실패한 혁명가에게 목숨은 허용되지 않는다.

전봉준 … 비록 내가 형장의 이슬로 사라진다 해도 자유를 쟁취하려는 민중들의 끝없는 행진은 멈추지 않을 거요.

문초관 뭐라? 자유의 행진이라고?

전봉준 그렇소. 폭정과 압제가 있는 한 자유의 횃불은 꺼지지 않고 타오를 거요, 영원히… (하늘을 올려다보고) 저렇게 찬란한 햇살이 쏟아지는 날 이승을 뜨게 되어 다행이로군. 귀천(歸天)하기에 딱 좋은 날씨야. 으하하핫… 한 세상 긴 꿈을 꾸었구나. 이제 다시 꿈꾸러 가야지….

문초관 녹두꽃이 떨어지면… 청포장수가 울고 가겠구나….

전봉준, 눈을 질끈 감는다. 망나니, 등장하여 큰 칼을 휘두르며 죄인의 주변을 맴돌다가 막걸리 한 사발 쭉 들이키더니 칼날을 향해 내뿜는다. 괴성을 지르며 춤추던 망나니가 번득이는 칼로 죄인의 목을 후려치는 순간, 암전.
어둠 속에서 아이들이 부르는 '새타령'이 아련히 들려온다.

새야 새야 파랑새야
녹두밭에 앉지 마라
녹두꽃이 떨어지면
청포장수 울고 간다…

8장
권력 무상

1894년 7월. 교태전.

중전의 처소에 민영익과 민영휘가 들었다.

민 비 대감들은 현 정세를 어떻게 보시오?

민영휘 금년 정월에 동학란이 일어났을 때, 소신이 원세개에게 달려가서 청나라 군대로 동학군을 토벌해달라고 부탁하지 않았습니까?

민 비 그랬지요.

민영휘 그러자 청나라는 1천5백의 병력을 아산만에 상륙시켰고, 이 소식을 들은 일본도 인천에 대규모 병력을 상륙시켰습니다.

민영익 갑신정변 당시 원세개에게 쫓겨난 수모를 갚고자 지난 10년간 군비를 확장하면서 기회를 노려오던 게 일본입니다.

민영휘 일본군의 대대적인 한양 진주와 함께 친일 개화파들이 활발히 움직이기 시작했고, 지난달에는 일본군의 기세에 겁을 먹은 원세개가 청국으로 도망쳤습니다.

민영익 원세개의 귀국과 함께 우리 민씨 척족은 하루아침에 끈 떨어진 뒤웅박 신세가 됐고, 조선 정계는 이제 일본 공사의 독무대로 변했지요.

민 비 그 후의 정세는 내가 말하지. 김홍집을 영의정으로 하는 개혁 내각이 성립되고, 군국기무처라는 개혁주도 입법기구가

출범했지요. 단군 이래 역사상 최대의 변혁이라고 하는 갑오경장이 시작되었소.

민영휘 갑오경장보다 더 큰 일은 청일전쟁이라고 해야겠지요?

민영익 청국은 속방인 조선왕국 보호를, 일본은 조선을 청국으로부터 독립시키기 위해서라고 전쟁 명분을 내세웠지만, 동학란 진압을 위해 청국 군대를 불러들인 것이 화근이 되어 이 땅은 외세의 전쟁터가 되고 말았어요. 결국 외부협판 이완용의 우려가 현실이 되었습니다.

민 비 이완용이가? 이완용이 그런 말을 했소?

민영익 이완용은 아직 미숙하지만 날카로운 데가 있습니다. 중전마마께서 거두어 쓰시는 게 좋을 듯하옵니다.

민 비 알겠소. 그렇잖아도 그 사람을 시강원의 겸사서, 그러니까 왕세자의 스승으로 삼자고 상감께 조르고 있는 중이라오.

민영휘 청일전쟁에서 일본이 승리하면서 조선 천지는 일본 세상이 되었나이다. 일본에 망명했던 박영효 등 갑신정변의 주역들이 속속 귀국하고 있습니다.

민 비 박영효, 그자한테 이번에 은밀히 양복 한 벌을 지어 보냈소.

민영익 마마께서는 그자라면 치를 떨지 않았습니까?

민 비 어제의 적이 동지가 되고, 동지가 적이 되는 게 정치라오. 그건 그렇고… 흥선군 쪽 동향은 어떻소?

민영휘 청나라 보정부에 유배돼 있다가 이홍장의 배려로 환국한 흥선군은 운현궁에서 은인자중하다가 청일전쟁 이후에는 일본을 등에 업고 권력을 장악하려고 애쓰고 있는 중입니다.

민영익　민 대감은 정보가 어두우시군. 새로 부임한 일본 공사 이노우에는 홍선군을 제거하기로 작정한 것 같습니다.

민 비　이노우에가 누구요? 이토 히로부미와 함께 일본 정계를 주름잡는 인물이오. 특히 외교 방면을 주도하고 있는 자로 메이지 원로 중에서도 가장 급진적인 서양주의자로 알려져 있소.

민영휘　홍선군을 내쳐요?

민영익　홍선군이 청일전쟁 개전 직후 평안관찰사 민병석을 통해 평양의 청국군 진영에 친필 서한을 보냈는데, 청국의 승리를 기원하는 내용을 담고 있다는 거요.

민영휘　호오~ 양다리를 걸치려 했다가 들통 난 게로군.

민 비　홍선군의 권좌 복귀는 이로써 끝장이 났구면. 잘 됐소. 그러나 이것으로 끝내선 아니 되오.

민영익　무슨 말씀이신지…?

민 비　내가 듣기로 홍선군이 동학군의 수괴 전봉준과 내통했다는 소문이 있던데, 이를 빌미로 이번 기회에 홍선군 일당이 재기하지 못하도록 싹을 잘라야 하오.

민영휘　어떻게요?

민 비　홍선군이 애지중지하는 장손자 이준용은 현재 내부협판을 맡고 있지. 그가 홍선군 계열 세력과 함께 동학군을 한양으로 끌어들여 상감을 폐위시키고 왕위를 찬탈하려 했다는 죄목으로, 그 자를 체포하시오.

민영휘　이준용은 홍선군의 장자인 이재면의 장남으로 금상 전하의 조카인데, 그래도 되겠습니까?

민 비 이준용은 경망하고 철이 없다는 비난을 듣고 있지만 금상의 왕위를 위협하는 인물이오. 이참에 그 물건 치워버리지 않으면 두고두고 화근이 될 거요. 또한 흥선군은 나와 불구대천의 원수. 누구든지 흥선군의 편은 나의 적, 흥선군의 적은 나의 동지요. 이 점을 명심하오!

민영휘 네… 알겠나이다.

민 비 물러들 가시오.

민영휘와 민영익이 퇴장하면 장면은 운현궁으로 바뀐다.
홍계훈이 나졸들을 이끌고 운현궁으로 들이닥친다.

홍계훈 어명이오! 대역죄인 이준용은 나와 어명을 받들라!

대원군과 이준용이 황망히 나온다.

대원군 어명이라니? 그대는 누구인가?

홍계훈 의금부 별감 홍계훈이라고 합니다.

대원군 홍계훈? 아, 그 이름 들은 적이 있네. 장호원에서 중전의 호위 무사를 했던… 그 '민비의 개'란 말이지?

홍계훈 개라니? 당치도 않소이다. 소인은 별감의 소임을 다한 것뿐이외다.

대원군 출세했네그려. 허기사 민비가 뒷배를 봐주고 있으니까… 헌데 어명을 받들고 왔다?

홍계훈 대역죄인 이준용을 의금부로 압송하라는 어명입니다.

이준용　뭐라고? 내가 대역죄인이라니…!

대원군　이 무슨 해괴한, 청천벽력 같은 소리인가! 내 장손자가 뭔 죄를 지었단 말이냐?

홍계훈　의금부에 압송된 후, 국문을 통해 죄가 가려질 것입니다.

대원군　네 이놈! 어명을 빙자해서 임금의 애비인 나를 농락하려는 것이냐? 상감이 이런 어명을 내릴 리가 있느냐?

홍계훈　(나졸들을 향해) 어명을 받들라!

나졸들이 이준용을 붙잡으려하자 대원군이 막아선다.

대원군　물렀거라! 네놈들이 감히 이 국태공의 손자요, 상감의 조카인 준용이를 체포하겠다는 거냐!

홍계훈　(고함친다) 뭘 꾸물대느냐! 어명을 받들라!

이준용　(나졸들에게 끌려가며) 놔라, 이놈들! 할아버지! 할아버지---!

옥신각신하는 과정에서 대원군이 넘어지고 홍계훈과 이준용이 사라진다.

대원군　(허공을 향해 헛손질만 한다) 이놈들…! 이 죽일 놈들!

벌떡 일어나 대궐을 향해 달려간다. 경복궁 앞.
창을 든 수비병이 대원군을 나무란다.

수비병　노인장, 그만 돌아가시오. 상감마마를 아무나 만날 수 있는 게 아니오.

대원군 　내가 국태공이라고 하지 않았느냐! 임금의 애비 되는 사람
　　　　이니라.

수비병 　글쎄, 국태공인지 명태공인지 모르지만 만날 수 없다니까
　　　　요. 임금의 할애비 되는 사람이라도 아니 되오. (궁궐 수문장,
　　　　등장)

수문장 　웬 소란이냐?

대원군 　날 알아보겠지? 국태공, 대원위 대감이다.

수문장 　(찬찬히 보다가) 어디서 본 듯하기도 합니다만… 갑오개혁을
　　　　겪으면서 이 나라에 엄청난 변화가 있었어요. 관제도 바뀌
　　　　었고 사람도 다 갈렸죠. 설령 영감이 나라에서 큰 벼슬을
　　　　했었다고 해도 이젠 알아보는 사람이 드물 거예요. 세상 바
　　　　뀐 줄 모르고 나대다간 골로 가는 수가 있어요, 영감….

대원군 　영감?! 영감이라니… 무엄하다! 네놈이 살기를 바라느냐,
　　　　죽기를 바라느냐?!

수문장 　더 이상 소란을 피우면 포도청에 구금하겠소. 빨리 돌아가
　　　　시오. (둘 다 들어가 버린다)

대원군 　뭐, 뭐라고… (퍼질러 앉아 땅을 치며 통곡한다) 준용아, 준용
　　　　아… (일어서서 주먹 쥐고 파르르 떤다) 네 이년! 갈아 마셔도
　　　　시원치 않을 년! 누구 덕에 중전의 자리에 올랐는데, 내 등
　　　　에 칼을 꽂다니! 그것도 두 번씩이나… 오냐, 하늘에 맹세
　　　　코 내 오늘의 치욕은 살아있는 한 결코 잊지 않을 것이다.
　　　　반드시, 반드시 되갚아 주리라. 두고 보자, 이년!…

대원군, 이를 뿌드득 뿌드득 간다.

9장
비련(悲戀)의 왕비, 민비

1895년 8월. 마포 공덕리 대원군의 별장 아소정(我笑亭).
일본인 궁내부 고문관 오카모토 류노스케(岡本柳之助)와 대원
군이 밀담을 나누는 중이다.

대원군 오카모토 고문관, 이노우에 후임으로 미우라가 일본공사로
온 이후에 민씨 척족은 노골적으로 친러·배일 정책을 추진
하고 있다면서요?

고문관 그렇습니다, 저하! 친일파를 내각에서 완전히 제거해 버리
고 친러파들을 요직에 앉혔습니다. 러시아에 기대려는 민
비가 속셈을 노골적으로 드러낸 겁니다.

대원군 미우라 공사는 공사관에 틀어박혀 불경만 왼다고 해서 외
교가에선 그를 '독경공사'로 부른다는데… 사실이오?

고문관 저하… 일본 속담에 '현명한 매는 날카로운 발톱을 숨긴다'
는 말이 있습니다. 그러니까 실은 그게 다 공사님의 위장
전술입니다.

대원군 위장 전술이라니?

고문관 청일전쟁에서 승리한 일본이 청국과 강화조약을 맺으면서
일본이 요동반도를 점유하려 하자 러시아와 프랑스, 독일

등 3국이 간섭하여 우리 일본국이 요동반도를 포기하지 않았습니까?

대원군 그랬지.

고문관 이때부터 조선 정부에 대한 일본의 영향력이 감소하고 3국 간섭을 주도한 러시아의 영향력이 확대됨에 따라 민비를 비롯한 민씨 척족들은 일본을 눌러버린 거대 강국 러시아에 의지해서 일족의 권력을 회복하기 위해 러시아와 은밀히 접촉해 왔습니다.

대원군 일본의 입장에선 분통이 터지고 이가 갈리겠지.

고문관 미우라 공사님이 저를 저하께 보내신 이유를 이제야 알겠습니까?

대원군 …?

고문관 조선이 청국과의 종속관계에서 벗어나 자주독립국이 되고 조선의 내정을 개혁하는 데 있어 가장 큰 걸림돌은 민씨 척족들이고 그 중심에 민비가 있습니다. 앙큼한 여우 같은 민비를 제거하지 않고선 조선의 장래는 없다고 단언합니다.

대원군 동감이오. 오백 년 종사가 위태로워졌소. 작년에 내 장손자 이준용이 역모사건에 휘말려서 강화도에 유배된 건 민비의 계략에 의한 것이었소. 원한이 골수에 사무쳐 있소이다. 허나… 민비를 제거하는데 두 손 두 발 다 묶인 내가 무슨 도움이 되겠소이까?

고문관 현재 왕궁을 경비하는 시위대는 임오군란 이후 저하를 따르는 자들이 요직을 차지하고 있으니 저하의 명령이라면 왕궁에 침입하기가 아주 쉬울 겁니다.

대원군 (잠시 생각하다가) … 알겠소. 협조하리다.

고문관 (품에서 각서를 꺼낸다) 그러면 여기 각서에 서명해 주십시오.

대원군 (각서를 읽는다) 거사 후, 국왕을 보필하여 궁중을 감독하되 정사는 내각에 맡겨 일체 간섭하지 않는다. 이준용을 3년 기한으로 일본에 유학 보낸다. 내각 구성에 흥선군의 의사를 반영한다… 좋소, (서명한다) 흡족하진 않지만 내 욕심만 차릴 순 없지. 거사일은 언제요?

고문관 추후 저하께 통보해드리겠습니다. 여기 별장에도 민비의 끄나풀인 순검들이 배치돼 엄중히 감시하고 있어서, 오늘 저의 방문은 일본으로 귀국하기 전 인사차 들른 것으로 했습니다. 그럼… 안녕히 계십시오.

고문관이 퇴장하면 장면은 일본 공사관으로 바뀐다. 미우라 공사가 낭인들에게 지시를 내리고 있다.

미우라 (고유문을 들어 보이며) 이게 국태공 명의의 고유문(告諭文)이다. 장안 곳곳에 이 고유문을 게시할 것이다. 간단히 말해서 이 고유문은 민씨 척족이 권력을 잡고 갑오경장의 개혁을 무위로 돌려 나라를 위태롭게 하고 있으니 이를 척결해버리겠다는 뜻을 담고 있다.

낭인 1 어떻게 대궐을 넘지요?

미우라 우리가 훈련시킨 훈련대 병사들과 너희들이 대궐에 도착하면 시위대 병사들 중 내응하는 자들이 광화문을 열어젖힐 것이다. 곧바로 왕비가 거처하는 경복궁 내 교태전으로 돌진하라.

낭인 2 시위대가 지키고 있을 텐데요?

미우라 쓸어버려! 시위대 절반은 무장돼 있지 않고 무장된 병사들의 장비도 구식 총이 고작이어서 우리의 상대가 되지 않는다.

낭인 3 우린 민비의 얼굴을 알지 못하는데요?

미우라 오카모토가 민비의 침전으로 안내할 것이다. 훈련대장 우범선도 함께 갈 거야. 암호명은 '여우 사냥'이다. 자, 출발하라!

낭인 4 (칼을 뽑아들고) 암여우를 죽이자!

낭인들 암여우를 죽이자! (모두 칼을 뽑아 공중에서 부딪친다)

낭인들이 퇴장하면 장면은 민비의 침전인 옥호루로 바뀐다.
간헐적으로 총성이 들린다.

홍계훈 (뛰어 들어오며) 중전마마, 피신하셔야겠습니다! 마마를 시해하려는 일본 낭인들이 대궐에 난입했습니다.

민 비 뭐라고! 궁궐은 미국의 퇴역 육군 소장 출신인 윌리엄 다이 장군이 지휘하는 오백 명의 시위대가 지키고 있지 않소?

홍계훈 시위대 병력으로는 역부족입니다. 시위대 병사 중에 낭인들과 내통하는 무리들이 있는 것 같습니다.

민 비 임오군란 때 장호원으로 피신했는데, 또다시 피하란 말이오? 국모의 체통을 지키기 위해서도 난 궁궐을 떠나지 않겠소. 홍 별감이나 피하시오.

홍계훈 마마는 제 생명보다도 소중한 분… 제가 어찌 혼자 살기를
바라겠습니까? (잠시) 마마를 장호원으로 호송할 책임을 맡
게 됐을 때, 이게 꿈인가 했습니다.

민 비 나도 장호원에서의 나날은 꿈만 같았소.

홍계훈 미천한 것이 마마와 생사를 같이 한다면 일생의 광영입니
다. 목숨을 걸고 마마를 지키다 함께 이승을 떠나는 게 제
소원입니다.

민 비 아니 되오! 그건 안 될 말이오… 임오군란 때 날 구해준 생
명의 은인, 홍 별감의 은혜는 저승에 가서도 잊지 않겠소.

홍계훈 어인 말씀입니까? 장부의 일편단심은 영원한 것… 제 목숨
은 마마의 것입니다. 오래 전부터 마마를 연모해 왔습니다,
불충하게도….

민 비 만일 내가 평범한 여염집의 아녀자였다면 그대와 같은 듬
직한 사내를 만나 아들 딸 낳고 이름 없이 살다가 죽었을
거요. 만약에 내가 왕의 여자가 아니고… 이승에서 우린 인
연이 아니나 저승에 가서 지아비와 지어미로….

총성이 더 가까이 들린다. 별안간 홍계훈이 뛰쳐나가 옷을 들고
온다.

민 비 그게 뭐요?

홍계훈 궁녀의 옷입니다. 갈아입으십시오.

민 비 왜…?

홍계훈 낭인들은 마마의 얼굴을 모릅니다. 북새통에 빠져나갈 수

있을지 모르니 어서 갈아입으십시오.

민 비 외간 남자 앞에서 어떻게 옷을 갈아입는단 말이오?

홍계훈 아직도 소인이 외간 남자입니까? 벌써 잊으셨나요… 장호원에서 전 이미 마마의 남자가 되었습니다.

민 비 돌아 서시오. (홍계훈이 돌아서면 옷을 갈아입으며) 목숨이 경각에 달한 마당에 무얼 더 숨기겠소? 홍 별감은 나에게 첫 남자요. 남성이 무엇인지 알게 해준 첫 번째 사내란 말이오.

홍계훈 마마! 지금 당장 죽는다 해도 여한이 없습니다. 장호원에서는 단지 수컷으로서 마마를 기쁘게 해드렸지만 마지막 가는 길은 정인으로서 마마의 동반자가 되고 싶습니다.

민 비 오! 왕이고 왕비고 겉치레가 다 무슨 소용이오? 벌거벗은 육체만이 진실 그 자체요, 나머진 다 껍데기에 불과하다오.

이때 무대 뒤에서 낭인들의 외침과 궁녀들의 단말마가 들려온다.

낭인 1 (소리) 중전은 어디 있나? 중전이 있는 곳을 대!

궁녀들의 머리채를 잡아끌고 윽박지르는 낭인들 등장.

낭인 1 으응? 호위 무사가 있는 걸 보니 저년이 왕비로군.

낭인 2 (홍계훈을 보고) 네놈은 누구야!

홍계훈 무예별감 홍계훈이다. (칼을 빼 든다)

낭인 3 순순히 칼을 버리면 목숨만은 살려주겠다.

홍계훈 닥치거라! 이분의 몸에 손대지 마! 누구든지 털끝 하나라도 건드리는 놈이 있다면 내 검이 용서치 않을 것이다.

낭인 4 흥! 의기는 가상타만… 말이 통하지 않는 녀석이로군. 쳐라!

칼싸움이 벌어진다. 낭인 3,4가 쓰러지고 낭인1이 홍계훈을 찌르
면 낭인2가 홍계훈의 목을 친다.

민 비 (달려가) 홍 별감! 이 사람아…. (시체를 안고 운다)
낭인 1 (칼끝으로 민비의 목을 누른다) 왕비인가?
민 비 (고갤 꼿꼿이 세우고 호통친다) 네 이놈! 무엄하다!

민비, 일어서며 품속에서 은장도를 꺼내 자신의 목을 겨눈다.

민 비 가까이 오지 마! 짐승들한테 능욕을 당하느니 차라리 자결
하겠다!
낭인 1 어쭈? 제법이군.
낭인 2 고노야로(이년아)! 소레(고것) … 앙탈을 부리니 더 귀엽네.

낭인들이 칼로 위협하며 접근하면 민비, 조금씩 뒤로 물러선다.
더 이상 물러설 곳이 없음을 안 민비가 은장도를 높이 치켜든 순
간, 낭인1의 검이 민비의 심장을 찌른다

민 비 으윽…! 세자야, 세자…. (손을 허우적이다가 꼬꾸라진다)
낭인 2 (궁녀에게) 이년이 왕비가 맞지?
궁 녀 (부르르 떨며 연신 고갤 끄덕인다) ….

낭인 1   여우 사냥은 끝났다, 이코우(가자) !

낭인들이 동료의 시신을 끌고 퇴장하면 대원군이 지팡일 짚고 등장.

대원군   (민비의 시신을 보며) 그러기에 내가 뭐랬어, 정사에 간여하지 말라고 했잖아, 이 맹추야… 민씨 계집을 중전 자리에 앉힌 이후 30년 동안의 기나긴 싸움이 끝났군. 드디어… 내가 이겼지, 헌데 난 조금도 기쁘지 않아. 터진 가슴 밑창으로 바람이 숭숭 불어오네. 어디서부터 잘못된 걸까?… 후세의 사가들은 뭐라고 할까? 대원군이 제 며느리를 죽이고 조선을 세계의 웃음거리로 만들었다고 하지 않을까?… 아니면 국정을 농단하고 외세를 끌어들여 나라를 망친 암여우를 제거했다고 칭송할까? (민비의 손을 잡고) 왜 그랬어, 그러지 말지… 지금 이 꼴을 보니 미워할 수가 없구나, 에휴-! 늘그막에 이게 무슨 팔자람….

민비의 시신 앞에 무릎 꿇고 머리를 조아린다.

10장
탐욕의 군주, 고종

1896년 2월. 손탁호텔의 밀실.

외부대신 이완용, 군부대신 이윤용, 법부대신 이범진 등 친미·친러파 대신들이 모여 숙의 중이다.

이완용 최근 국내외 정세가 급변하고 있는데, 대책 마련이 시급한 실정이오.

이윤용 민비 시해로 국제적 망신을 당한 일본이 표면에 나서지 못하자, 러시아가 움직이기 시작했소. 러시아의 움직임은 친러파인 법부대신이 잘 알고 있지요?

이범진 러시아 공사는 자국 공사관을 보호한다는 명목으로 군대와 대포를 들여왔어요.

이완용 민비 살해 배후자로 낙인찍힌 갑오개혁 정권의 총리대신 김홍집과 탁지부 대신 어윤중이 길거리에서 성난 백성들에게 맞아죽었소. 이로써 한양은 다시 민심이 흉흉해졌으며, 청일전쟁이 끝나니까 이번엔 일본과 러시아가 충돌할 거라는 풍문이 떠돌고 있소.

이윤용 그보다 나라 안 사정이 더 걱정이오. 단발령에 반발하는 의병들이 전국 각지에서 일어나 걷잡을 수 없는 지경에 이르렀소.

이범진 그 의병이란 것들이 저번 동학란의 패잔병들로서 정부에 대한 반항심이 강한 자들인데 처음엔 대의를 위한다고 했으나 이제는 도적떼에 지나지 않소이다.

이완용 그래서 조정에서 친위대를 급파하여 토벌을 명하지 않았소이까?

이윤용 단발령 때문에 민비의 죽음을 동정하지 않았던 민심이 돌아서고 있어요. 쓸데없이 벌집을 건드려놓은 셈이오.

이범진 의병은 곧 진압될 터이지만 당장 시급한 것은 상감의 동태요.

이완용 그건 또 무슨 소리요?

이범진 의병 때문에 군대가 지방으로 많이 내려가서 한양은 거의 무방비 상태요. 상감은 자신의 조카 이준용이 이 기회를 틈타 왕위를 빼앗을까 불안해하고 있소⋯ 그래서 하는 말인데, 상감을 잠시 러시아 공사관으로 피신시키는게 어떻겠소?

이윤용 지척에서 민비까지 살해된 마당이라 상감께서 불안에 떠는 모습을 이해하지 못할 바는 아니오. 하지만 왜 하필 러시아 공사관이오? 미국 공사관도 있지 않소?

이범진 미국의 대외정책 기조는 타국의 내정에 간섭하지 않는다는 걸 모르시오?

이완용 내가 2년 동안 미국에서 대리공사를 지내서 그 점은 잘 알고 있소. 그러나 임금이 왕궁을 떠나 외국의 공사관에 피신하는 건 자주독립국가의 체통을 잃는 일이고 명분도 없소이다.

이범진 허헛⋯ 체통이나 명분 따위가 다 무슨 소용이오? 상감은 민비가 시해당한 경복궁이 무서워서 하루라도 빨리 그곳을 벗어나고 싶어 하고 있소이다. 옆에서 시중드는 내관조차 믿지 못해 독살의 위협에 떨며 음식도 들지 못하고 밤에는 잠도 제대로 이루지 못한다 하오.

이윤용 상감의 의중을 정확히 모르고 있지 않소? 상감이 거부하면 어쩔 거요?

이범진 그건 걱정 마시오. 이미 손을 써뒀어요. 민비가 승하한 후 상감은 엄 상궁만 찾는다고 하오. 엄 상궁이 임금의 침전에 들어가서 대원군과 친일파, 일본인들이 공모하여 국왕을 폐위시키려는 음모를 꾸미는 중이니 국왕이 극비리에 러시아 공사관으로 피신할 수밖에 없다고 충동질하면 귀가 얇은 상감은 얼씨구나 좋다고 할 거요.

이완용 나로선 찬성할 수 없소이다. (잠시) 허나… 상감이 원한다면 어쩔 수 없는 일 아니오?

이범진 그럼… 그렇게 알고 일을 추진하겠소이다.

세 사람이 퇴장하면 고종이 다급히 나와 가마를 타고 엄 상궁이 앞장서 대궐을 빠져 나간다.
장면이 바뀌면 러시아 공사관. 이완용과 이윤용이 임금을 만나기 위해 공사관으로 찾아온다. 김홍륙이 두 사람을 막아선다.

김홍륙 상감마마를 만날 수 없습니다.

이윤용 만날 수 없다니? 우린 조정 대신이오, 당신은 누구요?

김홍륙 소인은 러시아어 통역관이외다. 러시아 공사의 승낙 없이는 누구도 들이지 말라는 엄명을 받았습니다. 상감을 만날 수 있는 분은 이범진 대감과 궁내 대신 이재순, 러시아 파견대사 민영환, 이 세 사람뿐입니다. 총리대신도 마음대로 드나들지 못합니다.

이완용 이런 황당한 일이…! 이범진 대감은 어디 있소?

김홍륙 여기 없소이다. 오늘은 이만 돌아가시지요. (퇴장)

이윤용 이런 발칙한…! 친미파인 우리를 배제하고, 친러파 저들끼리 해먹겠다는 수작 아니야? 이거야말로 재주는 곰이 부리고 돈은 되놈이 챙기는 수법 아닌가?

이완용 우리가 러시아 공사와 이범진에게 보기 좋게 속았소이다. 헌데 이리 되면 상감은 연금된 것과 마찬가진데 이를 어쩌면 좋아요?

이윤용 무슨 수를 써서라도 상감을 만나야지. 이제야 러시아 공사의 음험한 간계를 알겠어.

이때, 러시아 공사 스페예르 등장.

스페예르 조정 대신들께서 어인 행차시오?

이윤용 전하를 알현하려고 찾아 왔소이다.

스페예르 전하는 지금 매우 불안정한 상태라 당분간 만날 수 없소.

이완용 나는 외부대신이오. 외교 문제로 긴급히 주청드릴 일이 있으니 만나게 해 주시오.

스페예르 (짜증내며) 안 된다고 하지 않았소? (잠시) 이왕 왔으니… 대신들과 상의할 게 있소.

이윤용 무엇이오?

스페예르 우리 러시아가 조선 정부에 군사 고문과 재정 고문을 집어넣으려고 하는데… 협조해 주시오.

이완용 불가합니다.

스페예르 어째서?

이완용 러시아 고문이 조선 정부를 좌지우지 한다면 그건 결국 조선이 러시아의 보호국이라는 증좌가 아니오이까?

스페예르 그렇다면 러시아에서 파견한 군사 교관이 조선 병정을 훈련시키고 러시아 말을 배우는 학교를 세우는 방안에 대해서는 어찌 생각하오?

이완용 그것도 불가합니다. 현재 조선에서 세계 열강이 각축하는 마당에 특정 국가에 편향된 정책은 조선이 취할 방도가 아니라고 사료됩니다.

스페예르 일국의 대신이란 자가 그렇게 상황 파악이 안 되오?

이완용 (언성을 높여) 말씀이 지나치시오!

스페예르 (핏대를 세워) 조선 임금이 러시아 공사관에 있다는 사실을 잊었소? 그리고도 당신이 무사할 것 같아? 한 방에 날아가고 싶어!

이윤용 뭐라? 당신이 조선 왕이라도 된단 말이오?

스페예르 내 말을 잘 들으면 당신들 신상에도 이로울 거요.

이완용 나는 국익을 위해 일하는 사람이지, 일신의 영달을 위해 외부대신 자리에 앉아 있는 게 아니오.

스페예르 전하가 내 손아귀에 있다는 걸 끝까지 인정하지 않는군. 두고 보시오. 후회하게 될 거야, 젠장! (버럭, 하며 퇴장)

이완용 참으로 개탄스럽군요. 임금이라는 우상을 인질로 하여 외세가 천하를 호령하는 세상이 되었으니….

이윤용 청나라가 물러가니 일본 세력이 밀려오고, 일본이 약해지자 이번엔 러시아가 이 나라를 노략질하는군. 오호 통재라!

이완용 ….

이완용과 이윤용이 퇴장하면 장면은 고종의 침전으로 바뀐다.
고종은 침대 위에, 엄 상궁은 방바닥에 앉아 있다.

엄상궁 마마… 나라가 풍전등화일 때 상감이 나라를 버렸다고 백
성들이 수군수군한다고 하더이다.

고 종 임금이 있어야 나라도 있느니라.

엄상궁 마마가 여기 러시아 공사관에 피신한 것을 두고 아관파천
이라고 하던데, 미국 공사 알렌은 이를 망명이라 한다고 하
옵니다.

고 종 파천이면 어떻고 망명이면 어떠냐? 혹시나 이곳이 위험해
진다면 즉시 영국·미국·프랑스 공사관… 아무 데라도 피
신해야지.

엄상궁 그럼 영관파천·미관파천·불관파천도 마다하지 않으실 요
량이옵니까?

고 종 어느 강국에 붙어야 짐이 온전하겠는가? 나라가 온통 만
신창이라서… 이 한 몸 어디다 의탁할까, 그것이 걱정이로
고… 하지만 여기에 오길 참 잘했다는 생각이 드는구나.

엄상궁 어째서 그러 하오이까?

고 종 편안하고… 또 즐거우니까.

엄상궁 무엇이 즐겁사옵니까?

고 종 밤이 즐겁지.

엄상궁 밤이 즐겁다뇨?

고 종 밤마다 성애(性愛)를 즐기고 있지 않느냐.

엄상궁 (비비 꼬며) 흐으응잉잉… 마마, 듣잡기 민망하옵니다.

고 종 우리 둘만 있는데, 못 할 말이 무에 있겠느냐.

엄상궁 중전마마도 전하를 즐겁게 해드리지 않았사옵니까?

고 종 중전은… 석녀(石女)였느니라.

엄상궁 석녀라뇨?

고 종 흥을 느끼지 못하는 여자라는 뜻이지.

엄상궁 (혀를 낼름거리며) 마마, 소첩이 듣기에 아녀자는 남정네 하기에 달렸다고 합니다.

고 종 그 반대도 성립하겠지. 남자는 여자 하기에 달렸느니라.

엄상궁 소첩은 하해와 같은 성은을 입어서 매일 구름 위를 걷는 듯하옵니다.

고 종 이리 가까이 오너라.

엄상궁 (간드러지게 몸을 비틀며) 아이 참! 마마도… 대낮인데 누가 오면 어쩌려구요.

고 종 올 사람 없다. 어서 침대 위로 올라오너라. (엄 상궁이 곁에 오자 손목을 잡고) 손도 보드랍구나. 그런데 왜 떨고 있느냐?

엄상궁 상감마마 앞이라 너무 황송해서 떨고 있사와요.

고 종 너의 뜨거운 몸뚱이가 나의 욕정에 불을 붙여 욕정의 분비물이 화산의 용암처럼 흐르는 걸 너도 느끼지 않았느냐.

엄상궁 (흐느적이며) 흐으응잉잉… 불덩이와 불덩이가 만났으니 어찌 타오르지 않겠나이까? 헌데 몸이 이상하옵니다.

고 종 콧소리, 그만 해라, 미치겠구나. 몸이 이상하다니… 그게 무슨 말이냐?

엄상궁 홀몸이… 아니와요.

고 종 그래? 좋은 소식이구나. 중전 몸에서는 쓰지 못할 것만 낳더니 이제야 쓸 것이 나오나 보구나.

엄상궁 (아양을 떨며) 마마, 우리 친정 일가들도 벼슬을 시켜 주셔야지요.

고 종 그래라. 아들만 낳으면 널 귀비(貴妃)로 봉해 주마.

엄상궁 호호홋… 당나라 현종이 양귀비를 사랑했듯이 엄 귀비를 사랑해 주시와요. (잠시) 모든 궁녀가 그렇듯 소첩도 오로지 상감만을 바라보고 여기까지 왔나이다. 하지만 중전이 살아계실 적에는 중전마마가 무서워서 상감의 눈에 띄지 않으려고 피해 다녔사옵니다. 이제야 비로소 상감마마의 사랑을 독차지하게 됐으니 온 세상이 모두 소첩의 것인 듯하옵니다.

고 종 그동안 짐은 무척 외로웠느니라.

엄상궁 마마께서 외로우셨다고요? 러시아 공사가 자기 나라 여자를 소개시켜 주마고 제의했다는데 어째서 거절하셨나이까?

고 종 서양 여자는 싫어.

엄상궁 왜요?

고 종 서양 여잔 길이도, 크기도 맞지 않아. 나룻배로 태평양을 건너는 꼴이잖아.

엄상궁 (고종의 가슴을 때리는 시늉) 아이 참!… 마마는 농담도 잘 하시나이다.

고 종 짐은 중전이 비명에 간 후로 많이 괴로웠느니라.

엄상궁 아직도 중전마마를 못 잊으시옵니까?

고 종 사람의 마음이 어디 하루아침에 바뀔 수 있나. 중전은 살아생전에 짐과 왕세자를 위해 모든 걸 바친 사람이다.

엄상궁 지금부터는 소첩이 마마 곁에서, 마마를 위해 모든 걸 바치겠나이다. (고종의 가슴에 머리를 기댄다)

고 종 (엄상궁을 껴안고) 짐의 어머니 부대부인은 차가운 성격이고, 아버지 흥선군은 엄하기만 했지. 어려서부터 난 모성애나 부성애를 모르고 자랐어. 더욱이 어머니 치마폭에 싸여 응석이나 부릴 어린 나이에 용상에 올랐으니까. 정말 애타게 어머니의 정이 그리웠는데 요사이 그대에게서 그걸 흠뻑 느끼고 있다네.

엄상궁 마마, 황감할 뿐이옵니다. 흐으응잉잉….

고 종 그래서 오늘은 엄 상궁의 젖을 만지고 싶은데…. (손으로 가슴 부위를 주무른다)

엄상궁 아유, 마마… 어린애처럼 왜 이러시와요! (그러면서도 관능을 자극하려고 고종의 손등을 살살 쓰다듬는다)

고 종 잠시만! 잠시만 있어 보거라. (손을 저고리 속에 집어넣고 젖을 만진다)

엄상궁 (까르르 웃으며) 호호호… 간지러워요! 간지러워 미치겠어요! 미친다니까--!

흥분한 고종이 엄 상궁의 풍만한 젖통을 옷 밖으로 꺼내 달콤한 꿀을 빨듯 빨다가 자신도 모르게 젖을 깨물자, 엄 상궁이 비명을 지르며 고종의 뺨따귀를 갈긴다. 고종, 순간 멍해진다.

엄상궁 (황급히 방바닥에 내려앉으며) 마마! 죽을죄를 졌나이다. 소첩이 감히 용안에 손찌검을 하다니…!

고 종 (손을 저으며) 아니다, 아니야… 으응, 아팠지? 깨무니까 아

팠을 게야.

엄상궁 (무릎 꿇고) 마마! 소첩에게 벌을 내려 주사이다!

고 종 괜찮다, 괜찮아. 잘못한 건 짐인데… 벌이라니 당치도 않

아. 짐이… 어머니 젖이 그리웠나 보구나. 짐의 허물을 용

서하거라.

엄상궁 용서라뇨? 천부당만부당하신 분부이시오이다.

고 종 (손을 내밀며) 이리 가까이 오라. (엄 상궁이 무릎걸음으로 오자)

더, 더 가까이… (엄 상궁이 발밑까지 오자, 그녀를 일으켜 안는

다) 나는 피와 살을 가진 인간, 너와 나의 사랑이 장삼이사

의 사랑과 무엇이 다르단 말이냐? 그냥 활활 타오르면 그

만인 것을….

엄상궁 (같이 부둥켜안으며) 마마! 흐으응잉잉… 죽여 주시옵소서,

어서….

두 사람, 호흡이 거칠어지며 격렬하게 포옹한 채 침대 위에 쓰러

진다.

11장
시일야방성대곡(是日也放聲大哭)

1905년 9월. 손탁호텔의 밀실.

학부대신 이완용, 외부대신 박제순, 내부대신 이지용이 모였다.

박제순 학부대신으로 재입각한 걸 축하하오.

이완용 고맙소이다. 허나 박제순 공도 평안남도 관찰사에서 외부대신으로, 이지용 공은 육군부장에서 내부대신으로 입각했으니 축하를 드립니다.

이지용 고맙습니다. 이완용 공은 오랜만에 중앙 정계에 복귀하셨지요?

이완용 아관파천 때 러시아 공사의 내정간섭을 거부했다가 미운털이 박혀 외부대신에서 전라도 관찰사로 밀려난 지 8년여 만에 돌아온 거죠.

이지용 갑신정변 때 처단된 급진개혁파에 이어 온건개혁파들이 아관파천 때 모두 척살되었소. 이제 개혁파 인재들은 씨가 말랐다오. 국가 존망을 걱정하는 지도자도 없소이다. 이 나라에 내일이 있소이까?⋯.

박제순 8년⋯ 8년이라? 그 사이 세상 참 많이 변했소. 러시아 공사관에 피신해 있던 상감께서 덕수궁으로 환궁하시고, 그 해에 황제의 위에 오르고 국호도 대한제국으로 일컫게 되었지요. 이로써 조선왕국은 어엿한 황제국이 됐어요.

이지용 국왕이 황제를 칭하고 왕국은 제국으로 명칭이 격상되었지만 국권은 러시아 공사 스페예르에게 형편없이 유린당하고 있었죠. 황제라니⋯ '빛 좋은 개살구'에 지나지 않아요.

박제순 러시아가 조선을 쥐락펴락하고 있을 때, 마침내 러일전쟁이 터지고, 일본이 승리하자 러시아 공사는 보따리를 싸들고 조선에서 철수했어요.

이완용 작은 섬나라가 대국인 청국을 이기고 또 세계의 강국인 러시아까지 물리쳤으니 일본은 참으로 무서운 나라죠?

이지용 청국에 이어 러시아까지 밀어젖히자 일본은 이제 누구의 눈치도 보지 않고 대한제국을 요리하기 위하여 올가미를 씌우기 시작했답니다.

박제순 러일전쟁이 터진 지 2주일 만에 일본의 강요로 '한일의정서'가 조인됐어요. 의정서의 핵심 내용은 일본이 전쟁 수행을 위해 군략상 필요한 한국 내의 땅을 언제든지 수용할 수 있다는 거죠.

이지용 의정서가 체결된 지 6개월 후엔 '제1차한일협약'이 체결됐어요. 이 협약은 한국의 재정과 외교에 관한 일체 사무를 일본의 의견을 들어 시행하고, 외국과의 조약체결과 같은 중요 안건의 처리는 미리 일본정부와 협의할 것을 규정하고 있지요.

이완용 한국 정부의 재정권과 외교권을 일본이 장악하게 됐으니 사실상 자주성과 독립성을 상실한 거로군요. 조선이 일본의 전리품이 됐다는 증거지요.

박제순 통탄할 일이오. 조선은 이제 일본의 손 안에 든 공깃돌 같은 신세가 됐구려.

이지용 도마 위에 올려진 고기 같은 신세지요.

이완용 공깃돌? 도마 위 고기?… 아주 적절한 표현인 것 같소이다. 금후 조선은 늑대의 아가리에 처넣어질 때만 기다려야겠군요, 속수무책으로….

박제순 말씀 잘 하셨소. 바야흐로 진짜 늑대의 아가리로 들어갈 순간이 다가왔어요.

이완용 어째서요?

박제순 일본이 한국정부에 '보호조약'을 강요하기 위해 천황의 특사로 외무대신 이토 히로부미를 조선에 파견했어요. 이토가 내일 일황의 친서를 우리 황상 폐하께 전달한답니다.

이지용 친서의 내용이 뭘까요?

박제순 뻔하지 않아요? 동양평화와 대한제국의 안전을 위해서는 일본의 보호를 받아야 한다는 거겠지.

이완용 궁금하군요, 사태가 어떻게 전개돼 나갈지….

이지용 굿이나 보고 떡이나 먹는 거밖에 우리가 할 일은 없는 것 같네요. 오늘은 이만 파합시다.

세 사람이 나가면 장면은 덕수궁 수옥헌으로 바뀐다.
이토 히로부미가 고종을 알현하고 일황의 친서를 전달한다.

이 토 폐하… 동양평화를 영구히 유지하기 위해서는 항상 화근이 되는 한국의 외교를 일본이 맡는 것이 불가피합니다. 일본의 목적은 동양평화와 한국 황실의 안녕에 있을 뿐 다른 뜻이 없으니 폐하가 계속 한국을 다스릴 수 있습니다.

고 종 외교권의 완전한 이양을 거절하는 것은 아니나… 외교권이 한국에도 있다는 흔적만이라도 남겨주도록 이토 대신이 귀국의 천황 폐하께 상주해 주기 바라오.

이 토 폐하! 일본이 한국의 외교권을 완전히 장악하지 않으면 또다시 동양에 전쟁이 일어날 원인을 조성하게 되므로 불가합니다. 이 조약은 일본 정부가 확정한 것이기 때문에 절대로 변경할 수 없다는 걸 유념해 주시기 바랍니다.

고 종 어허~ 난제로고. 그럼 이렇게 하지요. 이 문제를 의정부 회의에서 토의하여 결정토록 하겠소.

이 토 뭔 소리요? 조선은 전제군주정이 아닙니까! 폐하가 결정하면 그게 곧 법이지요.

고 종 ….

이 토 좋습니다. 조약에 대한 동의나 거절은 자유지만, 만약 거절한다면 한국은 아주 곤란한 처지에 빠질 것을 각오해야 합니다. 아, 중요한 걸 빠트릴 뻔했군요. 일본은 미국과 가쓰라-태프트 밀약을, 영국과 비밀동맹조약을, 러시아와 포츠머스 강화조약을 체결하여 한국에 대한 일본의 보호권을 세계 열강으로부터 인정받았습니다. 그러니까 이제 대한제국은… 고립무원입니다. 아시겠어요?

고 종 ….

이토, 나가다 돌아선다.

이 토 아, 더 중요한 걸 잊었네요. 보호조약을 승인하는 조건으로 폐하께서 일본 황실로부터 5만 달러를 받으셨지요?

고 종 (당황하여) 그, 그건… (손가락을 입에 대고) 쉬! 쉿!… 이 일이 탄로 나면 짐은 만고의 매국노가 될 거요. 꼭 비밀을 지켜 주시오. 혹여 비밀이 새어나가면 끝장이오. 아니 되오! 절대로, 절대로….

이 토 하하핫… 폐하가 약속을 이행하지 않으신다면… 아시겠죠?

이토가 나가면 장면은 일본 공사관으로 바뀐다. 이토가 한국정부 각료와 원로대신들을 소집했다.

이 토 (거드름 피우며) 제군들은 황제로부터 보호조약의 체결에 대해 직접 명령을 받은 적이 있소?

한규설 이토 대사의 전언을 황제 폐하로부터 들었으나, 저의 생각도 폐하와 같소이다.

이 토 한국은 본래 청국의 속국이었던 것을 일본이 청국과의 전쟁으로 독립시켜 주었고, 러시아와 전쟁을 한 것도 한국의 독립과 영토를 보전하기 위해서였소. 한국은 나라를 지킬 만한 힘이 없어 항상 동양평화를 해치는 화근이 되고 있소.

이하영 한국이 오늘 이만큼 독립국이 된 것은 모두 일본의 원조와 보호 덕택입니다. 오늘과 같은 결과를 초래한 것도 우리의 책임입니다.

이완용 일본은 한국 때문에 두 번이나 큰 전쟁을 치러 이제는 러시아까지 격파했으니 한국에 대해 무엇인들 못하겠습니까? 그런데도 일본 천황과 정부가 타협적으로 일을 처리하려고 하니 우리 정부도 일본의 요구에 응하는 것이 마땅하다고 여겨집니다.

이 토 이완용 학부대신의 발언은 현실을 직시하고 있다고 보오.

이완용 오늘의 동아 형세를 살펴볼 때 이토 대사의 제안은 어찌할 수 없는 대세라고 판단합니다. 또한 보호국은 식민지와는 다릅니다. 조약의 전문에 언제 보호를 철회한다는 시기를 명시하면….

이 토   (시계를 보며) 하야시 공사의 만찬회에 참석하러 가야겠소. 오늘은 이만 돌아가시오.

이토가 사라지면 장면은 어전회의로 바뀐다.

고 종   경들이 잘 아는 것처럼 지금 이 나라와 짐은 매우 심각한 곤경에 처해 있소. 보호조약 문제를 어찌 처결하면 좋겠소?

대신들은 모두 침묵한다. 이완용이 입을 연다.

이완용   만일 이 조약을 할 수 없이 받아들이게 된다면⋯ 이 조약의 조문 가운데도 더하거나 덜거나 고칠 수 있는 부분이 있을 테니 이 점을 검토해 보는 것이 좋을 듯하옵니다.

고 종   이등박문 대사도 말하기를 조약의 조문은 고칠 수 있다고 했으니 학부대신의 말이 타당하오. 조문 가운데 어느 것을 고치면 좋겠는가?

이완용   신의 어리석은 소견으로는 이 조약 제3조, '통감의 관할사항'에 '외교'라는 두 글자를 명백히 밝히지 않았는데 이것이 뒷날 끝없는 논란거리가 될 듯합니다. 또 외교권을 돌려주는 시기에 대해서도 명시가 필요하고, 통감의 권한을 외교에 관한 사무의 감리로 명백히 한정함으로써 월권의 소지를 없애야 합니다. 폐하의 통치권을 침해하지 못하도록 못을 박아야 한다는 뜻이옵니다.

고 종   참으로 옳은 말이오.

이지용 소신도 학부대신의 의견에 찬동하옵니다.

권중현 일본 황제의 친서에는 우리 황실의 안녕과 존엄에 손상을 주지 말라는 말이 있었는데 이번 조약에는 여기에 대한 언급이 없습니다. 따로 한 조항을 만들어야 합니다.

고 종 농상공부 대신의 말이 옳도다. 그럼 어느 정도 의견이 모아 졌으니 일본 측과 잘 협상하여 처리하기 바라오.

　　　　고종이 퇴장하면 이토가 일본공사 하야시, 조선주둔군 사령관, 일본군 헌병사령관을 거느리고 급히 들어온다.

이 토 황제 폐하가 협상하여 잘 처리하라는 지시를 내렸다고 들 었소. 우선 참정대신은 어전회의에서 무얼 제의했소?

한규설 나는 반대한다고 말씀드렸소.

이 토 외부대신은?

박제순 외부대신으로서 외교권이 넘어가는데 어떻게 찬성한다고 말할 수 있겠소만… 폐하의 명령이라면 어찌 할 수 없소.

이 토 다음 탁지부대신은?

민영기 나는 반대하오.

이완용 이번 일본의 요구는 대세상 부득이한 것이오. 일본의 제의 를 수용하고 우리 요구도 제기하여 조약을 체결하는 것이 좋다고 봅니다.

이근택 동감이오.

이지용 동감이오.

권중현 동감이오.

이 토 결론을 내리겠소. 반대는 두 사람뿐이고 다수결로 가결됐으니 폐하의 재가를 받아 외부대신과 하야시 공사는 즉시 조약을 체결토록 하시오.

모두 퇴장하면 유생들이 등장한다.

유생 1 (신문을 유생2에게 내민다) 자, 황성신문을 읽어 봐.
유생 2 (받으며) 뭔데?
유생 1 황성신문 주필 장지연이 쓴 '시일야방성대곡(是日也放聲大哭)'이야.

유생2가 신문을 읽는 사이, 장지연의 목소리가 들려온다.

장지연 (소리) 슬프도다, 저 개돼지만도 못한 소위 우리 정부의 대신이란 자들은 자기 일신의 영달과 이익이나 바라면서 위협에 겁먹어 머뭇대거나 벌벌 떨며 나라를 팔아먹는 도적이 되기를 감수했던 것이다. 아, 4천 년의 강토와 5백 년의 사직을 남에게 들어 바치고 2천만 생령들로 하여금 남의 노예 되게 하였으니, 그 무슨 면목으로 2천만 동포와 얼굴을 맞댈 것인가. 아! 원통한지고, 아! 분한지고. 우리 2천만 동포여, 노예 된 동포여! 살았는가, 죽었는가? 단군과 기자 이래 4천 년 국민정신이 하룻밤 사이에 홀연 망하고 말 것인가. 원통하고 원통하다. 동포여! 동포여! ….

유생들은 신문 주위에 몰려들어 기사에 손가락을 짚으며 열을
올리다가 유생1이 손을 번쩍 쳐든다.

유생 1   보호조약에 찬성한 '을사5적'을 처형하라!

유생들   처형하라! 처형하라! 처형하라.

유생 3   (상소를 읽는다) 폐하의 결심이 확고하여 종묘사직을 지키겠
          노라고 맹세했는데 자리만 보전할 수 있다면 나라도 팔아
          먹으려 드는 역적들이 임금의 뜻을 어기고 조약을 체결했
          으니 임금을 욕보인 신하는 죽어야 합니다.

유생들   죽여라! 죽여라! 죽여라!

유생 3   (상소를 읽는다) 박제순·이완용·이지용·권중현·이근택 등
          5적은 임금을 협박해서 조약에 동의하고 조인했으니 이 난
          신적자들을 능지처참해야 합니다.

유생들   능지처참하라! 능지처참하라! 능지처참하라!

유생 5   5적의 집에 불을 지르자! 가자!

와와~ 함성을 지르며 유생들이 퇴장하면 배경막에 이완용의 집
이 화염에 싸여 불타오른다.

12장
짐이 곧 대한제국

1907년 7월. 조선통감부, 통감의 집무실.

일본공사 하야시가 들어온다.

하야시 통감 각하, 총리대신 이완용이 왔습니다.

이 토 기다리라고 해. 하야시 공사, 거기 앉게. (하야시가 앉으면) 알겠나, 헤이그 밀사사건은 우리 일본에게 기회가 찾아온 거야.

하야시 기회라뇨?

이 토 고종 황제에게 밀사사건의 책임을 물어 퇴위시키는 거지. 요즘 황제는 나의 주장에 가끔 제동을 걸어서 상대하기가 쉽지 않아. 황제를 물러나게 하고 지능이 모자라는 황태자를 즉위시켜서 한국 황실을 완전히 허수아비로 만드는 거야… 어때?

하야시 저들이 순순히 응할까요?

이 토 응하게 해야지. 그 다음 순서는 뭘까?

하야시 ….

이 토 자넨 대일본제국의 원대한 계획을 아나? 내가 본국 외무대신으로 있을 때, 천황 폐하께 주청한 계획일세. 1단계는 한국을 일본에 병합하는 것, 2단계는 한국을 징검다리 삼아 대륙으로 진출하는 거야. 우리는 이미 일청전쟁에서 이겨 만주지역을 손에 넣지 않았나. 3단계는 동아시아 전체를 일본의 지배하에 두는 거지. 이것이 이른바 '대동아공영권'이라는 거야. 이러한 원대한 계획을 실현하기 위해선 명분이 필요해. 그것은 내가 늘 말하는 '동양평화론'이지. 또한 근대화를 통한 조선인의 자발적인 동화(同化)라는 전략

이 '식민지 근대화론'이야.

하야시 역시 각하의 탁월한 국제정치 감각은 타의 추종을 불허할 겁니다.

이 토 자넨 요시다 쇼인을 알지?

하야시 일본 근대화의 아버지 아닙니까?

이 토 내가 존경하는 스승일세. 미련한 조선의 집권층이 쇄국으로 일관하고 있을 때, 그는 메이지유신을 주도했고 정한론 (征韓論)을 주장했어. 오늘날 조선이 일본의 제물이 된 건 그의 정한론 덕택이라고 할 수 있지. 젊은 우리들의 심장을 뛰게 했던 요시다 선생의 강의를 나는 잊지 못하네. "성현의 말을 따라 충효심을 기르고, 나라를 위협하는 해적을 멸하자"는 것이었지.

하야시 소위 존왕양이론(尊王攘夷論)이 아닙니까? 아무튼 사제가 대를 이어 제국에 충성하는군요.

이 토 현재로선 1단계 과업의 정지작업부터 추진해야지. 일본 정부는 이번 기회에 황제를 퇴위시킨다는 확고한 방침을 정했지만 내가 전면에 나서진 않겠어. 총리대신에게 최대한 압력을 넣어서 저들 스스로 퇴위를 결정토록 유도하는 거야.

하야시 각하의 영명하신 판단력과 통찰력에 혀를 내두르지 아니할 수 없습니다.

이 토 하하핫… 비행기 태우지 말게, 이 사람아. 자, 그럼 총리대신을 들여보내지.

하야시 공사 나가고 이완용이 등장하여 구십 도 각도로 절한다.

이 토 어서 오시오. 재작년에 을사조약이 체결되고 작년에 내가
초대 통감으로 경성에 부임한 이래 한국 대신들의 면면을
유심히 살펴 왔소. 그 결과, 폐하께 박제순의 후임으로 이
완용 공을 총리대신으로 추천한 거요.

이완용 통감 각하의 은혜에 감읍할 뿐입니다.

이 토 그런데 총리대신이 내 뒤통수를 치다니… 배은망덕한 거
아니오?

이완용 무슨 말씀이신지…?

이 토 (서류를 내던지며) 이걸 보시오! 헤이그 주재 일본공사가 외
무성에 보낸 긴급 전문을 외무성이 나에게 전한 거요. (또
서류를 던진다) 이건 폐하가 밀사를 통해 러시아 황제에게
보낸 지원 호소 친서의 복사본이오. (이완용이 서류를 읽는 사
이) 한국 황제의 밀사를 자처하는 한국인 세 사람이 헤이
그에서 열리고 있는 만국평화회의에 참석을 요구하면서
'1905년에 일본과 맺은 보호조약은 한국 황제의 뜻이 아
니며 따라서 무효'라고 주장하는 내용이오… 이 같은 행위
는 보호조약을 위반한 것이며, 도저히 용서할 수도 묵과할
수도 없는 일본에 대한 적대 행위요. 그러므로 일본은 한국
에 대해 선전포고를 할 충분한 이유가 있소! 전쟁을 도발
한 건 당신들이오!

이완용 각하! 진정하십시오… 우선 이번 사건은 내각에서 전혀 관
여하지 않았다는 점을 말씀드립니다. 어쨌든 간에 이 같은

불미스런 사태가 야기된 것에 대해 총리대신으로서 심심한 사죄를 드립니다. (다시 구십 도로 절한다)

이 토 이처럼 야비한 방법으로 일본의 보호권을 거부하려는 건 차라리 일본에 대해 당당하게 선전포고를 하는 것보다 못한 비겁한 행위요. 모든 책임은 전적으로 황제와 내각이 져야 할 거요.

이완용 각하! 제가 즉시 내각회의를 열어 대책을 마련한 다음, 추후에 다시 보고를 드리겠습니다.

이 토 좋아, 보고를 기다리겠소.

두 사람, 퇴장하면 장면은 덕수궁에서 열리는 내각 회의장으로 바뀐다. 대신들이 속속 들어와 자리를 잡는다.

이완용 폐하께서 만국평화회의에 전(前) 의정부 참찬 이상설과 전 평리원 검사 이준, 전 러시아 주재 공사관 서기관 이위종 등 3인을 밀사로 파견한 사실이 드러났습니다. 그들은 황실 돈인 내탕금 15만 원과 폐하의 신임장 그리고 러시아 황제 니콜라이 2세에게 도움을 청하는 친서를 받아들고 헤이그에 도착했으나 회의에는 참석하지 못하고 각국 신문 기자들에게 일본의 한국 침략 실상을 폭로하고 한국의 외교권 회복을 호소했다고 합니다. 여기 증거 자료로 폐하의 친서가 있습니다. (친서를 들어 보인다)

조중응 이처럼 기상천외한 발상을 하도록 폐하를 부추긴 자가 누구요?

이완용 경성에서 『코리아 리뷰』라는 영문 잡지를 발행하는 헐버트 란 자가 폐하께 제안했다 하오.

송병준 이 문제로 폐하를 만나보셨는지요?

이완용 폐하께선 모르는 일이라고만 하시니… 답답한 일이오. 어 찌 하면 좋겠소? 의견들을 말씀해 보세요.

대신들 (묵묵부답) ….

이완용 한 가지 방책이 있긴 하오만….

임선준 그게 뭐요? 나는 총리대신의 의견에 따르리다.

이병무 동감이오.

이재곤 동감이오.

고영희 동감이오.

이완용 세상에서 제일 처신하기 힘든 일이 세 가지가 있소이다. 쇠 약한 나라의 재상과 파산한 회사의 청산인, 빈궁한 가정의 주부가 그것이오. (잠시) 방책이란 건 다름이 아니라… 황태 자 전하로 하여금 황위를 대행케 하는 방안이오이다.

이재곤 뭐라구요! 그런 불충한 진언을 누가 할 수 있겠소이까?

임선준 이거야말로 고양이 목에 방울달기가 아니오?

이병무 폐하를 고양이에 비유하다니… 그 역시 불충한 발언이오.

임선준 아니, 그런 뜻이 아니라….

송병준 (핀잔하듯) 이것 보시오! 대신들이 이렇게 겁 많고 보신책에 만 급급하니까 나라가 이 모양, 요 꼴이 되지 않았소!

임선준 농상공부 대신은 말을 삼가시오! 그럼 당신은 나라가 이렇 게 될 때까지 어디서 무얼 했소?

송병준 나로 말할 것 같으면 일진회(一進會)의 고문으로서….

임선준	(말을 자르며) 일진회! 일본 군부와 낭인들의 조종을 받는 매국단체가 아니오?

임선준　(말을 자르며) 일진회! 일본 군부와 낭인들의 조종을 받는 매국단체가 아니오?

조중응　매국단체라니? 말을 가려서 하시오.

이병무　사실 아니오? 일본이 보호조약을 강요하기 직전에는 외교권을 일본에 넘기라고 아우성을 치더니, 이토가 통감으로 부임하자 쌍수를 들어 환영한 게 일진회가 아닙니까!

이재곤　맞소이다. 동학당과 독립협회의 잔존세력들이 일진회를 만들어서 외세의 앞잡이, 주구 노릇을 하고 있소이다!

송병준　주구라니? 이 자들이 죽고 싶어 환장을 했군!

고영희　보자보자 하니까 못하는 소리가 없구만. (송병준과 조중응에게 손가락질하며) 당신들! 이토의 뒷배를 믿고 설쳐대는데, 까불지 마!

이병무　자격도 안 되는 것들이, 입각했다고 다 같은 대신인 줄 알아?

조중응　이런 망할 놈이!

조중응이 자리를 박차고 일어나 이병무의 멱살을 잡으면 이재곤, 임선준, 고영희가 조중응을 밀치고 송병준이 여기에 가세하면서 회의장은 일대 난장판이 된다.

이완용　(책상을 두드리며, 고함) 멈추시오! 그만…! (대신들, 서로의 멱살을 놓고 멈춰 선다) 지금 나라가 풍전등화처럼 위급한 상황인데 일국의 대신들이 시정잡배들처럼 드잡이나 하다니, 쯔쯧… 모두 자리에 앉으시오. (대신들, 앉는다) 우리끼리는 결론이 나지 않을 것 같소. 내가 폐하를 이리로 모셔오리다.

이완용, 퇴장했다가 고종과 함께 등장.

고 종 (좌정한 후) 짐이 부덕하고 미련하여… 여러 대신들에게 격정을 끼쳤소.

이완용 폐하! 무릇 천도(天道)에 춘하추동이 있어 이를 변역(變易)이라 하며 인사(人事)에 동서남북이 있어 이 또한 변역이라 하옵니다. 천도와 인사가 때에 따라 변역하지 않으면 이는 실리를 잃어 끝내 성취하는 바가 없을 것이옵니다. 황실을 보존하고 국가를 유지하기 위해서는 황태자 전하께 정사를 대리토록 하는 것이 불가피하옵니다.

고 종 (역정을 내어) 어허--! 경의 행동은 신하의 도리가 아니오! 짐은 절대 그럴 수 없소.

이재곤 아뢰옵기 황공하오나 폐하… 백척간두에 선 종묘사직을 보전하기 위해선 황위를 선양하는 길밖에는….

고 종 (버럭) 뭣이! 신하의 몸으로 어찌 감히 선위를 운운할 수 있는가! 다시는 그런 말을 입 밖에 내지 말라!

고영희 폐하! 통촉하여 주시옵소서!

대신들 통촉하여 주시옵소서!

고 종 (애처로운 눈으로 대신들을 바라보다가) 나라가 어지러운 형편에 있는데, 어떻게 몸과 마음이 약한 황태자에게 정사를 맡길 수 있겠소? 짐은 헤이그 밀사사건에 대해 아는 바가 없소. 이준이나 이상설을 소환해서 엄중히 조사하면 될 게 아니오?

송병준   (이완용의 책상으로 달려가, 고종의 친서를 집어 흔들면서) 이렇게 객관적 사실이 명백히 드러났는데도 오리발을 내밀면 어쩌시겠다는 거오이까?

임선준   무엄하오! 황상 폐하께 오리발이라니? 그런 불손한 언사가 어디 있소?

이재곤   (삿대질 하며) 당장 망발을 사죄하시오!

송병준   망발이라니? 내가 못 할 소리 했소?

이병무   (삿대질) 폐하를 능멸하는 그 주둥아리 함부로 놀리지 마라!

조중응   (삿대질) 당신이나 그 아가리 닥쳐!

이완용   (책상을 치며) 그만 두시오! 어전에서 이 무슨 무례한 행패요!

고 종   (탄식하며) 오! 이 모두가 짐의 과오로다, 과오야….

송병준   이 문제는 그냥 지나칠 일이 아닌 줄 아옵니다. 폐하가 친히 일본 천황을 방문해서 사과하든가, 아니면 이토 통감을 찾아가 사죄함이 마땅한 줄 아뢰오.

고 종   짐이 이토 통감에게 사죄하라?… 아, 말세로구나, 말세야….

대신들   ….

고 종   (눈을 질끈 감았다가 뜬다) 알겠소, 짐이 조칙을 내리겠소. 황태자에게 정사를 대리케 하고, 그에 따른 예식 절차는 궁내부와 장례원에서 마련해 거행하라!

이완용   분부하신 대로 거행하겠나이다.

고 종   짐이 곧 대한제국인데… 짐이 없는 나라는 상상할 수가 없소, 상상할 수가….

고종이 퇴장하면 대신들도 자리를 뜬다.

장면은 덕수궁 앞 대한문으로 바뀐다. 고종의 양위 소식을 들은 백성들이 구름처럼 모여든다.

백성 1 (엎드려) 폐하! 양위를 거두어 주옵소서!

백성들 (같이 엎드려) 양위를 거두어 주옵소서!

일본 순사들이 칼을 빼들고 총을 들이대며 위협한다.

순사 1 해산하라! 해산하지 않으면 체포하겠다!

순사 2 해산하지 않으면 발포한다!

백성 2 일본과 공모해서 오백 년 사직을 팔아먹은 매국노를 참수하라!

백성들 (주먹을 흔들며) 참수하라! 참수하라!

백성 3 매국노의 일족들을 잡아 죽여라!

백성 4 이완용을 찢어 죽여라!

백성들 이완용을 거열형에 처하라! 대궐로 쳐들어가자!

백성들이 덕수궁으로 들어가려고 하자 순사들과 뒤엉켜 혈투가 벌어진다. 칼에 찔리고 총에 맞은 백성들이 대한문 앞에 나둥그라진다.

13장
불멸(不滅)의 영웅, 안중근

1909년 10월. 통감의 집무실.
하야시 공사가 급히 들어온다.

하야시   각하! 본국 외무성에서 온 훈령입니다.

이 토   훈령…?

하야시   (전문을 내밀며) 여기 전문이 있습니다.

이 토   (전문을 읽는다) 조속한 시일 내에 한국을 일본에 병합할 것, 이번에도 고종 양위 때와 마찬가지로 통감부는 전면에 나서지 말 것. 이상… 외무성 관리들이 조급증에 빠졌군.

하야시   조급증… 이라뇨?

이 토   졸속과 조급증은 일을 망치는 첩경이야. 하야시 공사, 자넨 하이쿠(短詩) '울지 않는 새'를 알고 있지?

하야시   여기 울지 않는 새가 있다. 오다 노부나가는 "울지 않는 새는 쓸모가 없으니 죽여 버려라", 도요토미 히데요시는 "울도록 만들어라", 도쿠가와 이에야스는 "울 때까지 기다려라"… 이거 아닙니까?

이 토   통치자에겐 냉정한 결단, 권모술수가 필요하지. 그러나 가장 중요한 건 '때를 기다리는 것', 곧 타이밍이야. 타이밍은 단순한 인내가 아니라 때에 맞춰서 행동하는 거지. 막부시대의 쇼군 중에서 도쿠가와 이에야스를 내가 제일 존경하는 이유가 바로 이것이라네. 그런데 대업을 이루기 위해선 천시(天時), 지리(地利), 인화(人和)… 이 세 가지가 합해져야 하지. 하야시 군, 자넨 어떻게 생각하나?

하야시 천시는 기회, 지리는 환경, 인화는 사람이라고 풀이하면 이 중에서 으뜸으로 중요한 건 사람입니다. 기회를 만드는 것도, 환경을 조성하는 것도 결국은 사람이니까요.

이 토 그렇지, 잘 봤네. 자넨 이완용을 어찌 보나?

하야시 충성스런 친일파의 거두 아닙니까?

이 토 친일파는 송병준이나 조중응도 있지. 하지만 이완용은 이런 무리들과 격이 달라. 국제정세에 밝고 대세를 읽을 줄 알거든.

하야시 미국에서 2년간 대리공사로 있으면서 선진문물을 접한 자가 아닙니까?

이 토 내가 언제부터 이완용을 눈여겨봐온 지 아나?

하야시 ….

이 토 내가 한국 대신들에게 보호조약을 제의했을 때, 아무도 감히 의견을 말하는 자가 없었는데, 당시 학부대신이었던 이완용이 "오늘의 동아 형세를 살펴볼 때 일본의 제안은 어쩔 수 없는 대세다"라고 말함으로써 조약이 성취된 거야. 그때부터 난 이완용이 탁견과 용기를 갖춘 비범하고 유용한 인물이란 걸 알게 됐어.

하야시 일한 병합에도 이완용의 비범한 재주를 활용해야겠군요.

이 토 자네 말처럼 대업을 완수하는 건 사람이지. 그것도 사람 중의 사람.

하야시 사람 중의 사람…? (이때, 노크 소리) 들어와! (직원, 등장)

직 원 본국에서 전문이 도착했습니다. (하야시에게 전문을 내민다)

하야시 (전문을 보고 희색이 만면하여) 각하! 영전을 축하드립니다.

이 토 무슨 소리야?

하야시 이걸 보십시오. 각하가 천황 폐하의 자문기구인 추밀원 의
장으로 임명됐습니다.

이 토 (전문을 읽고) 으음… 기어이 올 것이 오고야 말았군.

하야시 네에…?

이 토 아니야, 떠날 채비를 해야겠어.

세 사람, 퇴장하면 장면은 만주 하얼빈 역으로 바뀐다.
눈보라가 휘날리고 휘이잉~ 한풍이 몰아친다.
특별열차의 기적소리가 멎으면 두툼한 외투 차림의 이토가 러시
아 재무상 코코우츠프와 함께 등장한다. 러시아 군악대의 주악
이 울려 퍼지는 가운데 이토가 각국 외교관들과 악수를 나눌 때,
한 청년이 군중 속에서 뛰쳐나오며 탕 탕 탕! 세 발의 총탄을 연
거푸 발사한다.

안중근 침략자! 내 총탄을 받아라! 코레아 우라(조선 만세)!

이토, 가슴을 움켜쥐고 쓰러지자 러시아 헌병들이 달려온다.

헌 병 포이메이 예고(저놈, 잡아라)!

러시아 헌병이 안중근을 체포하자, 안중근은 오연한 태도로 말

한다.

안중근   난 대한의용군 참모장 안중근이다. 난 조선의 주권을 강탈한 원흉을 처단했다.

이 토   범인이… 누군가?

비 서   조센징입니다.

이 토   바카야로(바보자식)… (눈을 감는다)

다시 장면이 바뀌면 대련항. 이토의 유해를 실은 일본 군함 아키츠시마(秋津洲)가 대련항을 떠나려 하고 있다. 총리대신 이완용을 비롯한 조문단이 군함에 승선하려 할 때 일본 헌병 장교가 제지한다.

이완용   나는 대한제국의 총리대신이오.

장 교   한국인은 승선할 수 없습니다.

이완용   어째서요?

장 교   이토 각하가 한국인에게 피살됐다는 소식이 전해지면서 일본 군인들 감정이 격해져 조문 사절들이 어떤 봉변을 당할지 안전을 보장할 수 없기 때문입니다.

이완용   흐음, 난감하네….

장 교   군함이 곧 출항하니까, 그냥 밖에서 묵념으로 조의를 표할 수밖에 없지 않겠습니까?

출항을 알리는 기적이 울리고 군함이 서서히 항구를 빠져나간다.

조문 사절 일행은 모두 머리를 숙여 묵념한다.

이완용 평안히 잠드소서, 각하… (떠나는 군함을 가리키며 일행에게)
보시오! 독일의 비스마르크, 영국의 빅토리아 여왕, 중국의
이홍장과 함께 세계적 대정치가란 칭송을 들으며 30여 년
동안 동양 정치를 주름잡던 이토 각하도 운명의 나침반을
따라 저리도 허망하게 떠나는구려….

또 한번 장면이 바뀌면 여순(旅順) 감옥 면회실.
죄수복을 입은 안중근과 보따리를 가슴에 안은 어머니가 만난다.

어머니 중근아….
안중근 어머니!… 이 면면한 곳을 어떻게 알고 찾아오셨어요?
어머니 자식이 있는 곳, 어딘들 못 가겠니. 지옥 끝까지라도 찾아
가야지. (잠시) 영웅이 영웅을 쐈구나.
안중근 … 네?
어머니 이등박문은 일본의 영웅, 넌 조선의 영웅… 영웅은 삶도,
죽음도 두려워하지 않는 법이다.
안중근 어머니, 못난 자식 때문에 얼마나 노심초사 하셨어요?
어머니 넌 내 아들이고, 난 안중근의 어머니다.
안중근 ….
어머니 조선의 사내는 너밖에 없느니라.
안중근 무슨…?
어머니 망국에 임하여 다른 사내들은 붓을 꺾고 자결하며 항의

할 때, 넌 분연히 일어나 원흉의 심장에 총탄을 퍼붓지 않
았느냐?

안중근 그러니까 어머니, 조선을 집어삼킨 침략자를 내 손으로 죽
인 건 떳떳하고 자랑스런 일이겠지요?

어머니 넌 죄인이 아니다, 조국을 사랑한 죄는 죄가 아니야. 물건
을 훔치면 도적이지만 나라를 훔치면 도적이 아니듯이….

안중근 (목을 만지며) 제 목을 좀 보세요. 피멍이 들지 않았나요? 밤
마다 교수형 당하는 꿈을 꾼답니다. 온몸이 땀으로 흥건하
지요.

어머니 소인은 여러 번 죽지만 대인은 오직 한번 죽을 뿐이야. 용
기는 전염돼. 두고 봐, 제2, 제3의 안중근이 쏟아져 나올 테
니까.

안중근 그렇겠지요. 조선의 혼이 심장의 박동처럼 힘차게 뛰고 있
다면….

어머니 알겠느냐? 네가 한 일은 우리 조선에 희망이라는 생명체가
아직 살아있다는 걸 보여준 거란다.

안중근 어머니, 감옥에서의 하루가 견딜 수 없을 만큼 지루하고 답
답해서 미칠 지경이에요.

어머니 감옥에서의 하루가 일 년 같겠지만 저승에서의 하루는 이
승의 백 년보다 더 좋을지 몰라.

안중근 앞으로 전 어떻게 될까요?

어머니 사형 언도를 받았다지?

안중근 솔직히 전… 죽음이 두렵습니다.

어머니 조국을 위해 죽는 것보다 더 기꺼운 일은 없다. 고등법원에

항소하는 걸 포기하거라.

안중근 네?… 왜요?

어머니 구차하게 목숨을 구걸하지 마. 네 행동이 떳떳하다면 떳떳하게 죽어라.

안중근 어머니…!

어머니 고귀한 죽음이 욕된 삶보다 천 배나 더 값지. 큰 일을 한 사람이 어찌 작은 죽음에 연연한단 말이더냐?

안중근 항소하지 않으면 곧 사형이 집행된답니다. 살고 싶습니다. 일 년만 더… 아니, 한 달이라도….

어머니 조선 남아의 기개를 보여줘야 하느니라. 절대로 일본놈들한테 고개 숙이지 마. 고개 숙이는 순간, 넌 지는 거야.

안중근 가슴에 새기겠습니다. 어머니… 오늘이 마지막 만남이겠죠?

어머니 이 에미는 언제 어디서나 항상 너와 함께 있을 거다. 이제야 알겠지? 네 운명의 주인은 너가 아니라 하느님이라는 걸….

안중근 그분이 절 용서하실까요?

어머니 아무도 그분의 뜻을 헤아리거나 거스를 수 없어. 하지만 회개는 용서의 시작이고, 그 끝은 구원이란다… 우린 머지않아 저 높은 곳에서 만나게 될 거야. (나가다 돌아서서) 영웅은 울어도 눈물 흘리지 않아… 이를 악물어야지.

안중근 어머니…!!!

어머니, 퇴장하면 안중근이 간수에 의해 무대 한가운데로 끌려

나와 의자에 앉혀진다. 검은 헝겊으로 눈을 가리고 굵은 밧줄이
목을 옭아맨다.

간 수 마지막으로 할 말은 없느냐?

안중근 장부는 비록 죽어도 마음은 쇠와 같고, 열사는 위험한 때를
당해도 그 기개는 구름과 같도다.(丈夫雖死心如鐵 烈士當危氣
似雲)

간 수 오! 과연… 듣던 대로군….

간수가 손짓하면 덜커덩! 하는 소리와 함께 암전.

14장
미망(迷妄)의 황제, 순종

1910년 8월. 창덕궁 대조전 흥복헌.
이완용이 순종을 배알하고 있다.

이완용 폐하! 소신을 믿으시옵니까?

순 종 짐의 아버지, 태황제께서 늘 말씀하였소. "여러 대신 중 믿
을 만한 사람은 이완용뿐이니, 그를 믿고 따르라"고 했소이
다. 짐과 부황, 왕실을 끝까지 지켜줄 신하는 그대뿐이오.

이완용 그리하옵시면 소신의 견해를 말씀드리겠나이다. 돌이켜 보
건대 을사보호조약과 정미7조약으로 한국은 외교권·사법

권·경찰권을 모두 잃고 빈껍데기만 남은 나라가 되었사옵니다.

순 종 부황과 짐의 치세 중에 이 같은 불상사를 당하니 한탄할 따름이오.

이완용 엊그제 일진회가 '대한제국 2천만 국민의 대표'를 자칭하면서 한일합방을 요구하는 성명서를 발표했나이다. 또한 새로 부임한 데라우치 통감은 일본 육군대신을 겸하고 있어 일본의 저의를 엿보게 하옵니다. 이제 어쩔 수 없는 현실을 받아들여야 할 때가 되었나 보옵니다.

순 종 ….

이완용 오늘 소신의 비서 이인직을 통감부 외사국장 고마쓰 미도리(小松綠)에게 보내 한일병합을 제의토록 하겠사옵니다.

순 종 이인직이 누구요?

이완용 최초의 신소설 『혈의 누(淚)』를 쓴 작가로, 일본에 체류할 때 고마쓰의 제자였나이다.

순 종 ….

이완용 모든 짐은 소신이 지고 가겠나이다. 악역은 소신이 맡을 터이니 폐하는 끝까지 불가불가(不可不可)만 외치시오면 소신이 불가불 가(不可不 可)라고 하겠나이다.

순 종 하늘 아래 경 같은 충신은 없소.

이완용 충신이라 하시니 듣잡기 민망하옵니다. 소신은 자손만대, 세세무궁토록 역적의 대명사로 남을 것이옵니다.

순 종 아니오! 아니오… 언젠가, 누군가는 경의 진심을 알아볼 거요. (잠시) 짐이 삼 년 전 황제의 위에 올랐을 때 경은 짐에

게 유신의 대업을 완수하라고 상주했었는데… 합방이라
니… 진정 합방 말고는 다른 방법이 없겠소?

이완용 폐하! 제국의 멸망을 지켜봐야 하는 소신도 끓어오르는 통
분을 금치 못하겠나이다. 하오나… 대세의 흐름은 둑이 무
너진 것 같아 어쩔 수 없나이다. 대세에 순응하면서 후일을
도모하심이 옳다고 사료되옵니다. 약소국인 우리가 동양의
패권국인 일본의 위압을 어떻게 막을 수 있나이까? 이제
세계 열강의 노리개, 꼭두각시 놀음은 멈춰야 할 때이옵니
다. 오직 한 나라, 강대국 일본에 의탁하여 우리의 국력을
길러야 합니다.

순 종 국력을 기른 후에는…?

이완용 언젠가 우리의 주권을 되찾아야 합니다. 한 삼태기 흙이 쌓
여 태산을 이룹니다. 힘을 축적해서 훗날에 대비해야 하옵
니다. 하늘이 이 착한 백의민족을 버리지 않을 것이옵니다.

순 종 정녕 하늘이 우릴 도와줄까?

이완용 언제까지 남의 나라 종살이를 해야 하나이까? 기필코 빼앗
긴 국권을 되찾아 주인이 돼야 하옵니다. 절치부심하면서
권토중래의 때를 기다려야 하옵니다.

순 종 그렇소, 와신상담의 각오로 국권회복의 때를 기다려야겠지.

이완용 하오나 폐하… 병합 후에는 황제가 왕으로 격하되고 호칭
은 쇼토쿠노미야 이왕(昌德宮李王)이 될 것이옵니다.

순 종 나라 잃은 군주가 호칭이 무엇이면 어떻소. 조상을 모신 종
묘와 사직을 보전할 수만 있다면 그것으로 족하오.

이완용 폐하! 일본의 모욕과 조롱을 받을지라도 조선은 끝까지 시

궁창에서 헤어 나오려고 발버둥쳐야 합니다. 하늘이 우리를 넘어뜨린 건 다시 일어서는 법을 가르쳐주기 위한 것이옵니다.

순 종 아암, 다시 일어서야지. 반드시 우리 스스로의 힘으로 다시… 대신들을 들라 하시오.

이완용이 나가서 대신들과 함께 등장한다.

순 종 부황 폐하로부터 대임을 물려받아 4년에 이르렀으나, 백성과 나라의 곤궁한 형편을 구하지 못하고 있소. 이에 짐은 저들 궁민을 차라리 유덕한 일본 천황 메이지(明治)에게 위탁하려 하는데, 여러 신하 가운데 인민을 구제할 방책이 있다면 숨김없이 말해 보시오.

이재면 태왕 폐하의 기십 년에 걸친 실정이 오늘의 사태를 야기했으니 누구를 탓하오리까?

이완용 오늘의 사태는 태왕 폐하나 금상폐하의 실정 탓이 아니오라 신하로서 보필하지 못한 소신들의 잘못이옵니다. 하늘을 우러러 죄를 통회하고 벌을 청하옵니다.

순 종 다른 대신들도 의견을 말해 보시오.

대신들 ….

순 종 짐은 대한제국에 대한 통치를 대일본제국 황제 폐하께 넘겨주기로 결정했소. 내각 총리대신 이완용을 전권위원으로 임명하니 데라우치 통감과 합방조약을 맺도록 하시오.

이완용 황명을 받들겠나이다.

순종과 대신들이 퇴장하면 데라우치 등장.

데라우치 수고했소, 총리대신의 공은 일본 역사에 길이 빛날 것이오.

이완용 과분한 찬사입니다. (서류를 내밀며) 여기 합방조약의 초안을
검토해 주시기 바랍니다.

데라우치 (받아 읽는다) 대한제국 전체에 대한 일체의 통치권을 완전
히 일본에 넘겨준다… 하하핫… 이제야 한국이 명실상부
하게 통째로 일본에 넘어왔군. 병사 한 명도 움직이지 않
고 피 한 방울 흘리지 않고 나라를 넘겨받았으니 그물을
치기도 전에 물고기가 뛰어든 셈이로구만. 하하하….

이완용 통감 각하! 그것은 조약의 전문이고, 본문을 읽어 보십시오.

데라우치 (읽는다) 대일본제국은 추후 대한제국이 부강해지면 통치
권을 반환할 수 있다…? 이 어림없는 잠꼬대 같은 수작은
누구의 발상이야!

이완용 지금 당장이 아니라… 먼 미래에 그럴 수도 있다는 것으로,
강제 규정은 아니고 임의 규정입니다.

데라우치 도대체 말도 안 되는 헛소릴 지껄이고 있군. 즉각 이 조문
을 고치시오! 전문에다가 이렇게 명시하시오… 일체의 통
치권을 완전히 그리고 영구히 일본에 넘겨준다… 알겠소?

이완용 각하! 한국인에게도 겨자씨만 한 희망이 있어야 하지 않겠
습니까?

데라우치 희망은 무슨 얼어죽을… 애시당초 한국인은 희망이 없는,
싹수가 노오란 민족이오. 지저분한 엽전은 세 사람만 모이
면 파당을 만들고, 조선왕조 500년은 당파 싸움만 하면서

서로 물어뜯다가 종당에는 망조가 든 거 아니오?

이완용 (무릎을 꿇고) 각하! 제발… 은혜를 베푸시어 겨자씨만 한 희
     망이라도….

데라우치 일국의 총리대신이 채신머리 없이 이게 무슨 짓이오? 일
     어서시오.

이완용 이 한 몸 죽어 나라가 산다면 무슨 짓인들 못 하겠습니까?
     통치권 반환에 관한 조문만 살려 주신다면….

데라우치 닥치시오! 내 말대로 수정하지 않으면 합방조약의 조인을
     거부하겠소. 알아서 하시오! (퇴장)

이완용 (이마를 감싸며 휘청거린다) 아 — 슬프도다! 오백 년 조선왕조
     가 망하는구나… 사천 년 한민족 역사도 암흑 속으로 사라
     지누나. 삼천리 강토와 이천만 인민을 흉악무도한 일제에
     넘겨주다니… 만고에 씻을 수 없는 오명을 남기게 됐구나,
     이 이완용이… 이 더러운 매국노가….

이완용, 두 손으로 얼굴을 가리고 오열한다.

15장
고요한 아침의 나라

1919년 2월. 이완용의 집.
정광조가 응접실에서 주인을 기다리는데 이완용 등장.

이완용 날 만나러 왔다고…?

정광조 네, 정광조라고 합니다. 천도교 주임으로 일하고 있습니다. 천도교 교주 의암 손병희 선생이 제 장인이 됩니다.

이완용 아, 그래요? 헌데 무슨 용건으로 오셨소?

정광조 손병희 선생이 이 말을 전하라 하셨습니다. "매국(賣國) 말 고 흥국(興國)하자"

이완용 매국 말고 흥국하자?… 그게 무슨 뜻이오?

정광조 단도직입적으로 말씀드리겠습니다. 보름 뒤, 3월 1일에 민 족대표 33인이 탑골공원에 모여 독립선언서를 발표하고 만세운동을 개시하기로 했습니다. 그 33인 중에 선생님의 이름을 올리는데 사전 동의를 얻으려고 찾아 왔습니다.

이완용 내가 민족 대표의 한 사람이 된단 말이오?

정광조 그렇습니다.

이완용 젊은이… 한일합방 이후, 난 모든 공직에서 물러나 지금은 백면서생에 불과하오. 더욱이 난 민족반역자, 매국노라고 지탄받는 사람이오.

정광조 그러나 선생님은 왕년에 애국계몽운동을 펼쳤던 독립협 회를 주도하던, 민족적 양심을 지닌 분입니다. 또한 전직 내각 총리대신이고 현재는 일본 황실의 백작이라는 높은 작위를 갖고 계십니다. 선생님이 이번 거사에 참여하신 다면 국내외에 상당한 파급력을 발휘할 겁니다. 거사 지 도부에서는 이 점을 고려하여 선생님께 동참을 권유하게 된 겁니다.

이완용 생각해 보시오, 난 이미 동족을 배신한 변절자요. 이번 거사에 참여하면 그건 일본과 일본 황실을 배신하는 행위요. 내 평생에 한 번의 변절로 족하지, 두 번이나 변절자가 되고 싶지는 않소.

정광조 선생님! 선생님이 주도하던 독립협회가 만민공동회를 열지 않았습니까? 바야흐로 조선에 개화와 각성의 불길이 치솟던 그때를 벌써 잊으셨단 말입니까!

이완용 ….

정광조 이번 거사는 우리 민족의 자주독립과 민족적 자존심을 세계만방에 알리는 계기가 될 겁니다. 선생님은 나라와 민족을 사랑하는 마음이 누구보다 크신 분이란 걸 잘 알고 있습니다.

이완용 뭐라고? 누가 그런 소릴 했소?

정광조 선생님의 생질인 김명수가 제 친구인데, 명수로부터 들어서 알게 됐습니다.

이완용 저런, 명수가 쓸데없는 이야길 지껄였군. 어쨌든 난 참여할 의사가 없으니 그만 돌아가시오. 헌데 왜 하필이면 고종 황제의 국장(國葬)을 앞두고 거사하는 거요?

정광조 황제는 대중에게 권력을 강탈당한 가련한 군주로 각인돼 있습니다. 옛 왕을 죽인 일본에 대한 저항… 거사의 명분으로 그럴듯하지 않습니까?

이완용 일본이 폐하를 죽였다는 건 날조가 아니오?

정광조 황제의 급작스러운 죽음은 일제에 의한 독살설을 유포시키고 있습니다. 그런데 말입니다. 황제가 43년 동안 통치했던 나라가 사라지고, 옛 왕은 그 사라진 나라에서 9년이

나 유령처럼 살다가 죽었습니다. 명나라 마지막 황제 의종처럼 목을 매 자살하지도 않았고, 덕수궁 담장 안에서 후궁들과 노닥거리며 허랑방탕하다가 떠나갔습니다. 우리가 이런 황제의 죽음을 슬퍼해야 합니까?

이완용 대한제국 초대 황제에 대한 예의를 갖췄으면 좋겠소.

정광조 아! 잘 알겠습니다… 한 가지 부탁이 있습니다.

이완용 뭔 부탁이오?

정광조 오늘 제가 했던 말은 극비사항입니다. 비밀을 지켜 주십시오.

이완용 그 점은 염려마시오… 젊은이는『고요한 아침의 나라, 조선』이라는 책을 읽은 적 있소?

정광조 아직 못 봤습니다.

이완용 1883년에 조선에 왔던 퍼시벌 로웰이라는 미국 청년이 쓴 책이오. '조선'은 한낮의 뜨거운 태양을 향해 질주하는 나라라는 뜻이 담겨있다고 생각하오. 비록 대한제국은 멸망했지만 언젠가 다시 일어설 거요. 지금은 몸을 움츠리고 조용히 숨을 고르고 있지만 때가 오면, 질풍노도처럼 일어서서 전 세계를 향해 포효할 날이 반드시 올 거란 말이오.

정광조 오늘 선생님의 말씀은 오래도록 가슴 깊이 간직하겠습니다. 한 가지 묻고 싶은 게 있는데요. 미국 대통령 윌슨이 '민족자결주의'를 주창했는데… 어떻게 보십니까?

이완용 모든 민족은 자국의 문제를 스스로 결정할 권리가 있고, 다른 국가의 간섭을 받지 않는다는 주장이 아니오? 강대국의 지배를 받는 약소국에게는 희망의 등불이 아니고 뭐겠소.

젊은이… 꺼져 가는 촛불 같은 이 나라를 다시 일으켜 세
우는 희망의 등불이 되어 주시오.

정광조 아! 역시 김명수의 말이 틀리지 않았군요. 선생님의 진심을
알게 돼서 다행입니다. 안녕히 계십시오. (퇴장)

이완용 젊은이… 미안하오, 정말 미안해. 하지만 온 맘과 뜻을 다
해 당신들이 하는 일이 성공하길 빌겠소. 꼭… 꼬옥 성공하
시오. (기도하듯 두 손을 모아 잡는다)

이완용이 퇴장하면 손병희와 민중들 등장. 손병희가 독립선언서
를 낭독한다.

손병희 오등은 자에 아조선이 독립국임과 조선인이 자주민임을
선언하노라. 차로써 세계만방에 고하야 인류평등의 대의를
극명하며 차로써 자손만대에 고하야 민족자존의 정권을
영유케 하노라….

민중 1 독립선언 민족지도자 33명 명단에 유림(儒林)은 단 한 사람
도 없다. 500년 동안 조선을 지배했던 유림의 지도자들은
각성하라!

민중들 각성하라! 각성하라! 각성하라!

민중 2 나라를 팔아먹은 을사오적과 경술국적을 효수하라!

민중들 효수하라! 효수하라! 효수하라!

민중 3 일제는 조선인의 입과 손과 발을 묶은 무단통치를 철폐
하라!

민중들 철폐하라! 철폐하라! 철폐하라!

민중 4 지금 이 순간부터 조선은 일제의 식민지가 아니라 독립국임을 선포한다. 대한 독립 만세!

민중들 대한 독립 만세! 대한 독립 만세! 대한 독립 만세!

민중들이 환호성을 지르며 모자를 날리고 발을 구르며 만세를 부른다.

치마를 짧게 입은 여학생과 머리를 박박 깎은 남학생들이 사자후를 토한다.

배경막에 손에 손에 태극기를 들고 '대한독립만세'를 외치는 민중들이 삼천리 방방곡곡에서 봇물처럼 쏟아져 나오는 광경이 비친다.

요란하게 호루라기를 불며 등장한 일본 헌병들이 손병희와 민중들을 붙잡아 개처럼 끌고 간다.

에필로그
터지자 밀물 같은 대한독립 만세

1919년 3월 19일 새벽. 이완용의 저택.

이완용, 아들의 두 손을 잡고 읍소하듯 말한다.

이완용 항구야… 마지막 유언을 남기겠다. 내 무덤을 만들지 마라. 승냥이떼 같은 백성들이 무덤을 파헤쳐 부관참시보다 더 끔찍한 일이 벌어질 것이야. 시신을 화장해서 강물에 흘려 보내거라. 무심한 강물은 날 받아주겠지….

이항구 (손을 뿌리치며) 아버님이 자진하시면 망국과 매국의 모든 책임을 혼자 지고 가시는 겁니다. 백성들의 비난과 원성을 견디지 못해 자진했다고 세인들은 술안줏감으로 비아냥거릴 거예요.

이완용 나이가 들면서 희미했던 것들이 점점 또렷이 보이기 시작하더구나. 항구야, 넌 역사의 가장 큰 교훈이 뭔 줄 아느냐?

이항구 ….

이완용 그건 인생무상과 인과응보야. 모든 것이 덧없다는 인생무상은 우리를 착하게 하고, 뿌린 대로 거두는 인과응보는 우리를 참되게 하지. 이제 내가 뿌린 씨앗의 열매를 거둘 때가 된 거야.

이항구 그 열매가 뭡니까?

이완용 그건… 업보지. (기침하다가) 아들아… 잊을 뻔했구나. 너한테 만큼은 죽는 이유를 분명히 밝히고 싶구나. 나라를 팔아먹은 매국노는 비단 이불을 덮고 안락하게 죽음을 맞이할 자유와 권리가 없어. 이천만 동포에게 지은 죄를 씻기 위해서는 이 길밖에 없다고… 한일합방조약에 서명한 그날부터 쭈욱 생각해 왔지.

이항구 (울먹이며) 아버님… 남은 가족들은 누굴 의지해서 살라고 이러십니까? 재롱둥이 손녀, 젖먹이 손자가 눈에 밟히지 않으십니까?

이완용 항구야, 너도 들었느냐? 지난 3월 1일, 독립선언을 끝낸 학생들이 탑골공원을 나설 때 수만의 군중이 호응하면서 목이 터져라 '대한 독립 만세'를 외치다가 무자비한 일본 헌병의 총칼에 피를 뿌리며 스러져 갔다. 양반, 상놈, 천대받는 기생까지 독립 만세를 외치는 피맺힌 함성이 들리지 않느냐? 백의민족은 해와 달과 별도 사랑하는 민족이야. 그 어진 민족이 독립을 향한 용솟음치는 열망으로 도처에서 피 흘려 죽어가고 있어. 이 시산혈해(屍山血海)의 참상을 바라보면서 매국노인 내가 스스로 배를 갈라 민족과 역사 앞에 속죄하려 한다. (단도를 배에 대고) 자, 어서 칼을 들어라!

이항구 (무릎 꿇고 절한 다음) 아버님! 불효자를 용서하십시오… 전 아버님의 명을 따를 수가 없습니다.

항구, 퇴장하면 이완용, 떨리는 손으로 배를 가른다.
핏물이 튄다.
칼을 떨어뜨리고 선혈이 낭자한 배를 움켜쥔다.
이때 무대 천장에서 외줄기 빛이 내리비친다.

이완용 아, 아침 해가 떠오르는군. 저어기… 빛이… 새 날이 밝아오네. 드디어 고대하고 고대하던 새 세상이 열리누나….

다시 힘겹게 단도를 집어들고 배를 가른다. 내장이 쏟아져 나온다.
끄응~ 신음과 함께 꺼꾸러진다.

무대, 조금씩 밝아오면서 '3·1절 노래'가 점점 크게 들려온다.

기미년 삼월 일일 정오
터지자 밀물 같은 대한 독립 만세
태극기 곳곳마다 삼천만이 하나로
이날은 우리의 의요 생명이요 교훈이다
한강물 다시 흐르고 백두산 높았다
선열하 이 나라를 보소서
동포야 이 날을 길이 빛내자…

대한 독립 만세를 외치는 조선 민중들의 우레와 같은 함성이 지
축을 흔들며 끝없이 울려 퍼진다.

– 막

낯설고 두렵고 아름다운
세상의 마지막 날

등장인물

세레나
연이
김성희
아빠
간호사
결이
할아버지
원장 수녀

무대

이 극의 무대는 한적한 교외에 있는 B호스피스센터이다.
극의 진행과정에서 장면 전환이 있을 때, 회전무대나 중간막을 사
용하는 게 바람직하지만, 무대 구조상 그것이 불가능할 시에는 무
대를 세로로 이등분하여 왼쪽은 병실 이외의 장소로, 오른쪽은 병
실로 쓰는데 병실이 주무대가 된다. (왼쪽과 오른쪽 사이엔 눈에
보이지 않는 '제4의 벽'이 존재하는 것으로 상상할 필요가 있다)
병실 중앙에 두 개의 침상이 놓여 있는데 왼편 침상은 비어 있고,
오른편 침상 주변에 탁상시계와 거울, 사물함이 있다.
무대 후면은 바깥 풍경이 시원하게 보이는 통유리로 된 창이다.
창에는 하얀 커튼이 달렸다.

1. 세레나와의 첫 만남

호스피스센터의 물망초실.

세레나가 침상에 비스듬히 기대어 누워 있는데 김성희와 간호사 등장.

간호사 (김성희를 가리키며) 이분은 작년부터 우리 호스피스센터에서 자원봉사자로 활동하시는 예술치료사인데요. 예술치료를 한 번 받아보시겠어요?

세레나 (짧고 단호하게) 아뇨.

김성희 (사물함 문짝에 붙여진 사진을 보고) 따님인가요?

세레나 네.

김성희 귀엽게 생겼네요. 몇 살이죠?

세레나 여덟 살요.

간호사 이분이 연이에게 엄마의 현재 상태를 이해시키고 임종 시간을 잘 보낼 수 있도록 도와줄 거예요. 내일 연이를 데리러 보육원에 가실 선생님이세요.

세레나 (놀라며 표정이 바뀐다) 그래요?

김성희 예술치료라는 말이 생소하겠죠. 예술치료의 목적은 환자의 임종 준비를 돕는 것이고 남겨진 가족들이 받을 상처를 최소화하는 거예요. 치료는 주로 미술 매체를 사용한답니다.

세레나 그렇군요, 내 딸 연이도 미술을 좋아해요. 그림에 재능이 있는 것 같거든요.

김성희 그렇담 더욱 잘 됐어요. 연이와의 만남이 기대되네요.

세레나 초면에 이런 말은 실례인 줄 알지만… 사실 저에겐 걱정이 하나 있어요.

김성희 뭔데요, 그게?

세레나 딸의 보육원 생활요. 보육원에 이불을 보냈는데 연이가 받았는지 확인할 수 없고, 고모가 사준 환절기 옷도 입지 않고 있거든요. 딸이 보육원에 들어간 후, 딱 한 번 가볼 기회가 있었지만 하반신이 마비된 나는, 차에서 내려 보육원 내부를 들여다볼 수 없었어요. 그래서 불안한 거죠.

김성희 엄마니까… 엄마이기 때문에 그럴 수밖에 없다고 이해해요. 엄마와 딸은 세상에서 제일 가깝고 서로에게 연민을 느끼는 관계죠. 하지만 앞으로는 (간호사를 바라보며) 저희들이 힘닿는 데까지 연이를 보살필 테니 너무 염려하지 마세요.

세레나 고마워요, 정말… 이런 고마우신 분을 제가 오해했나 봐요.

김성희 아녜요, 누구든지 처음엔 예술치료를 받겠냐고 하면 망설여지거든요.

세레나 내일, 연이를 데리고 오실 거죠?

김성희 그럼요, 무척 보고 싶었나 봐요.

세레나 내게 남겨진 유일한 기쁨은 연이를 만나는 거예요. 선생님도 자식이 있을 테니까 엄마 마음… 아시겠죠?

김성희 물론이죠. (간호사와 함께 비어 있는 침상에 앉는다) 하루가… 지루하진 않으세요?

세레나　시간 날 때마다 성경을 읽고 있어요. (머리맡의 성경을 가리킨다)

간호사　세레나 님은 독실한 가톨릭 신자예요.

김성희　"이리 드따 보고 저리 드따 보니 하루가 다 갔네"… 십 년 전, 제 엄마가 암 투병 중에 운동 삼아 거실을 걸으면서 하신 말씀이에요. 그땐 세월의 무상함을 저리 표현하시는구나, 그렇게 생각했죠.

세레나　엄마 때문에 호스피스 봉사를 하게 됐군요.

김성희　엄만 나와 이별 인사도 제대로 하지 못 했어요. 임종 직후, 엄마를 실은 침상이 급히 어디론가 가버렸고, 입관하기 전에 통유리창 건너편 냉동고에서 꺼낸 엄말 봤죠. 죽음이 일사천리로 처리되더군요. "이건 아닌데… 이런 이별은 너무 허무하지 않은가!"… 엄마의 죽음을 계기로 내 삶의 방향은 완전히 달라졌어요. 지나간 십 년의 세월 동안, 나는 죽음과 삶을 이야기하는 사람으로 살고 있죠. 아동과 성인에게 죽음 준비 교육을 하고, 호스피스 환자의 죽음맞이와 남겨진 가족의 상실 치유를 돕고 있답니다. 지난 십 년간 난 무수히 많은 죽음을 봤어요. 거기엔 공통점이 하나 있었죠. 삶이 아름다운 사람은 죽음도 아름답다는 것….

세레나　전 요즘 매일 "내가 이 세상을 떠나면 어디로 가는 걸까?"… 사후 세계에 대한 궁금증으로 가득 차 있어요.

김성희　엄만 내게 두 가지 선물을 남기고 가셨죠. 하나는 살아온 삶을 되돌아보며 죽음을 생각하게 한 것이고, 다른 하나는 하느님을 만나게 하신 거예요.

간호사 그건 정말 어마어마한 선물이네요.

김성희 예수님도 죽음을 준비한 사실을 알고 계세요?

세레나 아뇨.

김성희 요한복음에 나와요. "마지막 날, 제자들의 발을 씻어주시고 허리에 두르신 수건으로 닦으셨다. 내가 너희의 발을 씻어준 것처럼 너희도 서로 발을 씻어주어야 한다"

세레나 세상 끝날, 예수님이 죽음 준비 모범을 보이셨네요.

김성희 그가 남기신 유언을 마음에 새기고 또 새겼어요. 그리고 깨달았죠. 죽음을 잘 준비할 수 있다면 슬프지만 아름다운 임종을 맞이할 수 있겠다고요.

세레나 제가 잘 준비할 수 있도록 도와주세요. 선생님을 만난 게 얼마나 다행인지 모르겠군요.

김성희 부족하지만 최선을 다 할게요. 그럼, 내일 또 뵙죠.

간호사 편히 쉬세요. (두 사람, 퇴장)

2. 연이와의 첫 만남

물망초실. 간호사가 연이를 위해 어린이날 깜짝 파티를 준비 중이다. 풍선 인형이 너울너울 춤추고 〈겨울왕국〉의 주인공 엘사 인형이 장식된 케이크도 마련됐다.
김성희의 손을 잡은 연이 등장.

연 이   엄마!…. (침상에 올라가 엄마와 **뽀뽀**를 연거푸 한다)

세레나   에이그… 귀여운 것! 간호사 아줌마가 오늘이 어린이날이라고… 널 위해 이런 파티를 준비했단다.

간호사   연이야, 축하해. 오늘은 기쁜 너의 날이야.

연 이   고마워요, 아줌마….

간호사가 침상에 부착된 간이식탁을 펼쳐 엘사 인형 케이크를 올리고 촛불을 붙이면 모두 함께 '어린이날' 노래를 부르고 케이크를 나눠 먹는다.

세레나   (케이크를 먹으며) 저… 연이가 선생님을 뭐라고 부르면 좋을까요?

김성희   글쎄요… 선생님은 거리가 느껴지고, 이모나 고모는 너무 흔한 호칭이고….

연 이 언니, 어때요?

간호사 얘, 그건 너무 했다. 나이 차이가 얼만데….

김성희 전 괜찮아요. 우리 둘이 금방 친해질 수 있잖아요?

세레나 선생님만 좋다면 됐죠, 뭐. 연이야, 너 언니라고 부를 수 있 겠어?

연 이 응.

간호사 아유, 둘 다 좋다면 나도 땡큐지. (사이) 난 일이 있어서 이 만 가봐야겠네. 연이야, 재미있게 놀아. (퇴장)

세레나 (손짓하며) 연이야, 이리 가까이… 침상으로 올라와. (연이가 침상에 오르면) 엄마가 오랜만에 책을 읽어줄게. (책을 들어 보 이며) 책이 세 권 있는데 선생님이 추천해 주셨어. 어떤 걸 읽어줄까?

연 이 (책을 하나씩 들춰보며) 이건 뭐지? 어떤 책이야?

김성희 그건 내가 설명해줄게. (책을 들고) 이건 배빗 콜이라는 동화 작가가 쓴 「따로따로 행복하게」야. 이 책의 내용은… 주인 공인 어린 남매는 부모가 사이좋게 지내지 못한 원인이 자 기 때문이 아닌지 고민해. 하지만 학교 친구들에게 물어보 니까, 같은 고민을 하는 아이들이 많고 부모의 불화가 아이 들 잘못이 아니라는 걸 깨닫는 이야기지.

세레나 엄마가 아빠와 헤어진 거나 이렇게 아픈 건 네 잘못이 아 니라는 얘기야.

연 이 (아빠 얘기에 뜨악해졌다가 곧 평정심을 되찾고) … 이 책도 재미 있어요?

김성희 브라이언 멜로니의 「살아있는 모든 것은」… 그 책은 동물·

식물·인간 등 모든 생명체는 시작과 끝이 있고, 수명에 따라 어떤 것은 오래 살고 어떤 건 일찍 죽는다는 걸 알려주는 이야기지.

세레나 엄마가… (울컥한다) 하늘나라로 일찍 간다면… 그건 수명이 다 해서 그런 거니까… 넌….

연 이 (도리질) 엄만 하늘나라로 안 가. 나랑 오래오래 살 거야.

김성희 그리고 이건 미셸 르미유의 「천둥 치는 밤」이야. 이 책의 주인공은 연이와 비슷한 또래 여자아이지. '나는 누굴까?'라는 질문에서 시작하여 인간의 탄생, 성장, 이별, 불안, 죽음, 영원한 세계를 상상하며 자기 존재와 세상을 알아가는 이야기란다.

세레나 그 책을 먼저 읽어줄게. 연이, 네가 겪은 일이나 앞으로 다가올 일들이 책 속에 다 들어있다고 생각하지 않니?

연 이 엄마, 나중에 읽어줘. 지금은 언니 얼굴을 그려주고 싶어.

김성희 날… 그려준다고?

세레나 생각 잘 했네. 너 주려고 그림 도구 세트도 준비해놨어, 저기…. (연이가 사물함 위에 있는 그림 도구를 가져온다)

김성희 (비어 있는 침상에 앉으며) 졸지에 내가 모델이 되게 생겼네.

연이는 스케치 북을 펼치고 색연필로 김성희를 그리기 시작한다. 세레나가 흐뭇한 미소로 바라본다.

세레나 (뜬금없이) 여자는 속바지를 꼭 갖춰 입어야 돼. 엄마는 우리 연이가 초등학교 6학년 때까지는 바지를 입었으면 좋겠어… 이대로 보육원에 보내면 내 마음이 너무 쓰라려.

김성희 … 6학년 때까지 연이를 챙길 수 없을 것 같아… 걱정되세요?

세레나 하지만 아직은… 아직은 우리 연이에게 예쁜 치마를 입히고 싶어요.

김성희 연이의 옷 쇼핑은 제가 맡을게요.

세레나 (사물함 서랍을 가리키며) 저기 서랍 안에 있는 파란 색 지갑을 꺼내줘요. (성희가 지갑을 건네주자, 그 안에 있는 메모지를 꺼낸다) 연이에게 사 주고 싶었던 옷 목록이에요.

김성희 (목록을 소리 내어 읽는다) 1. 메리야스 속옷 65~70. 주니어 사이즈 5장. 2. 겉옷 사이즈는 140이고, 치마는 심플한 것. 3. 상의는 깔끔한 가디건으로 입을 수 있는 것… 정말 세심하시네요.

연 이 언니! 움직이면 그림을 그릴 수 없잖아요?

김성희 아참, 그렇지! (사이, 침상을 쓰다듬으며) 헌데, 이 침상은 왜 비어 있지요?

세레나 아, 거기엔… (연이의 눈치를 본다) 얼마 전에 세상을 뜬 은영 씨가 있었어요. 은영 씨가 있었을 땐 좋았는데… TV 오락 프로그램도 같이 보고 말동무도 하고… 친자매처럼 가까웠죠.

김성희 서운하고 허전하셨겠네요.

세레나 여기에 온 후, 은영 씨의 몸 상태가 급속도로 나빠졌어요. 그녀에게는 아들이 둘 있는데, 병문안 온 아들이 막말을 하면 심하게 잔소리를 했죠. 전 그녀에게 "내려놔, 그만 내려

뇌"라고 충고했지만 듣지 않데요. 은영 씬 병과 사투를 벌이면서도 망나니 같은 아들 때문에 더욱 고통스러워했어요. 저 역시 자식을 세상에 남기고 가야 할 엄마라서 그녀의 마음을 헤아리고 있었지만… 헛되고 헛되나니 모든 게 헛되도다… 인생이란 그런 거죠, 다 그런 거예요.

연 이 스톱! 동작 그만!

두 사람, 대화를 멈추고 연이는 그림에 집중한다.

무대 어두워지고 부분 조명이 켜지면 장면은 서울역.
가방을 든 아빠가 연이의 손을 잡고 등장하여 대합실 의자에 앉는다. 아빠는 초조하고 연이는 불안한 기색을 감추지 못한다.

연 이 아빠… 꼭 가야 해?

아 빠 너도 봤지? 빚쟁이들이 날마다 집으로 찾아와 행패 부리고 난리 치는 거.

연 이 이사 가면 되잖아? 유치원 친구 수지네도 제주도로 이사 갔어.

아 빠 이사 갈 돈이 어딨어? 돈 있으면 벌써 떴지.

연 이 이제 어디로 가는데?

아 빠 몰라, 가봐야 알아.

연 이 아빠가 없으면 누가 나하고 놀아줘?

아 빠 엄마가 있잖아.

연 이 엄만 돈 벌러 가야 해.

아 빠   유치원 친구도 많잖아.

연 이   이젠 유치원 안 다녀. 엄마가 가지 말라고 했어.

아 빠   연이야, 내 말 잘 들어. 아빠, 지금 떠나면 오랫동안 못 볼
        지 몰라. 아니, 어쩌면 영영….

연 이   그게 무슨 말이야? 곧 돌아온다고 했잖아?

아 빠   그건 일이 잘 풀렸을 때 얘기고… 세상은 뜻대로 되는 게
        아니야.

연 이   빚쟁이들만 아니면… 아빠가 가지 않았음 좋겠다.

아 빠   눈에 넣어도 아프지 않을 금쪽 같은 내 새끼 두고 떠나고
        싶은 애비가 어딨냐?

연 이   돌아올 거지? 약속해 줘. (손가락을 펴서 아빠한테 내민다)

아 빠   (손가락을 걸며 혼잣말로) 어린 게 눈에 밟힐 텐데, 어쩌지….

연 이   아빠가 빨리 돌아오게 해 달라고 하느님께 기도할게.

아 빠   연이야… 아빠가 없어도 엄마 말 잘 듣고… (울먹인다) 건강
        하고 씩씩하게 자라야 한다. 아빠가 멀리서… 음, 하늘 위
        에서 널 응원할게.

연 이   하늘 위에서가 뭔 말이야? 죽는다는 소리잖아!

아 빠   아니… 이 세상 끝날까지 널 잊지 않겠다는 말이야.

실내 스피커로 안내 방송이 들려온다.

소 리   승객 여러분! 1시 정각에 호남선 열차가 출발합니다. 열차
        가 곧 출발합니다.

아 빠 연이야, 지금 가봐야 해. 기차가 떠난대.

연 이 조금만 더 있다 가, 엄마가 오면….

아 빠 나, 엄마 얼굴 못 봐, 미안해서… 연이야, 너한테도 미안하다. 아빠가 못나서… 아빠가 못나서… (눈물이 주르르) 처자식 하나 건사하지 못하고… 차가운 길바닥에 내동댕이치는구나.

연 이 (손을 들어 아빠의 눈물을 닦아준다) 울지 마, 아빠…. (그러면서 자기도 운다)

아 빠 (연이의 눈물을 닦아주며) 울지 마, 연이야. 넌… 내가 얼마나… 널… 사랑하는지 알지?

연 이 (고개만 주억주억) ….

아 빠 (눈물 삼키며 가방 들고 일어선다) 아까도 말했지? 아빠가 없더라도 절대 기 죽지 말고… 씩씩한 어린이로….

연 이 (아빠의 가방을 붙든다) 아빠, 가지 마! 가지 않으면 안 돼?

아 빠 이거 봐. 연이가 잡으면 아빠 발길 안 떨어진다. 날 보내줘… 제발, 연이야….

연이, 가방을 놓고 두 손으로 얼굴을 가려 흐느낀다. 부녀의 애타는 이별을 숨어서 지켜보던 세레나, 복받치는 울음이 터져 나오자 입을 틀어막고 주저앉아 오열한다.

아빠, 돌아서 가다가 연이를 뒤돌아본다. 몇 발자국 가다가 다시 뒤돌아본다.

안내 방송이 들려온다.

소 리 호남선 열차가 출발합니다. 승객 여러분께서는 지금 즉시
탑승하여 주시기 바랍니다. 다시 한 번 알려드립니다….

아빠, 울면서 뛰어간다. 흐르는 눈물을 손으로 뿌리치며 뛴다.

3. 아빠와의 추억을 먹다

하반신 마비로 움직일 수 없는 세레나가 몸을 옆으로 누인 상태에서 뻣뻣한 손으로 연이의 머리카락을 다듬고 있다.

세레나 손에 힘이 없어 머리 손질도 제대로 못해 주겠네.

연 이 괜찮아, 엄마.

세레나 엄마는 연이가 지혜로워지기 위해 책을 많이 읽었으면 좋겠고, 현명해지기 위해 생각을 많이 했으면 좋겠어.

연 이 알았어.

세레나 엄마는 연이가 장차 마음이 넓고 착하고 연이를 진짜로 소중히 사랑해 주는 사람을 만났으면 원이 없겠다.

연 이 엄마가 있잖아.

세레나 좀 있다… 선생님이 오시면 가야지?

연 이 응.

세레나 보육원에 가서, 엄마 보고 싶다고 울면 안 돼!… 그러면 다신 엄마 못 보는 거야!

연 이 ….

세레나 엄마는 말야, 연이가 세상을 잘 헤쳐 나가도록 기도하는 방법밖에는 없어. 그게 너무 답답하고 안타까울 뿐이야….

(김성희, 등장)

김성희   가자, 연이야. (세레나에게) 연이 걱정은 말고⋯ 쉬세요.

연 이   (침상에서 내려와 나가다 돌아선다. 손 흔들며) 엄마, 안녕! (울음보가 터질 듯하다 '컥' 하고 울음을 삼킨다)

김성희   그래, 연이야! 조금만 참아. (속삭이듯) 차 안에서 실컷 울자!

     두 사람, 밖으로 나간다. 고속버스가 달리는 굉음이 들리고 둘이 다시 등장. 고속버스 휴게소다.

연 이   (메뉴판을 보다가) 휴게소에서 아빠랑 '그냥 우동'을 먹었어요.

김성희   그냥 우동이라고? 그게 뭔데?

연 이   아무 것도 들어가지 않은 우동⋯ 아빠가 그렇게 불렀어요. 그러니까 휴게소에 오면 아빠랑 먹었던 그냥 우동을 먹어 줘야 해요.

김성희   아빠랑은 몇 살 때 헤어졌니?

연 이   여섯 살요.

김성희   아빠가 보고 싶지 않아?

연 이   ⋯.

김성희   당연히 보고 싶겠지. 아빠와는 연락하고 지내니?

연 이   연락이 끊겼어요. 엄마는⋯ 아빠 얘기 못 하게 해요.

김성희   엄마에겐 이혼의 상처가 있을 거야.

연 이   아빠에겐요?

김성희   아빠도 마찬가지. 헤어진다는 거⋯ 이별은 언제나 슬픈 일이란다, 누구에게나.

연 이   아빤 후식으로 소프트 아이스크림을 사줬어요.

김성희 그래, 소프트 아이스크림 사줄게. 연이는 아빠와의 추억을 먹고 싶은 거로구나.

연 이 시간을 거꾸로 돌릴 수 있었으면 좋겠어요. 아빠와 함께 했던 그 시절로 돌아가고 싶어요.

김성희 그렇구나, 하지만 언젠가… 네가 더 크면 아빨 만날 수 있을지 몰라.

연 이 그럴까요? 내가 커서 어른이 돼도 아빠가 날 알아볼 수 있을까요?

김성희 그럼, 자식을 몰라보는 부모는 없어. (연이의 휴대폰에서 신호음)

연 이 (휴대폰을 꺼내 본다) 엄마다!

모녀가 영상 통화하는 장면을 핀 조명으로 잡는다.

세레나 엄마 딸로 태어나 줘서 고마워~.

연 이 응~.

세레나 연이가 항상 엄마 곁에 있는 거 같아.

연 이 응~.

세레나 연이는 엄마 곁에, 엄마는 연이 곁에….

연 이 엄마는 연이 마음속에, 연이는 엄마 마음속에….

세레나 사랑해~, 사랑해~.

연 이 나도 사랑해.

모녀는 스마트폰 영상으로 보이는 서로의 모습에 입술을 대며 쪽! 쪽! 뽀뽀를 한다, 마치 연인처럼.

핀 조명이 꺼지고 수염이 텁수룩한 아빠 등장. 술에 취한 듯 약간
비틀거린다.

아 빠   흥! 병원에 숨어 있으면 못 찾을 줄 알았나?

세레나   (일어나려고 손을 허우적대다가) 당신이… 여긴 웬 일이에요?

아 빠   돈 좀 줘… 술 사먹게.

세레나   당신, 지금 제 정신이에요? 다 죽어가는 사람한테 와서 하
         는 말이 고작 돈? 술?… 어이가 없네.

아 빠   어차피 다 죽어. 유세 떨지 마. 나도 이 지랄 같은 세상, 쫑
         내려고 별짓을 다 했어. 면도칼로 동맥도 끊어보고 연탄가
         스도 마셔보고, 절벽 아래로 떨어지기도 했다구. 헌데 질긴
         목숨, 끊어지지 않더라.

세레나   잘 왔어요. 그렇잖아도 세상 떠나기 전에 마지막으로 당신
         을 만났으면 했으니까요.

아 빠   만나서 뭐 할 건데?

세레나   내가 죽으면 당신이 연이의 유일한 친권자가 되잖아요? 보
         육원에서는 아빠가 친권을 포기하도록 미리 조치를 취해
         달라고 하고 있어요. 그래야 입양이 가능하니까요.

아 빠   친권 포기? 공짜 점심은 없어.

세레나   그럼 뭘 요구하는데요?

아 빠   대가를 치러야지.

세레나   돈? 아이를 팔아먹을 셈이에요?

아 빠   최소한 일 억은 줘야할 걸.

세레나   일 억? 미쳤군!

아 빠   맘대로 해, 돈을 안 내면 친권 포기도 없으니까.

세레나 당신이 진정 연이를 사랑한다면… 아니, 아빠라면 연이의 장래, 연이의 행복을 위해 어떤 선택을 해야 할까요? 그걸 모른다면… 당신은 인간도 아니야.

아 빠   그걸 이제야 알았나? 난 오래 전에 인간임을 포기했어. 노숙자 생활 삼 년 만에 난 짐승이 됐다구, 털 없는 원숭이… 알아?

세레나 그 알량한 사업에 실패하기 전까지, 당신은 착한 남편이었고 다정한 아빠였어요. 당신이 우리 모녀를 버리고 사라진 날부터 내가 어떻게 살아 왔는지 알아요? 돈 한 푼 없이 어느 날 갑자기 애랑 달랑 내던져진 내가 이 잔인한 세월을 어떻게 견뎌 왔는지 아냐고요? 월세 25만 원짜리 반지하 단칸방에 살면서….

아 빠   됐고~! 모든 게 끝났어. 그따위 시시껄렁한 사연은 내 알 바 아니고… 돈이나 내놔!

세레나 당신이 사업을 말아먹은 다음에도 난 살기 위해 몸부림쳤어요. 가난한 부모님한테 애걸복걸해서 얻은 돈으로 트럭을 사서 당신이 새 출발하기를 빌었죠. 내가 사준 트럭을, 당신은 일 년 몰다 팔아치워 버렸어요. 당신의 파멸은 그 때부터 시작됐다는 걸 알지요? 여보… 지나간 일은 책임을 묻지 않을게요. 제발… 지금부터라도 정신 차려서 우리 연이를….

아 빠   시끄러! 개소린 집어치라구! 내게 가족은 없어, 난 혼자뿐이야~!

세레나　이런 냉혈한! 아니, 흡혈귀 같은 인간! 더는 말을 섞고 싶지 않으니 당장 나가~! (온몸을 뒤틀며 발버둥친다) 간호사! 간호사! 저 사람 내보내 줘요! 내보내 줘~!

아빠, 눈치를 보다 슬그머니 꽁무니를 뺀다.

4. 무궁화 꽃이 피었습니다

호스피스센터 정원 마당에서 연이와 한 살 많은 사촌 오빠 결이
가 놀고 있다.

결 이 (두 손으로 눈을 가리고) 무궁화 꽃이 피었습니다! (연이가 움직
임을 멈춘 후, 휙 돌아본다) 무궁화 꽃이… 피었습니다! (같은
동작) 무궁화… 꽃이 피었습니다! (같은 동작)

연 이 (까르르 웃는다) 호호호… 오빠 안 돼. 날 이길 수 없어. 그
럼, 이번엔 가위바위보를 해서 진 사람이 꿀밤을 맞는 거
야. 할래?

결 이 좋아, 해!

두 사람 (동시에) 가위 바위 보! (결이는 보, 연이는 가위를 낸다)

연 이 이리 대. (결이가 이마를 대자, 연이가 손가락을 튕겨 때린다)

결 이 아얏~! 기집애가 뭔 손이 그렇게 매워? 다시 하자.

두 사람 가위 바위 보! (결이는 바위, 연이는 보를 낸다)

연 이 또 내가 이겼지? 이리 대.

결 이 야, 그만 하자. (도망친다)

연 이 (따라가며) 그런 법이 어딨어? 졌으니까 맞아야지. (결국 쫓아
가 결이를 잡는다)

결 이 제발, 한 번만 봐 주라.

연 이 좋아, 그럼 오빠도 내 부탁 들어 줘.

결 이 뭔데?

연 이 저기 벤치에 앉아서 동화책 같이 읽자.

결 이 동화책?

연 이 응, 성희 언니가 사준 책인데,「강아지똥」이야. 여기서 잠깐만 기다려, 내가 동화책 가지고 올 테니까. (퇴장)

잠시 후 김성희가 세레나의 병상을 밀며 마당으로 오고, 연이도 등장. 연이와 결이는 벤치에 앉아 책을 읽는다.

김성희 (아이들을 보며) 애들이 친남매처럼 다정해 보여요.

세레나 결이는 이모의 아들이니까 외사촌이죠. 오랜만에 만났으니 더 반가울 거예요. 정에 굶주린 저것이 자신의 보호막이던 엄마라는 울타리가 갑자기 사라지고 세상 천지에 혼자 내던져진다면… 막막한 두려움에 떨겠죠?

김성희 아무 것도 모르고 천진난만하게 어리광을 부릴 나이이니까… 쉽진 않겠죠. 하지만 울거나 떼를 쓰면 세상에서 버림받는다는 걸 알아갈 거예요.

세레나 어리지만 연이가 좀 더 강해지기를… 바랄 뿐이에요.

김성희 애들이 읽는 책은 권정생이 쓴「강아지똥」이에요. 강아지똥의 죽음과 희생으로 아름다운 민들레꽃이 피어났듯이, 연이는 엄마의 사랑과 희생으로 자신이 있음을 알게 될 테지요. 비록 지금은 보육원에 있는 처지지만 버림받은 것이 아님을 알고, 엄마의 마음과 사랑을 깨달을 수 있을 거예요.

세레나 …?

김성희 (하늘을 본다) 오늘은 유난히 햇볕이 좋은 날이군요.

세레나 갑갑한 병실에만 있다가 밖으로 나오니 햇살이 감미롭고 평화로운 느낌마저 들어요. 이게 다 주님의 은총이죠.

김성희 그래요, 은총 아닌 게 있나요? 살아가는 오만 가지가 다 그렇죠. 눈동자와 같이 지켜주시고, 이른 비 늦은 비로 키워주시고, 만나와 메추라기로 먹여주시고, 구름기둥 불기둥으로 인도해 주시는 하느님….

세레나 제 인생의 로또, 두 가지가 뭔지 아세요?

김성희 …?

세레나 하느님과 연이… 난 둘만 있으면 더 이상 아무 것도 바라지 않고 아무 것도 두렵지 않아요.

김성희 오, 그건 카잔차키스의 묘비명인데요. '아무 것도 바라지 않는다, 아무 것도 두려워하지 않는다. 나는 자유다.'

세레나 난 아직 자유에까지는 이르지 못했지만, 언젠가 그렇게 될 테죠. 완전한 자유… 그건 죽음이 아닐까요? 모든 걸 잃고 나서야 모든 것에서 해방되는 저 무한한 궁극의 자유….

김성희 글쎄요, 살아 있을 때 자유인으로 산다면… 그게 최선이겠죠.

세레나 (소리 내어 숨을 들이마신다) 흐음… 햇살도 따사롭지만 풀, 나무 냄새가 참 좋아요.

김성희 (민들레꽃을 꺾어 세레나의 머리에 꽂아준다) 이 예쁜 꽃을 여왕님께 바칩니다.

세레나 고마워요. 오늘은 정말 황홀한 날이군요.

멀리서 결이를 부르는 소리가 들려온다.

책을 읽던 결이가 벤치에서 일어선다.

결 이　아빠다! 나 이제 가야 해.

연 이　(서운한 듯 작은 목소리로) 안녕….

결 이　(격려하는 말투로) 잘 있어!

연 이　잘 가. 또… (떠나가는 결이의 뒤통수에 대고) 오빠는 좋겠다,
　　　　아빠가 있어서….

결 이　(돌아서서) 너도 아빠, 있잖아?

연 이　(풀이 죽어서) 응… 있지.

결 이　갈게. (나간다)

연 이　응.

김성희　(연이 곁으로 가서) 결이 오빠랑 헤어져서 섭섭해?

연 이　네, 하지만….

김성희　하지만 뭐?

연 이　만남도, 헤어짐도 늘 있던 일이에요.

김성희　그래? 우리 연이가 훌쩍 커 버렸네?

연 이　(세레나의 머리에 꽂힌 꽃을 보고) 우와~! 우리 엄마 이쁘다!

세레나　(꽃을 연이 머리에 꽂아주며) 이쁘다, 우리 공주님….

둘이서 쪽 쪽 빨며 입 맞춘다.

5. 지상에 남길 한 마디의 말

물망초실. 세레나와 김성희가 대화를 나누고 있다.

세레나 내 생애 최후의 날이 다가오고 있어요. 이제 정리를 해야
죠. 제가 죽으면, 동생인 오민석에게 제일 먼저 연락이 갈
거예요. 보호자가 동생으로 돼 있거든요. 제가 죽으면 시신
은 빈소가 마련된 성요한성당으로 보내져 장례미사를 마
친 후, 시신 기증 서약을 했기 때문에 성모병원으로 옮겨질
겁니다.

김성희 아… 시신 기증을 했군요. 어려운 결정을 하셨네요.

세레나 땅 속에서 구더기에게 파 먹히다가 결국은 흙으로 돌아갈
건데… 아무런 쓸모도 없는 시신을 필요한 사람들에게 나
눠주는 게 옳다고 생각했어요. 장기와 안구, 뼈와 근육 등
을 150여 명의 환자들에게 나눠줄 수 있대요.

김성희 장기 등을 이식받은 사람들은 생명이 다하는 날까지 세레
나를 잊지 않을 거예요.

세레나 시신을 갈가리 찢어 해부한 뒤엔 불가마 속에 들어가 한
줌의 재가 될 테죠. 유해는 납골당에 십 년 정도 안치해 달
라고 부탁을 해놓았어요. 아이를 남겨두고 가는데, 최소한
울 곳은 있어야 된다고 판단했거든요.

김성희 엄마를 잃어버린 딸에게 애도의 시간이 필요하고, 그러려면 추모의 장소를 마련해 줘야겠죠.

세레나 연이가 살면서 고난이나 시련을 겪을 때마다 납골당에 찾아와서 나한테 털어놓으면… 마음을 다잡지 않을까, 이런 예상을 했어요.

김성희 엄마에게 털어놓으면 아마 자신을 어느 정도는 다독일 수 있을 거예요. 혹시 연이에게 하고 싶은 말, 생각해 놓은 거 있으세요?

세레나 아직은… 조금 더 있어야 될 것 같아요. 하지만 '지켜줄게' '항상 지켜본다'는 말은 하거든요. 머지않아 연이에게 헤어지는 것을 얘기하려고 해요. 엄마와 이별한다는 의미를 연이가 잘 이해하면 좋을 텐데… 하고 싶은 말이 너무 많아요.

김성희 연이에게 말해 주세요. 연이가 잘못했거나, 누구의 잘못으로 엄마가 이렇게 된 게 아니라고요. 연이가 엄마에게 버림받은 게 아니라는 걸 꼭 말해 주세요.

세레나 자꾸 잊어버려요. 메모를 해놓아야 할 거 같아요.

김성희 나눠서 하는 거예요. 연이가 초등학교를 졸업할 때 해주고 싶은 말, 초경을 할 때 엄마로서 해줄 수 있는 말, 남자 친구를 사귈 때 해주고 싶은 말, 이렇게 성장 시점에 따라 세레나가 엄마로서 하고 싶은 말을 녹음으로 남기면 어떨까요?

세레나 좋은 생각이네요. 남겨보도록 할게요. (침상 맞은 편 벽에 붙어 있는 연이의 사진을 보면서) 저것을 어떻게 두고 가… 선생님, 제가 직접 "엄마가 죽으면 어떻게 할래?" 이렇게는 말 못 해요. 곧바로 얘기하면 울거든요, 슬프거든요. 주변에서 말해 주셔야 해요.

김성희 중요한 것은 연이가 엄마의 죽음을 잘 맞이하게 하는 거죠. 하지만 연이 혼자 감당하게 하는 건 너무 가혹해요.

세레나 그런데 저 보육원은 아니에요. 평생 갈 수 있는 슬픔을, 하루에 다 해소하라고 할 거예요. 친인척 중에도 연이를 다독여 줄 사람이 없어요. 제 생각에는, 정말 아이를 사랑해 줄 가정이 있다면 입양을 보냈으면 좋겠네요.

김성희 제가 다른 약속은 못 드려요. 그렇지만 연이가 안정된 가정으로 입양되든, 다른 보육원으로 옮기든 그때까지는 꼭 지켜볼게요.

세레나 그렇게 해주시면 고맙겠네요. 내가 죽기 직전에 "어머! 어떻게 이렇게 맞췄을까?"할 정도로 연이가 안정된 곳으로 갔으면 좋겠어요.

김성희 세레나의 바람이 현실로 이루어질 수 있도록 기도할게요.

세레나 SM병원에서 진짜 천사 같은 간병인을 만났어요. 그런데 그 간병인이 몸이 아파서 떠나고 아주 못된 간병인이 왔는데, 기저귀도 갈아주지 않고 욕창도 내버려 두고… 그런 상황에서 어떤 자매님이 묵주와 '하느님 자비의 기도문'을 주고 가셨어요. 온몸이 찢기고 부숴지는 고통이 찾아올 때도 내가 참을 수 있었던 건 이 묵주로 하느님 자비의 기도를 계속 받쳐서예요.

김성희 (세레나의 팔목에 걸려있는 묵주를 만지작거리며) 이 묵주 느낌이 참 좋아요.

세레나 연이를 볼 수 있었던 것도 SM병원에서 알선해 주었기 때문이죠. 저에게 마지막까지 딸아이와 가까이 있게 해주신 것에 너무 감사해요. 이보다 더 큰 은총은 없으니까요.

김성희 기도의 힘이 크네요.

세레나 그것은 절대 불변의 법칙이에요. 하느님께 간절히 기도하면 반드시 이뤄지니까요. 제가 젊었을 때, 정말 죄를 많이 지어서 용서해 달라고 빌었거든요. 새벽 잠에서 깨면, '은총이 가득하신 마리아님…' 하고 기도를 하고 있더라고요. 그 전에는 무늬만 신자였는데….

김성희 하느님 안에서 사는 게 행복하세요?

세레나 제가 성가정을 이뤘다고 느낀 순간은, 연이랑 성가를 부르고 기도할 때였어요. 정말이지 너무 행복했어요, 너무요. 제가 SM병원에 입원할 때 아무도 돌봐줄 사람이 없어서 연이를 보육원에 보낼 수밖에 없었거든요. 그때 연이는 싫다는 소리를 끝내 하지 않더군요. 가뜩이나 힘든 엄마를 더 힘들게 할 수는 없었으니까요.

김성희 어린애가 그렇게 하기가 어려운데….

세레나 헤어질 때, 정말 못 견디겠거든 엄마한테 전화하라고 했어요. 그럼 널 데리러 가겠다고 했거든요. 헌데… 이것 보세요. (핸드폰을 뒤적여 연이가 보낸 문자 메시지를 찾아 읽는다) "엄마, 나는 잘 지내고 있으니 걱정마세요. 생각보다 신나는 일이 많아요. 모두들 내게 잘 해주세요. 그러니 엄마도 잘 지내세요."(눈물을 글썽이며) 알아요, 전 알지요. 연이가 엄마를 안심케 하려고 그런 거짓말을 보냈다는 것을요… 정말 연이는 속 깊은… 내 딸이랍니다.

김성희 제게도 그와 비슷한 기억이 있어요. 초등학교 4학년 때, 아버지가 돌아가시고 집안 사정이 어려워져서 난 외삼촌 댁으로 가야 했죠. 헤어질 때 엄마는 주소 적힌 쪽지를 쥐어주며 저엉 힘들면 편지에 글 대신 꽃을 그리면 데리러 가겠다고 했어요. 세월이 흐르고… 언젠가 친정에 갔다가 가족 앨범 속에서 빛바랜 편지 한 장을 발견했는데, 어릴 때 내가 쓴 편지였죠. 편지는 엄마를 안심시키는 글이었지만 뒷면을 보니까 무수히 많은 꽃이… 엄마가 그걸 보고 얼마나 울었을까요… (두 사람, 눈시울을 적시다가 양손을 꼬옥 잡는다)

6. 철드니까 죽네

물망초실. 침상에 누운 세레나가 신음 소리를 내다가 깊은 숨을 몰아쉰다. 손을 허우적거리다 잠이 깬다. 일어나 앉아, 낯선 곳에 온 것처럼 초점 없는 눈으로 주변을 두리번거린다.

세레나 (혼잣말로) 연이를 보고 죽을 수 있을까… 연이… 보고 싶어 죽겠네… (물병을 들어 입에 갖다 대는 것조차 힘겨워 포기한다) 이제부턴 진통제를 먹지 말아야겠어, 몽롱해지니까… 목욕 후에 몸 상태가 급격히 떨어져서 탈진한 거 같아. (기침을 하면서 스스로 자지러지게 놀란다) 내가 얼마 안 남았나 봐.… 오른 쪽 마비가… 더 심해졌어. 연이나 보고 죽을 수 있을까? 내가 죽으면 안 되는데… 연이 때문에… 죽으면 안 되는데….

간호사와 김성희가 물망초실로 들어온다.

간호사 (세레나의 입에 체온계를 물리고 나서) 낮에는 열무와 오이로 비빈 밥 한 공기와 빵 하나를 다 먹었고, 정신을 좀 차리는 듯 했는데 또 이러네요. 마치 산통처럼 나빠지고 좋아지기를 반복하고 있어요.

김성희　세레나, 정신이 들어요? 날 알아보겠어요?

세레나　(고개만 끄덕끄덕) ….

간호사　기억이 흐릿해지고 현실을 인지하지 못할 때가 종종 있어요. (체온계를 입에서 빼내 본다) 열은… 약간 높은 정도예요.

세레나　(숨을 크게 내쉬고) 꿈을 많이 꾸어요. 하루에도 열 번이나… 잘 때마다 다른 꿈을… 난 매일 영화를 열 편이나 보는 셈이죠. 간호사님, 이젠 진통제 먹지 않을래요.

간호사　통증을 견딜 수 있겠어요?

세레나　견뎌야죠. 몽롱한 것보다 차라리 아픈 게 나아요.

김성희　세레나는 용기 있는 여성이에요. 내게 당신은 선물이었죠. 잊지 않을 거예요.

세레나　물망초의 꽃말이 그거죠? '나를 잊지 말아요'… 하마터면 못 보고 죽는 줄 알았어요.

김성희　왜 못 봐요. 이렇게 왔잖아요. 많이 힘들었어요?

세레나　네.

김성희　지금 가장 힘든 게 뭐예요?

세레나　연이. 저걸 두고 가는 게 마음에 걸려요. 저걸 생각하면… (목이 메어) 자다가도 눈이 번쩍, 가슴이 덜컥 해요.

김성희　지금 당장이 걱정되는 거예요, 앞으로가 걱정되는 거예요?

세레나　(잠긴 목소리로) 지금부터 쭈욱… 울고 싶은데도 참았다가 숨어서 울음을 버벅대는 아이를 보면서… 난 정말….

김성희　세레나가 해줄 수 있는 게 아무 것도 없다는 생각이 드는 거죠?

세레나　(고개를 끄덕인다) … 안 운 척하는 아이한테 울음소리마저 내지 못하게 하는 이런 잔인한 엄마가 어디에 있나요?

김성희 그런데 해줄 수 있는 게 분명히 있어요. 세레나가 SNS에 올린 사진과 글을 봤어요. 얼마나 연이를 끔찍이 아끼고 사랑하는지 한눈에 알 수 있었죠. 사랑하면 용감해지지요. 사랑의 신 에로스가 사랑하는 사람들의 가슴 속에 용기를 불어넣어 주기 때문이에요. 끝까지 용기를 잃지 말아요.

세레나 (콧물을 들이마시며 훌쩍인다) 네에, 알았어요. "엄마는 연이 엄마로서 행복하게 잘 살다 간다" 이렇게 말할 거예요. 철드니까 죽네….

간호사 '철드니까 망령'이란 말은 있어도 '철드니까 죽는다'는 말은 없어요. 요 며칠 동안 생사를 오갔지만 세레나는 강 체질인 것 같아요. 몸 조리 잘 하세요. (퇴장)

세레나 앞날은 막막하고 캄캄하지요. 모든 희망이 사라졌지만 내가 먼저 희망을 버리진 않겠어요. 희망은 생이 끝나는 순간까지 희미하지만 우리를 비추는 촛불이 되어줄 테니까요.

김성희 그래요, 희망은 절망 가운데서도 꺼지지 않고 타오르는 촛불이죠. 희망의 끈을 놓지 말아요. (사이) 피곤해 보여요. 눈 좀 붙이세요.

세레나 지금까지 전 사랑이란 좋은 것을 영원히 자기 것으로 가지기를 원하는 거라고 생각했거든요. 그런데 인생 여정의 마지막 앞에 서고 보니 좋은 것도, 영원한 것도, 자기 것도 이 세상엔 없어요…. (눈을 감는다)

세레나가 잠들자, 김성희는 병실을 나와 야외 테라스로 간다. 연이가 흔들그네에 앉아 상념에 잠겨 있다.

김성희 뭘 그렇게 골똘히 생각하니? (그네에 나란히 앉는다)

연 이 아, 언니….

김성희 요즘 엄마를 자주 볼 수 있으니 좋아?

연 이 SM병원에 있을 땐 한 백 밤, 천 밤을 같이 잤어요.

김성희 병원 생활을 같이 했구나. 그때는 엄마가 휠체어를 타셨니?

연 이 네, 휠체어 타고 씽씽 다녔어요. 죽이나 미음도 안 먹고 밥
만 먹었거든요. 재활도 열심히 했어요. 근데요… 지금은….

김성희 지금은 아주 많이 아파서 누워 계시지.

연 이 엄마가 아까 좀전에… "이제 연이랑 빠이빠이 할 때가 되
었네"… 했어요.

김성희 연이는 그 말을 듣고 어땠어?

연 이 당황했어요.

김성희 그리고?

연 이 … (다리를 통통 팅기기만 하다가) 하느님을 만나러 가고야 말
겠어!

김성희 연이야, 왜 하느님을 만나러 가고 싶어?

연 이 하느님은 운명을 다 알잖아요. 그러니까 우리 엄마가 언제
죽을지 물어보려고요.

김성희 알게 되면?

연 이 … 흔들그네가 재밌네. (그네를 움직인다)

김성희 삶에는 반드시 끝이 있고, 그 끝이 언제 찾아올지는 아무
도 몰라. 아마도 신만이 알겠지. 엄마가 죽는다는 건 알고

있니?

연 이 (손가락으로 눈썹을 비빈다) 누구요? 뭐가요? 몰라요. 저쪽에 나무 보이잖아요! 나뭇가지가 굉장히 커요.

김성희 연이가 듣는 것이 슬프거나 힘들더라도 언니가 솔직하게 얘기해도 될까?

연 이 (다시 손가락으로 눈썹을 비빈다) ….

김성희 그럼 잘 들어. 음… 엄마는 이 병원에 왔을 때 선택을 하셨어.

연 이 뭘 선택해요?

김성희 넌 병원 중환자실이란 곳을 알고 있니?

연 이 몰라요.

김성희 더 이상 고칠 수 없는데도 환자에게 인공호흡기 같은 기계나 호스를 여기저기 달아놓고 주사를 놓으면서 힘들고 지치게 하다가, 환자가 가족이랑 인사도 못하고 갑자기 죽는 경우가 많아. 그런 병원은 아픈 사람을 고치고 치료하는 곳이야. 하지만 이 병원은 병을 고치려고 애쓰지 않아. 헤어질 때가 되면 자연스럽게 숨을 거둘 때까지 편안하게 가족이랑 이야기도 하고, 마음의 준비를 하면서 시간을 보낼 수 있어. 연이야, 엄마랑… 마지막 인사를 잘 해야 되겠지?

연 이 (삐죽거리더니 끝내 울음을 터뜨린다) 엄마!… 어, 엄마….

김성희 (연이를 끌어안고 기다리니 연이가 울음을 멈춘다) 엄마는 연이랑 헤어지기 너무 싫지만, 그럼에도 불구하고 연이랑 잘 헤어지기 위해서 이곳으로 온 용감하고 멋진 엄마야.

연 이 ….

김성희 어제 언니가 「알도」 책 읽어줬지? 연이 마음속에도 알도 같은 친구가 있니?

연 이 (고개를 도리도리) ….

김성희 그러면 알도 같은 아이를 찾아서, 연이 안에 있는 그 아이랑 솔직하게 얘기를 하는 거야. 화가 나면 화 난 이야기, 속상하면 속상한 이야기를 마음 속 아이하고 충분히 얘기하는 거지. 연이는 혼자가 아니야. 결이, 고모, 할아버지, 언니도 있고… (연이가 몸을 움츠리자) 춥구나, 그래 오늘은 여기까지만 이야기하자. 조금씩… 너무 마음 아프고 힘들지만 조금씩 준비하자꾸나!

김성희가 연이의 손을 잡고 그네에서 일어선다.

7. 생명의 탄생과 성장과 죽음

호스피스센터의 기도방.

김성희가 '생명의 탄생·성장·죽음 프로그램'을 준비하여 연이에게 생명의 순환원리를 이해시키고자 한다.

방 한가운데, 땅을 상징하는 밤색 원형 천 위에 흙이 놓여 있다.

흙 위에 말라비틀어진 장미꽃, 말린 솔방울이 있다.

시디플레이어에서 음악이 잔잔히 흐른다.

김성희 (장미꽃과 솔방울을 가리키며) 이 생물들은 어떤 단계의 생명일까요?

연 이 ….

김성희 생명은 시작을 알리는 탄생, 그리고 성장, 마지막을 뜻하는 소멸의 과정을 거쳐요.

연 이 소멸이 뭐예요?

김성희 사라져 없어지는 거예요. 그렇다면 여기 이 말라비틀어진 장미는 생명의 어떤 과정에 있는 거죠?

연 이 소멸?

김성희 맞아요, 앞에 놓인 장미꽃 상태를 몸으로 표현해 보세요.

연 이 똑같이요?

김성희 그래요, 보고 느끼는 대로요.

연이는 일어서서 몸을 비스듬히 세우고, 얼굴에 손을 쪼그리듯 바짝 대며 눈을 감아 말라비틀어진 장미꽃을 표현한다. 얼굴과 손은 장미 꽃대와 잎이고, 비스듬히 서 있는 몸은 장미 줄기를 나타낸 것이다.

김성희 이번에는 솔방울을 표현해 볼까요?

연이는 말린 솔방울을 잠시 보더니, 앉아서 팔을 반으로 접고 손목을 꺾어 엄지와 검지를 삐죽 빼고 나머지 손가락은 둥글게 움킨다.

김성희 바깥에 있는 활짝 핀 장미꽃과 여기 있는 장미꽃을 비교할 때, 색깔과 촉감에 어떤 차이가 있을까요? (장미꽃을 들고) 이것은 어떻게 보여요?

연 이 시들었고….

김성희 생명이 다해서 이제 자연으로 되돌아가는 느낌을 받나요?

연 이 네.

김성희 모든 생물은 다 자연으로 돌아가죠. 식물도, 동물도, 고양이도, 병아리도, 물고기도….

연 이 새도~.

김성희 토끼도~.

연 이 모두 새끼였다가 자라나서 어른이 되고….

김성희 아버지가 되고.

연 이 할아버지가 되고~.

김성희   증조할아버지가 되고~.

연 이   꾀고닥!

김성희   꾀고닥! (연이가 웃는다) 생명의 끝은 죽음이지. 이런 게 자연
이야. 사람도 자연의 일부지. 생물이 시들고 생명을 다하면
자연으로 돌아가듯, 장미꽃과 솔방울도 자연으로 돌아갈
수 있도록 연이가 흙에 묻어줄래요?

연이는 장미꽃과 솔방울을 공손히 흙 속에 묻는다. 그렇게 하나
의 무덤이 되었다.

김성희   장미꽃도 솔방울도 모두 자연으로 돌아간 것처럼 사람도
그럴까? 사람은 어디로…?

연 이   하늘나라.

김성희   몸은 땅에 묻히고 영혼은?

연 이   하늘나라.

김성희   하늘나라 어디로 갈까요?

연 이   천국.

김성희   천국에는 누가 있어요?

연 이   하느님.

김성희   그럼 연이 엄마는 때가 되면 어디로 가실까요?

연 이   천국.

김성희   천국 어디?

연 이   하느님이 계신 곳.

김성희   엄마가 마음 편안히 하느님 나라로 가실 수 있게 연이가

도와줄 수 있겠어요?

연 이 (고개를 끄덕인다) ….

김성희 사람은 누구나 한 번 죽는 거야. 그건 자연스러운 거지. 아프고 힘들지만 받아들여야 해. 그렇지만 연이가 받아들이기 정말 힘들 거야. 아직은 나이도 어리고, 그치?

연 이 (곰곰이 생각에 잠긴다) ….

김성희 연이가 '추억 사진 그림첩'을 만든 것도 엄말 위한 거지? 예쁜 사진첩에는 연이와 엄마의 추억이 담겨 있어. 엄마가 보고 싶을 땐 사진첩을 보면 되고, 엄마도 하늘나라에서 연이가 보고 싶을 땐 사진첩을 하나하나 떠올릴 걸. (연이의 손을 잡고) 자, 연이야, 눈을 감아봐. 내가 연이의 마음을 엄마한테 전해볼게. (연이, 눈을 감는다) 엄마! 사랑하는 딸 연이를 이 세상에 두고 가는 게 마음 아프시죠? 하지만, 엄마는 내 마음 속에 영원히 살아계실 거예요. (연이의 볼에 눈물방울이 흐른다) 제가 하느님을 떠나지 않고, 하느님 안에서 항상 기도하며, 건강하고 씩씩하게 살아가도록 엄마가 절 위해 기도해 주세요. (연이가 조용히 훌쩍인다) 저도 이 세상에서 잘 살아볼게요. 열심히 살다가 때가 되면 엄마 만나러 갈게요. 그때까지 엄마는 하늘나라에서 연이는 이 세상에서, 서로를 그리워 하며 살겠죠. 제가 살아가면서 어렵고 슬프고 힘든 일이 있을 거예요. 울고 싶을 때도 있고, 투정부리고 싶을 때도 있고… 그럴 때면 엄마한테 다 말할게요. 그리고 다시 힘차게 기운내서 일어설게요. 엄마가 세상에서 제일 잘 한 일은 연이를 낳은 것, 연이가 가장 잘 한 일은 엄마

딸이 된 거… 엄마… 이젠 울지 않을래요. 엄마도 울지 말
고… 언제까지나 꼬옥 날 잊지 말아요. 물망초… 물망초를
기억해 주세요.

긴 침묵이 흐른다. 연이가 손등으로 눈물을 훔친다.

8. 하늘나라 가는 길

물망초실. 연이와 김성희 등장. 연이가 '추억사진 그림첩'을 들고 침상으로 올라간다.

연 이　엄마~, 내가 만들었어, 추억 사진 그림첩.

세레나　(빙긋이 웃는다) 그래? 어디 보자. (연이가 사진첩을 한 장씩 펼쳐 보인다) 이 사진은 놀이동산 갔을 때네?

연 이　사진만 말고 글을 읽어 봐. 그림도 보고.

세레나　우리 연이, 다 컸네. 언제 이런 걸 만들었대?

연 이　이건 엄마에게 드리는 내 선물이야.

세레나　모녀가 주고받는 지상에서의 마지막 선물이네.

연 이　뭐라고?

세레나　아니야, 아무 것도….

세레나, 딸의 선물을 받고 팔의 마비로 손바닥이 엇갈린, 소리 나지 않는 박수를 친다. 김성희가 대신 큰 박수를 보낸다. 연이가 엄마에게 뽀뽀한다.

김성희　연이가 보육원에 돌아가야 할 시간이에요.

세레나　(말없이 연이의 손을 잡고 눈시울을 적신다) ….

연 이 엄마, 보육원에 갔다 올 테니까… 빨리 나아요.

세레나 (힘없이 고개만 끄덕이면서 잡은 손을 놓지 못 한다) ….

김성희 (세레나와 연이의 손을 포개어 자신의 얼굴을 묻는다) 하느님께 기도하자. (묵도가 끝난 후, 연이에게) 엄마에게 인사해야지.

연 이 (침상에서 내려와) 엄마, 안녕…. (울지 않으려고 입을 앙 다문다)

세레나 연이야… (겨우 손을 들어 작별을 고한다) 엄마는 세상의 끝에 왔어. 저 밑이 보이지 않는 까마득한 낭떠러지… 구름만 잔뜩 끼어 있네….

연이가 나가다 돌아와서 엄마와 손바닥 인사를 한다.

세레나 (코맹맹이 소리로) 연이야… 네가 올 때까지 엄만 살아 있을 거야. 빨리 와야 해, 알았지?

연 이 알았어, 엄만 절대 죽지 않을 테니 염려 붙들어 매.

세레나 그래, 하지만… 하지만… 아니다, 어서 가거라.

연이와 김성희 퇴장하고, 무대 어두워지면 핀 조명 속에 간호사가 핸드폰으로 김성희와 통화한다.

간호사 오늘은 다섯 숟가락 정도 미음을 먹었고, 망고도 반쪽 먹더니 힘이 난다고 해요. 컨디션은 좋은데, 기운이 없는 상태예요. 김성희 선생님이 보고 싶어 죽겠다고 하대요. 선생님이 바빠서 이번 주말은 못 오지만 다음 주엔 꼭 온다고 전했어요. 세레나는 목소리가 약해서 통화를 못 해요. 세레나가 진통제 약을 안 먹겠다고 고집하지만 비가 오니까 통증을 호소해서 20분 간격으로 진통제 주사를 맞고 있어요. 참! 간병인이 그만 뒀어요. 세레나의 임종을 보고 싶지 않은 거죠. 경험이 많은 간병인들은 대개 그래요. 이렇게 떠나야 할 사람은 떠나고, 모든 것을 하늘에 맡길 수밖에 없어요. 그럼, 다음 주에 봐요….

간호사가 퇴장하면, 김성희가 핸드폰을 보며 등장한다.

김성희 '선생님 도와주세요. 연이를 데려와 주세요' 이 문자 메시지는 왠지 심상치 않은데. 세레나가 자신의 임종이 얼마 남지 않았다는 걸 감지한 걸까? 아무튼 이러고 있을 때가 아닌 것 같아. 연이를 센터로 데려가려면 우선 센터와 의논을 하고, 보육원에도 연락을 해야겠지?

휴대폰 다이얼을 누른다. 무대, 어두워졌다가 밝아지면 물망초실. 간호사, 연이, 김성희가 들어선다.

간호사 (침상을 가리키며) 욕창을 소독하고 난 후, 수면제를 맞았기 때문에 잠시 후면 깨어날 거예요.

김성희 고맙게도 잘 견뎌주고 있네요.

간호사 힘들어요… 상태가 많이 안 좋아요. 옆방 제비꽃 병실의 아현 씨 아시죠?

김성희 네, 몇 번 봤죠.

간호사 며칠 전 햇볕이 너무 좋아 세레나와 아현 씨가 번개 마당 나들이를 했어요. 두 사람은 민들레꽃 반지와 팔찌를 끼고 는, 서로 누가 더 예쁜지 꽃반지 낀 손을 대보며 환하게 웃었죠. 그런 아현 씨가 오늘 아침 하늘나라로 갔어요.

김성희 저런… 아현 씬 세레나와 말이 잘 통하고 친했는데….

간호사 먼저 가느냐, 나중 가느냐… 그 차이죠. 단지 그뿐이에요. (퇴장)

김성희와 연이, 빈 침상에 앉는다.

김성희 이건 엄마가 연이에게 할 말인데… 엄만 지금 연이가 있는 보육원을 못마땅해 하셔. 그래서 하는 말인데, 새 보육원으로 가는 건 어때?

연 이 지금 있는 곳도 좋아요. 보육원 엄마랑 고모가 예뻐해 줘요. 간식도 잘 나오고요.

세레나가 눈을 뜨지만 눈의 초점이 허공에 떠있다. 숨을 거칠게 몰아쉬면서 겨우 한 단어씩 말한다.

세레나 암이… 머리까지… 전이돼서… 머리가… 너무… 아파. 오·늘·며·칠·이야? 금·요·일….

김성희 저어… 보육원 옮기는 문제로 연이한테 할 말이 없나요?

세레나 아! 보육원… (힘겹게 얼굴을 돌려 연이에게) 엄마가 생각을 많이 했는데… 새 보육원으로 갔으면 좋겠어.

김성희 한 분이 아이 네 명을 돌봐주고, 교육도 잘 할 것 같아서요?

세레나 (고개를 끄덕이고) 시간이 없어. 안 그러면… 어쩔 수 없어. 너랑나랑… 죽어야지.

김성희 연이야, 네 마음을 솔직하게 얘기해. 너한테 중요한 일이야. (사이) 새 보육원으로 옮기면 다시는 엄마와 만날 수 없을까 봐 그러니?

연 이 새 곳으로 가면 낯설고 두렵고… 또….

김성희 또, 뭐?

연 이 (괴로운 듯 침상 모서리에 엎드린다) ….

김성희 이 문제에 대한 결정을 잠시 미루는 게 좋겠어요. 연이에겐 생각할 시간이 필요한 것 같아요.

세레나 내가 정신을 놓기 전에 해야 하는데… 연이야, 이리 와. (연이가 가까이 오자, 머리 묶은 게 귀엽다며 장난을 친다) 우쭈쭈~, 연이야, 우리 청진기 놀이할까? (김성희에게) 엄마 없는 아이들이 머리카락이 짧은 이유가 있어요. 누가 손질해 줄 수 없으니까. 우리 연이도….

연이가 사물함에서 장난감 청진기를 꺼내 엄마 귀에 청음기를 꽂고 자신의 가슴뿐 아니라 몸 여기저기에 청진기를 댄다. 임종이 가까운 순간조차 딸에게 웃음을 주려는 엄마의 모습이 애처롭다.

연 이 엄마, 들려? 들려? 심장 뛰는 소리 들려?

세레나 (눈썹, 입, 눈동자를 모으며 익살스런 표정을 짓는다) 들린다, 들려! 쿵작~, 쿵작~, 쿵자자작~! (그러다가 갑자기 맥이 탁 풀리는 듯) 피곤해… 눈이 막 감겨 와. 잠 들면 안 되는데… 이 소중한 시간을….

연 이 (슬그머니 엄마 손 잡으며) 잘 지낼게, 새 보육원에서.

세레나 어디…?

연 이 새 보육원에서 잘 지낼게, 새 보육원에서.

세레나 새 보육원… 알았어…. (연이 얼굴을 만지려고 손을 허우적댄다)

연 이 (허우적대는 엄마 손을 잡아 자신의 얼굴에 살포시 갖다 댄다) 엄마가 불러주던 자장가, 오늘은 내가 불러줄게. 이젠 엄마가 아기야. ('섬집아기'를 부른다)

엄마가 섬 그늘에
굴 따러 가면
아기는 혼자 남아
집을 보다가
바다가 불러주는
자장 노래에
팔 베고 스르르르
잠이 듭니다

연이의 자장가는 엄마의 거친 숨소리와 하모니를 이루며 조용히 흘러간다. 노래를 끝낸 연이가 침대 위로 올라가 엄마 품에 안긴다. 탁상시계의 초침 소리만 재깍거린다. 사이. 할아버지, 결이 등장.

할아버지 (김성희에게) 수고가 많아요. (침상을 힐끗 보고) 저 애, 애비 되는 사람이오. 일찍 왔어야 했는데….

김성희 괜찮아요, 잘 하셨어요. 일찍 오셨으면 세레나도 힘들어 했을 거예요. 세레나는 오늘 남아있는 에너지를 다 모아서 해야 할 일도 마쳤어요, 보육원 일이며, 통장 정리하는 일까지… 모두 할 수 있었어요.

세레나 (눈을 뜨고 허공을 향해 손을 휘젓는다) … 아버지. (연이도 눈을 뜬다) 가까이 다가온 것을 느껴요.

할아버지 뭐가…?

세레나 ….

할아버지 (세레나의 손을 잡으며) 내가 죄인이다. 미안하다, 자주 찾아 왔어야 했는데… 병세도 살피고… 애비 노릇도 제대로 못 했구나.

세레나 (가쁘게 숨을 몰아쉰다) 미안해하지 말아요. 절 키워준 은혜, 그걸로 충분해요. 저 세상에 가서도 잊지 않을게요.

할아버지 죽으면 끝인데… 다 잊거라.

세레나 (피를 토하듯 격렬한 기침을 하다가 멎고) 죽음은 끝이 아니에요. 이승의 끝, 저승의 시작… 새로운 출발이랍니다.

할아버지 새로운 출발이라니?

세레나 죽는 날은 하느님 품으로 돌아가는 잔칫날이니, 지금은 잔칫상을 받은 신부처럼 기쁘고 설레요.

할아버지 뭐, 잔칫상을 받은 신부처럼 기쁘고 설렌다고? 갈 때 되니 헛소릴 하는군.

세레나 헛소리가 아녜요. 전 죽음이 두렵지 않아요.

할아버지 어째서…?

세레나 (숨을 몰아쉬며) 물론 처음엔 낯설고 두렵고 떨렸죠. 하지만 이젠 아녜요. 죽음이 아름답기까지 한 걸요.

할아버지 죽음이 아름답다고…?

세레나 네, 하느님이 저에게 천국 문으로 들어가는 열쇠를 주셨으니까요.

할아버지 그래, 믿음이 널 구원에 이르게 할 모양이구나.

세레나 그러니까 아무 염려 말고 슬퍼하지도 마세요. 전 기쁘니까… 다만 한 가지 마음에 걸리는 건 우리 연이… (울먹이며 연이 머리칼을 쓰다듬는다) 이 어린 걸 두고 가는 게….

할아버지 연이 걱정은 마라, 내가 힘껏 보살필 테니까.

세레나 고마워요, 아버지… 하지만 형편이 어렵다는 걸 잘 알아요.

연이가 침대에서 내려와, 결이 곁으로 간다.

결 이 할아버지! 연이랑 밖에 나가서 놀아도 돼요?

할아버지 그래라.

결 이 연이야, 우리 밖에서 그네 타고 놀자.

연 이 (엄마를 바라보며) 오늘은 안 돼. 엄마 곁에 있어야 돼. 난 엄마 딸이니까….

할아버지 (연이를 어루만지며) 그놈 참 되양지군. 꼬맹이가 어른스러워.

김성희 (할아버지에게) 다른 데 가지 마시고 옆에 있어 주세요. 곁을 지켜주기만 해도 세레나에겐 힘이 될 거예요.

할아버지 알았소.

김성희 세레나는 멋진 여성이에요. 연이에게 신앙과 사랑이라는 선물을 남겼죠. 이 두 가지 선물이 세상을 살아갈 무기가 되어줄 거예요. 손녀를 잘 키웠어요. 연이가 어디 가서도 사랑받게끔, 세레나가 애를 많이 썼답니다. 이제 사람이 할 일은 다 한 셈이죠. 나머지는 하느님께 전부 맡기고 기도할 수밖에 없어요.

할아버지 모두 내가 부덕한 탓이오. (눈을 감는다. 시계 초침 소리만 재깍 재깍)

모두들 말없이 슬픔에 잠겨있는데, 아빠가 조심스럽게 등장한다.

연 이 아빠~! (부르며 달려가 안긴다)

아 빠 그래, 연이야… 잘 있었지? (연이의 머리칼을 쓰다듬으며 눈시울을 적신다)

할아버지 (아빠를 보자, 대뜸 화를 낸다) 네놈이 여긴 뭐 하러 왔어! 당장 나가, 당장~!

아빠가 가만히 있자, 달려들어 멱살을 잡는다. 아빠, 숨을 못 쉬고 켁켁거린다. 김성희가 사이에서 말린다.

김성희 고정하십시오! 지금은 이러실 때가 아닙니다!

할아버지 처자식 내팽개친 놈이 무슨 염치로 찾아온 거야! 짐승도 지 새끼 버리진 않아! 쳐 죽일 놈! 인두겁을 쓴 놈!

이때, 연이가 애앵~ 울면서 할아버지 바지 자락을 붙잡는다.

연 이 할아버지! 아빠한테 그러지 마요! 우리 아빠란 말예요!

할아버지 (그제서야 멱살을 놓으며) 에잇, 천하에 못 된 놈! 벼락 맞아 뒈질 놈! (밖으로 나가버린다)

결 이 할아버지~! (부르며 따라 나간다)

연 이 아빠~! (아빠 품에 안겨, 훌쩍인다)

아 빠 (잠시 연이를 포옹하고 있다가 침상으로 다가간다) 여보… 내가 왔소. 간호사한테서 당신이 위독하다는 전갈을 받았소. 내가 잘못했소, 내가 죽일 놈이오. 빚쟁이들로부터 당신과 연이를 지키려고 위장이혼을 한 건데… 애시당초 그게 잘못이었소. 우린 가족인데… 어떤 고난이 와도 끝까지 함께 부둥켜안고 가정을 지켰어야 했는데… 나 때문에 스트레스 받아서 당신이 이처럼 몹쓸 병 얻은 거 아니오? 허나, 다 지나간 일, 지금 와서 후회한들 무슨 소용이오.

세레나 (뭔 말을 하려고 기를 쓰지만 안 된다) ….

아 빠 여보… 이제부터 난 술도 끊고 새 사람이 되어볼 참이오. 종교단체에서 주관하는 노숙자 재활프로그램에 참여하고 있소. 육 개월 간 교육 받으면 자격증도 나오고 취직도 알선해 준다는 거요. 취직해서 자리 잡으면 연이를 보육원에서 데려와… 연이는 내가 책임지고 훌륭한 사람으로 자라도록 키우겠소. 연이가 장성할 때까지… 아니, 고등학교 졸업, 아니, 최소한 초등학교 졸업할 때까진 엄마의 손길이 필요하오. 여보… 그러니까 당신도 죽지 말고… (엉엉 운다. 연이도 따라 운다) 살아서 우리 가족 셋이서… 한 번 오손도손, 알콩 달콩 살아봐야 하지 않겠소?

세레나, 마지막 힘을 모아 숨을 가삐 몰아쉬며 손짓으로 아빠와 연이를 부르고, 연이의 손을 아빠 손에 겹쳐준다.

아 빠 알았어, 무슨 뜻인지 알았으니까… 연이 걱정은 하지 마시오. 연이는 나한테 맡기고 힘을 좀 내보시오. (주르륵 흘러내리는 세레나의 눈물을 닦아준다) 여보… 마지막으로 한 번만, 딱 한 번만… 이 구제불능의 망나니 같은 놈에게 기회를 주라. 나, 이 악물고 진짜 새사람 될게. 연이 엄마… 날 용서해 줄 거지? (세레나, 힘없이 주억거리다가 눈을 감는다)

김성희 좀 쉬게 해야 할 거 같네요. 한꺼번에… 감당하기 어려울 만큼 충격이 너무 컸어요.

아 빠 잠깐만, 저 좀 보실까요?

두 사람, 옆 방(기도실)으로 간다.

아 빠 간호사한테 들었어요. 제 아내 일로 노고가 많으셨더군요.

김성희 아녜요, 전 이번 일을 겪으면서 오히려 세레나로부터 많은 걸 배웠어요. 죽음의 끝자락까지 왔지만 세레나는 한번도 목 놓아 울지 않았죠. 슬픔을 안으로 삼켰어요. 눈물을 와락 쏟기 전에 글썽이는 단계에서 멈출 줄 아는 여자였거든요.

아 빠 아까도 말했듯이, 명색이 애비가 돼서 여태껏 딸한테 해 준

게 별로 없지만 앞으론 최선을 다하려고 해요. 연이가 커서 믿음직한 배우자를 만날 때까지 손을 놓지 않겠어요.

김성희 그러면 다행이죠. 연이는 귀엽고 사랑스러운 아이예요. 영리하게 잘 해내고 있어요. 어려운 상황에서 도망치거나 굴복하는 게 아니라, 어려움 속에서 성장하는 모습을 보여주고 있답니다. 비록 그리움과 서글픔을 가슴 속에 숨긴 채 살아야겠지만 고통과 시련이 아이를 성숙시킬 거라고 믿어요. 며칠 동안 간호사 기숙사에서 연이랑 함께 지냈어요. 세레나가 언제 어떻게 될지 몰랐으니까요. 이젠 가족들이 곁을 지키고 있으니… 전 집으로 돌아가겠습니다.

아 빠 여러 가지로 고마웠어요. 안녕히 가세요.

이때, 옆방에서 연이의 자지러진 비명 소리가 들려오자, 두 사람 물망초실로 뛰어들어간다.

연 이 엄마! 왜 그래? 눈 좀 떠봐! 엄마~! 엄마~!!!

세레나의 손이 허공을 휘젓다가 힘 없이 툭~, 침상에 떨어진다. 그리고 털썩 고개가 꺾인다.

아 빠 여보! 안 돼~! 죽지 마, 명희야! 우리 연일 두고 가면 안 돼~!

연 이 엄마~! 엄마~! (연이가 다시 소리쳐 울 때, 간호사가 급히 들어온다)

간호사 (세레나의 눈꺼풀을 뒤집어 본 후, 시계를 본다) 6월 22일 15시 57분 세레나 씨가 운명했습니다. 하느님의 부르심을 받은 세레나는 평온하게… 천국으로 떠났습니다.

김성희 (십 년 전 죽은 엄마의 환영을 본다) 어… 어… 엄… 마…. (오열한다)

간호사, 세레나의 머리 위까지 이불을 덮은 다음, 침상을 끌고 병실을 나가려 할 때, 아빠가 막아선다.

아 빠 안 돼! 못 가! 연이 엄만 죽지 않았어. 명희는 죽어선 안 될 사람이야. 우리 착한 연이, 두고 갈 사람이 아니야. 그 모진 세월을 눈물로 지새우며 견뎌 왔는데… 이렇게 보낼 수 없어, 절대로….

김성희 (울며) 연이 아빠… 세레나는… 좋은 데로… 갔어요. 보내… 주세요.

간호사, 침상을 끌고 간다. 축 늘어진 세레나의 팔을 잡은 연이가 흐느끼며 따라간다.

9. 엄마의 마지막 편지

호스피스센터 기도실에 차려진 빈소. 단 위에 세레나의 영정, 국화꽃이 즐비하다. 아빠와 연이가 검은 상복을 입고 서 있다. 원장 수녀 등장.

수 녀 (국화꽃을 단 위에 올리고 묵도한 후, 아빠에게) 연이가 들어올 새 보육원의 원장 수녀입니다.

아 빠 아, 네….

수 녀 연이야, 기도하자. (연이 손을 잡고 주님의 기도와 영광송을 드린 다음, 영정을 쳐다보며) 세레나 씨, 저희가 최대한 예쁘게 키울게요. 걱정하지 마시고 하늘나라에서도 연이를 잘 보살펴 주세요. (연이를 향해) 연이야, 엄마에게 말씀드려. "엄마, 걱정하지 마세요. 엄마가 하늘나라 가시더라도 수녀님과 여기서 행복하게 살게요"라고….

연 이 (아주 작은 소리로 중얼거린다) ….

아 빠 수녀님… 당분간만 우리 연이를 맡아 주세요. 제가 자리를 잡으면 연이를 데리러 가겠습니다. 이 약속은 꼭 지킬게요.

수 녀 네, 알았어요. (김성희 등장)

김성희 (추억사진 그림첩을 연이에게 주며) 연이야, 이거….

연 이 (받으며) 이건 엄마 건데….

김성희 응, 연이가 엄마한테 선물한 건데, 엄마가 다시 연이에게 남겨주신 거야. 잘 간직해. (연이가 그림첩을 영정 앞에 놓는다)

빈소에 할아버지와 결이, 간호사가 들어온다.

수 녀 세레나는 44년 동안의 순례를 잘 마쳤습니다. 어디에 있든, 무엇을 하든 삶이란 결국 끊임없는 방황인데 그 떠도는 삶이 곧 순례지요.

간호사 호스피스센터의 호스피스는 원래 '순례자의 쉼터'라는 뜻이었대요.

김성희 그랬군요, 세레나는 쉼터에서 쉬다가 영원한 안식을 찾아 떠난 거로군요.

간호사 그래요, 영원한 안식처로 이사를 간 거예요. 아유, 어서들 갑시다. 다들 영구차에 타시죠. 성요한성당으로 가서 장례미사를 드릴 거예요. 장례미사를 집전할 본당 신부님이 벌써 와서 기다린다는 연락이 왔습니다.

모두들 밖으로 나와서 영구차에 승차한다. 영정 사진을 든 연이와 김성희만 마당에 남았다.

김성희 연이는 씩씩한 아이니까 엄마를 잃어버린 슬픔을 견딜 수 있지?

연 이 네.

김성희 연이는 굳센 아이니까 슬퍼도 외로워도 울지 않고 이겨낼 수 있지?

연 이 네. 새 보육원으로 옮기면 책상에 큰 글씨로 써서 붙여 놓을게요. "엄마가 항상 지켜본다!"라고….

김성희 착하구나, 그럼 엄마도 저 하늘에서 내려다보며 웃으실 거야.

김성희가 연이를 안고 등을 가만히 쓸어주니, 연이가 성희 품에 안겨서 코를 훌쩍이며 운다.

김성희 그만… 뚝! (연이가 울음을 멈춘다) 그럼… 자, 엄마가 연이에게 남긴 마지막 편지를 읽어봐.

성희가 편지를 건네자, 한 손에 영정을 들고 다른 손으로 편지를 본다. 실내 스피커로 세레나의 음성이 들려온다.

세레나 (소리) 연이야, 넌 혼자가 아니야. 이걸 꼭 기억해.
힘들고 지칠 때마다, 외롭고 슬플 때마다
저 하늘을 올려다보렴.
낮에는 해가 되어, 밤에는 별이 되어 엄마가 널 지켜줄게.
엄마의 영혼이 항상 널 내려다보고 있다는 걸 잊지 마.
달무리 안에, 꽃밭 속에, 저녁놀에 물든 구름에도…
하늘과 땅 사이 만물 가운데 내가 숨어 있단다.
엄마가 보고 싶을 땐 달과 꽃과 구름을 봐.
이별은 잠시뿐, 먼 훗날 기필코 우린 다시 만나게 될 거야.

내 목숨보다 소중한 우리 딸 연이야, 사랑해!

영원히, 영원히 사랑해….

연이가 영정을 바라보며 훌쩍이다가 사진을 가슴에 끌어안는다.

연 이 (눈물 젖은 얼굴로) 사랑해, 엄마…. (천천히 하늘을 올려다본다)

그때, 하늘에서 우레처럼 쏟아진 엄마의 부름이 몇 겹의 메아리가 되어 흩어진다.

세레나 (소리) 연이야!!! 이야~, 이야~, 이야~

– 막

여덟 남자를 사랑한 여자

등장인물

수미와 상준

무대

시내 변두리 모텔 방 풍경.
무대 전면 왼편에 객석에서 보이지 않는 출입문, 오른편 구석에
침대 하나. 중앙에 탁자와 의자 둘이 마주보고 있다.
후면 왼쪽에 화장실 도어, 오른쪽에 벽걸이 TV가 보인다.

막이 오르면 수미와 상준 등장.

상준이 손에 든 비닐봉지에서 캔 맥주와 과자를 꺼내 탁자 위에
올려놓는다.

상준　마시고 있어. 손 좀 씻고 올게. (화장실로 간다)

수미　그놈의 결벽증은 여전하시군. (의자에 앉아 캔 맥주를 따서 마신다)

상준　(화장실에서 나오며) 너, 술이 세구나. 식당에서도 소주 한 병 다 마셨는데.

수미　살다 보니까 주량만 늘었네. (마시고) 헌데 어쩐 일이야?

상준　뭐가?

수미　연락 끊고 지내던 사람이 30년 만에 찾아 왔잖아?

상준　얼마 전에 꿈을 꿨는데말야, 너 어릴 적 모습으로 나왔어.

수미　흐응, 그래서?

상준　하나님의 계시라고 생각했지. 널 꼭 만나보라는… 형수한테 전화해서 번호 알아낸 거야. 여기서 미용실 한다는 얘기도 들었고. 어때, 미용실은 잘 돼?

수미　코로나로 다들 죽을 맛이지, 뭐. 그나마 단골이 있어서 밥은 굶지 않고 그럭저럭 지내. 근데 언니가 아직도 내 번호를 가지고 있다는 게 희한하네. 어쨌든 좋아. 내가 왜 모텔까지 오빠 따라온지 알아?

상준　그동안 쌓이고 밀린 이야기가 좀 많아? 식당에서 밥 먹으며 살아온 얘기 다 할 순 없잖아?

수미　비행기 타고 예까지 올 땐 그만한 사정이 있다고 생각했어.

하지만 나도 언젠가 오빠 만나면 꼭 이 이야긴 하려고 했거든.

상준 무슨 이야긴데?

수미 내 안에서 오랫동안 숙성되고 발효시킨 이야기. 아니, 내 가슴 문드러진 이야기라고 해야겠네.

상준 … 해 봐.

수미 서두를 건 없잖아. 한잔 하면서 천천히…. (맥주 캔을 따서 상준에게 넘긴다)

상준 (캔을 들고) 자, 건배하자. 30년 만의 재회를 기념하여! (둘이 캔을 부딪고 상준은 입만 댄다) 무정한 세월이었지. 그동안 앞만 보고 달려오느라 연락 못해서 정말 미안해. 그렇지만 네 소식이 늘 궁금했어. 보고 싶기도 했고.

수미 (냉소) 피이… 내가 여덟 살 때 처음 오빠 집으로 들어간 날, 기억해?

상준 응. 땟국물 줄줄 흐르던 남루한 차림의 어린 소녀. 그 해에 아버지가 널 호적에 올려서 정식으로 입양됐고 한 가족이 됐지.

수미 어린 시절, 석탄 가루가 풀풀 날리는 탄광 근처에서 자랐어. 세상천지가 암흑이었지. 신발도, 옷도, 얼굴도… 온통 째까맸으니까.

상준 부모님이 다 돌아가셨다고 하지 않았나?

수미 강원도 탄광촌에 살던 우리 식구는 뿔뿔이 흩어져야 했어. 아버지가 진폐증으로 사망하고나서 엄마가 어린 4남매를 두고 가출했거든. 꼬맹이들은 친척 집에 하나씩 맡겨졌고,

나를 맡은 삼촌 일가족이 살 길을 찾아 땅끝 마을 해남까지 내려갔어. 자기 새끼도 건사하기 어렵던 삼촌은 먹는 입 하나 덜려고 날 부자라고 소문난 오빠 집에 데려간 거야. (마신다)

상준 그 후의 일은 잘 알지. 수미가 부모님 댁에서 10년 가까이 사는 동안, 난 결혼해서 아들 둘을 낳았고… 맞벌이 부부는 아이 돌봐줄 보모가 필요해서 네가 내 집으로 오게 됐잖아.

수미 보모는 무슨… 식모였지. 그건 부모님 댁에서도 마찬가지였고.

상준 그런 소리 마라. 내가 섭하다. 아이들은 엄마 이상으로 널 따랐어.

수미 아이들 생각하면 지금도 가슴 한 켠이 휑해. 둘 다 잘 컸지?

상준 그럼, 결혼해서 아이도 생기고….

수미 너무 무심했네. 결혼하는 줄 알았으면 꽃이라도 보낼 걸.

상준 다 지나간 일이야.

수미 다 지나갔지. 하지만 왜 이렇게 지난 일들이 아프게, 슬프게 다가오는지 모르겠네.

상준 그건 수미가 슬픈 인생을 살았기 때문이 아닐까?

수미 (그윽이 보다가) 맞아, 슬픈 인생… 비극은 거기서부터 시작됐는지 몰라.

상준 비극?

수미 오빠 집에 살면서 방송통신고등학교를 졸업하고 이듬해 시집갔잖아? 오빤 날 빨리 치워버리지 못해서 안달이었으니까.

상준 천만에! 다 널 위해서였어. 솔직히 당시에 넌 품행이 방정
하지 못했⋯.

수미 (화를 내며) 뭐라구? 내가 품행이 방정하지 못했어?

상준 (손을 저으며) 아, 아니⋯ 내가 말이 헛나갔네. (일어서서 화장
실로 가며) 젠장, 맥주는 이래서 탈이야.

수미 (분을 삭이지 못해) 나쁜 놈! 뭐, 품행이 어쨌다고⋯. (벌컥벌컥
마신다)

상준 (화장실에서 나오며) 아, 미안, 미안⋯ 오늘 많이 취했네.

수미 염병⋯ 마시는 척만 하는 거 다 알아. 마시지 마. 오빠 안색
이 안 좋아. 어디 아픈 거야?

상준 괜찮아, 영혼보험에 들었으니까.

수미 영혼보험⋯ 이라고?

상준 응. 사람들이 왜 화재보험·암보험·생명보험에 가입하냐?

수미 만약에 대비하기 위해서지.

상준 만약에 내세가 있다면 어쩔 거야? 내가 크리스천이 된 건
그 때문이라고.

수미 내세에 대비하고 영혼 구원을 위해서⋯ 천당에 가고 싶은
거로구나.

상준 천국과 지옥이 있다고 믿지만 없어도 상관없어. 그래서 영
혼보험은 '밑져야 본전' 보험이지. 세상의 모든 보험은 언
젠가 소멸하지만 영혼보험은 영원해. 믿는 자의 축복이 뭔
지 알아?

수미 ⋯.

상준 살아생전에도 안식과 평강을 누린다는 거지. 산 자가 무의

식 중에도 느끼는 가장 큰 불안은 죽음 때문이지. 하지만 난 죽음이 두렵지 않아. 그것만으로도 충분히 보상을 받았다고 생각해.

수미 (물끄러미 보다가) 오빠 너무 착해. 난 나쁘고 헤픈 년이었어. 그래서 오빠가 내 머릴… (자르는 시늉) 가위로 싹둑싹둑 잘랐지.

상준 그 얘긴 그만하자. 괜히 마음만 상하니까.

수미 (일어서서 출입문 쪽으로 천천히 걸어간다)

상준 왜? 가려고?

수미 아니. 할 얘기가 있다고 했잖아. 생각을 정리하는 중….

상준 뜸 들이지 말고 해. 시집 간 후로 먼저 연락 끊은 건 너였어.

수미 첫 남편은 전기회사에 다니던 기능사였지. 함께 산 시부모는 농사꾼이었고 자식 둘을 낳았어. 남편은 성적으로 무능한… 조루증이었지. 아이들 때문에 참고 살려고 했어. 그런데 언젠가부터 술만 마시면 구타하는 거야. 조루증이 의처증을 유발해. 내가 만족시켜 주지 못하는 마누라가 성욕을 해소하기 위해 딴 남자와 서방질한다는 의심을 품게 되거든.

상준 우리나라 남자의 20%가 조루라는 통계가 있더라.

수미 이 남자와는 궁합이 안 맞는구나, 생각하던 차에 빵집 주인을 만났어. 테크닉이 좋았지. 낮에 장보러 간다는 핑계대고 나와서 빵집에 딸린 뒷방에서 섹스를 즐겼네. 꼬리가 길면 밟힌다고 했던가… 불륜 행각이 드러나 맨몸으로 쫓겨났지. 이런 판에 오빠한테 연락할 틈이 있었겠어?

상준 방통고 시절에 만난 그 불량기 많은 녀석을 포함하면 벌써 세 명의 남자와 잤다는 말이잖아?

수미 잔말 말고 들어봐. 얘기가 길어. (맥주 캔을 따서 마신다) 그 길로 내 친구 안경자를 찾아 무작정 상경했네. 경자의 소개로 미용실 시다로 취직했어. 경자 애인이 자취방으로 찾아오면 밖으로 나가 배회하다가 잔치가 끝날 때쯤 돌아오곤 했지.

상준 잔치라고?… 허기사 그보다 즐거운 잔치는 없지.

수미 어느 날, 혼자 자고 있는데 느낌이 이상해. 경자 애인과는 강간으로 시작했으나 화간으로 끝났지. 빵집 주인한테서 배운 스물 몇 가지 체위를 활용한 방중술로 그 사내를 죽여주다가 경자에게 들켜서 결국 친구와도 결별하게 됐거든.

상준 화근이 무언지 알겠네.

수미 그 다음 행선지는 바다가 보이는 속초였어. 취해서 택시 앞좌석에 탔는데, 택시 기사가 슬그머니 허벅지를 더듬네. 아무리 뿌리쳐 봐도 그 손길은 집요했지. 옥신각신하다가 모텔로 갔고 택시 기사와 동거를 시작했어.

상준 겁이 없구먼.

수미 그 남자가 교통사고로 입원했을 때 가족이 면회 와서 유부남이란 게 들통난 거야. 총각인 줄 알았는데 날 속이고 두 집 살림을 한 거지. 재수 없는 년은 뒤로 넘어져도 코가 깨진다니까….

상준 남자의 신상도 파악하지 않고 동거에 들어간 네가 잘못이야.

수미 내가 사람을 너무 쉽게 믿는 버릇이 있긴 하지. 그 후 속초를 떠나 청주로 내려갔어. 이곳에선 겨우 시험에 합격한 미용사 자격증으로 미용실을 개업했지. 여기서도 운명적인 만남이 날 기다리고 있었어.

상준 그놈의 운명적인 만남… 그거 신세 조지는 만남 아니야?

수미 돗자리 깔아야겠네. 마흔 살이 되고나서부터 난 운명을 믿게 됐지. 그 누구도 운명의 올가미를 벗어날 순 없어. 이 남잔 미장일을 하는 막일꾼으로 힘이 장사야. 노름을 좋아해서 몇 푼 안 되는 미용실 수입은 죄다 노름판으로 흘러갔어. 아무리 거시기가 좋고 밤일을 잘 해도 입에 풀칠은 해야 할 거 아냐? 참다못해 헤어지자고 했더니 술 처먹고 미용실에 불을 지르더군.

상준 저런! 방화범하고 같이 산 거야?

수미 들어봐, 미용실은 반쯤 타버렸고 도피 중이던 남잔 잡혀서 교도소에 갔네. 교도소로 면회 가서 영치금 50만 원을 넣고 돌아서면서 "빵에서 나오면 제발 착하게 살아라"고 충고해 줬지.

상준 속도 좋네. 그런 자에게 영치금까지….

수미 난 그런 여자야. 불쌍한 사람 보면 속옷까지 벗어주고 싶다니까… 아무튼 그 일이 있고나서 난 사람들이 싫어졌고 갑자기 이 나라가 지겨워졌어.

상준 어쭈? 이민이라도 가겠다는 거야?

수미 이민은 아니고… 취업 비자로 호주에 갔네. 그곳에서 미용사로 일하다가 어느 해 가을, 욕실 문을 열고 들어섰는데 미용실 원장 남편, 근육질의 서양 남자가 벌거벗은 채 비누 칠을 하고 있는 거야.

상준 안 봐도 비디오… 또 일냈구만.

수미 다급히 그냥 나오려는데 털북숭이 그 남자가 내 손을 잡더 군. 그거 알아? 사랑은 맨처음 손에서 손으로 전달되는 법 이거든. 방통고 선배 조영달, 그놈도 영화관에서 내 손을 덥석 잡았었어. 거절하지 못하는 내 성미 알지? 털북숭이 의 유혹을 난 떨쳐내지 못했어.

상준 그렇다고 아무한테나 막 줘? 너 '막 주는 여자'야?

수미 그까짓 썩어 문드러지거나 한 줌의 재로 변할 몸뚱아리… 펄떡펄떡 살아 있을 때 보시해야지.

상준 육보시?… 보살 나셨네. 아니, 성불하셨네.

수미 밥보시, 술보시, 일보시… 여러 가지 보시 중에 육보시가 으뜸이야. 갈급한 육체에 은혜의 단비를 내려주는 육보시 가 따봉이지, 뭐.

상준 보통 여자들은 좋아하는 마음이 생겨야 몸을 허락하지 않나?

수미 하고 난 다음에 좋아할 수도 있잖아? 순서가 뭐 그리 중요 해. 인생에 대한 근원적 성찰이 부족한 사람들 말에 귀 기 울이지 마.

상준 근원적 성찰? 그게 뭔데?

수미 현상이 아닌 인생의 본질, 인간의 본질을 꿰뚫어 보는 거야.

상준 … 정말 어렵네.

수미 내가 뭔 얘기하다가 삼천포로 빠졌지. 맞다, 털북숭이… 털

북숭이랑 할 땐 짐승하고 짝짓기하는 기분이 들었지만 할
때마다 대여섯 번씩이나 뿅 갔어. 할 때마다 날 까무러치게
한 이 남자완 죽어도 헤어지지 않겠다고 결심했지. 그만큼
좋아했는데 소문이 나서 미용실에서 쫓겨나고, 오갈 데 없
으니까 귀국할 수밖에 없었어.

상준 산전수전 다 겪었구만. 이젠 공중전, 지하전만 남은 거야?

수미 귀국해서 아는 언니가 있는 대전으로 갔지. 배운 게 도둑질
이라고 또 미용실에 취직했네. 미용실로 머리 깎으러 오는
늙은이를 만났는데 나보다 열 살 위지만 부자야. 아파트 몇
채 있고 땅도 있다고 뺑쳤는데 알고 보니 빈털터리야.

상준 너 하는 일이 다 그렇지 뭐.

수미 그래도 인간이 불쌍해서 같이 살아줬어. 내가 아니면 쉰내
나는 그 늙다리를 누가 받아주겠어?

상준 부처 나셨네.

수미 근데 이 수입도 전혀 없는 백수건달 영감탱이가 삼식이야.
하루 세 끼 꼬박꼬박 차려줘야 하고 용돈 챙겨줘야 하고….

상준 인내심에 바닥이 보이네.

수미 그래서 끝내는 이별을 선언했지. 영감탱이가 내 가랑이 붙
잡고 울면서 사정하더군. 한번만 봐 달라고 말야. 맘이 약
해서 그냥 넘어갈까 하다가 모질게 뿌리쳤어. 이게 다야.
나의 러브 스토리….

상준 러브 스토리는 무슨 얼어죽을… 도대체 지금까지 몇 명이
나 손본 거야?

수미 손보다니? 사랑한 거야. 내가 사랑한 남자들… 방통고 시

절 연애는 철부지 때 일이니까 빼고… (손가락을 꼽는다) 하나, 둘… 일곱 명이네. 일곱 번째 남자가 내 생애 마지막 사랑이야.

상준 일곱 남자를 맛본 네가 부럽다. 그러나 그걸 사랑이라고 할 수 있을까?

수미 내가 만난 모든 남자들을 최선을 다해서 사랑했어. 영어로 두 마이 베스트(do my best).

상준 널 때리고 괴롭히고 속인 남자들이 최고란 말야? 그 남자들 밉지 않았어?

수미 사랑만 하기에도 부족한 게 인생 시간이야. 근데 누굴 미워해?

상준 인생 시간… 말 된다.

수미 맞을 땐 지옥, 섹스할 땐 천국… 지옥과 천국을 들락거렸지만 그래도 좋았어. 호호홋… 난 섹스를 좋아하지만 색골은 아니야.

상준 천국도 지옥도 우리 스스로가 만드는 거야. 행복은 누가 주는 게 아니라 내가 찾아가는 거지. 일곱 남자 중 하나와 재혼했다면 인생이 달라지지 않았을까?

수미 첫 남편이 이혼해 주지 않았기 때문에 그럴 수 없었어. 내가 아이를 갖지 않은 이유, 알아?

상준 ….

수미 빵집 주인과의 로맨스로 쫓겨날 때, 내 아이들은 두 살, 네 살이었어. 젖먹이를 두고 피눈물 흘리며 집을 떠났지. 애타게 갈구하듯이 엄말 바라보는 아이들의 티 없이 맑은 눈망

울…. (손등으로 눈물을 훔친다)

상준 (크리넥스를 뽑아주며) 닦아. 다 지나간 일이야.

수미 그것들 생각만 하면 눈물이 나. 아이들의 영혼은 영원히 날 따라다닐 거야. 날 놓아주지 않고 그림자처럼….

상준 그러게 왜 그랬어. 그냥 살지.

수미 그냥 사는 게 쉬운 줄 알아?

상준 어렵지. 사는 게 죽는 거만큼이나 힘들 때가 있지. 하지만….

수미 하지만 뭐-!

상준 언제나 파랑새는 우리들 마음속에 있어.

수미 그렇네. 파랑새 찾겠다고 야단법석 떨면서 온 세상 헤집고 다니다가 돌아와 보니 자기 집 처마 끝에 둥지를 틀고 있었잖아.

상준 자식이 웬수야, 웬수… 하면서도 아이들이 사는 이유가 되고 희망이 되기도 해. 인간은 참 모순 덩어리야.

수미 다시는 창자가 끊어지는 슬픈 이별 겪지 않으려고 피임기구와 피임약을 달고 살았어.

상준 아직 젊은데 새 사람 만나야지. 여덟 번째 남자는 누가 될지 궁금하네.

수미 그놈의 사랑 때문에 빈 몸으로 쫓겨나고 버림받았지만 후회하진 않아.

상준 이젠 다시 시작해야지.

수미 다시 시작하기엔 너무 늦었어.

상준 늦었다고 생각할 때가 가장 빠른 때라고 하잖아?

수미 　거짓말. 그따위 말장난 때문에 다시 내 삶을 세찬 바람 부
　　　　는 광야로 내던져 버리고 싶지 않아.

상준 　어쨌거나 지금은 안정적인 삶의 자리로 돌아올 때야.

수미 　내 삶의 자리는 늘 유동적이거든.

상준 　무의미한 방황은 끝내야 해.

수미 　살아있는 한 방황은 끝나지 않아. 조만간 이 헝클어진 삶을
　　　　정리하고 떠날 거야.

상준 　어디로 가는데?

수미 　그건 나도 모르지.

상준 　….

수미 　내 인생에서 가장 후회스러웠던 일은, 사랑했던 남자들과
　　　　의 이별이 아니야?

상준 　그럼 뭔데?

수미 　친아버지의 손톱

상준 　손톱?

수미 　응. 영안실에서 염할 때, 석탄 가루에 찌든 아버지의 새까
　　　　만 손톱을 봤어. 그때까지 울지 않던 내가 그걸 보고 으앙
　　　　-! 울음을 터뜨렸지.

상준 　….

수미 　다섯 식구의 생계를 책임졌기 때문에 아버진 진폐증으로
　　　　신음하면서도 막장으로 들어갔고, 거기서 변을 당한 거
　　　　야… 지금 같아선 당장 손톱을 깎아드렸을 텐데….

상준 　다 지나간 일이잖아.

수미 　지나갔지. 하지만 아버지 손톱 생각이 날 때마다 눈물이 나.

상준, 일어나 화장실로 간다. 수미, 맥주를 마시다가 흑-! 하며 어깨를 들먹인다.

상준 (화장실에서 나와) 전립선 비대증이야. 망할 놈의 오줌은 시도 때도 없이 나와. 찔끔찔끔… 왜 그래? 또 울어? 이런 울보….

수미 오빠-! (달려가 상준을 와락 끌어안는다)

상준 자자, 진정하고… (수미를 의자에 앉힌 후) 울어! 울고 싶을 땐 울어야 돼. 참으면 병 되고 울면 약 되니까.

수미 (그윽한 눈길로 상준을 보다가) 오빠, 왜 이제야 왔어. 좀 더 일찍 왔더라면… 오빠, 그거 알아? 내가….

상준 무얼?

수미 아니… 그래도 오빠한테 다 털어놓으니 속은 후련하네. 요담에… 더 나이가 든 다음에 내가 겪은 이야기를 소설로 쓸 거야.

상준 우와! 네가 소설 쓴다고?

수미 오빤 날 우습게 아나 봐. 학창시절, 교내 백일장에서 산문부 장원 했던 나야. 상장을 보이니까 아버지가 한 말 아직도 기억해. "글을 계속 써 봐. 넌 잘 우니까 사람들을 울릴 수 있을 거야."

상준 그래, 넌 잘할 수 있을 거야. 하지만 이건 알아둬라. 제비가 돌아가면 기러기 날아오고, 매미 소리 그치면 귀뚜라미 울어. 오동잎 떨어지면 가을이 왔다는 걸 알아야지. 너도 이젠 지천명의 나이잖아. 지금까지 겪은 일들은 다 운명으로

돌리고… 늙을수록 말벗이 있어야 해. 말동무, 길동무가 노
년의 낙이야. 늙은이의 행운은 이런 친구를 만나는 거지.

수미　그거 알아? 운명이란 사랑할 수밖에 없는 그 무엇이야.

상준　그 무엇이 뭔데?

수미　사슬·멍에·족쇄·덫·올무… 그런 거. 운명보다 더 잔인하
고 가혹한 건 없어.

상준　사슬·멍에… 온통 나쁜 것뿐이잖아? 말이 씨가 된다고 했
는데….

수미　맞아, 그래서 내 운명은 저주받았어.

상준　하나님은 하나의 문이 닫히면 또 다른 문을 열어주셔.

수미　정말 그럴까? 내 문은 늘 닫히기만 했는데….

상준　어릴 적에도 넌 다른 별에서 온 아이 같았지.

수미　내가 외계인…?

상준　너에겐 특별한 구석이 있었어. 타인들이 넘볼 수 없는 그
어떤 신비로운 것… 책을 많이 읽어서 그런가.

수미　한때 포식했지. 하지만 이젠 안 읽어.

상준　왜?

수미　책이 내 상상력에 날개를 달아주긴 했지. 헌데 이젠 책이
만들어 내는 환상에 빠지고 싶지 않거든.

상준　묘한 논리로군. (시곌 보며) 시간이 많이 됐네. 자고 갈래, 아
님 그냥 갈래?

수미　미용실 예약 손님 있어서 아침 일찍 문 열어야 해. (잠시) 침
대도 하나뿐인 걸.

상준　내가 바닥에서 잘게.

수미   (머뭇거리다가) 오빠가 침대에서 자.

상준   함께 침대에서 자자. 손만 잡고 자면 되잖아?

수미   그 말, 엉큼한 아저씨들이 순진한 처녀 잡아먹는 수법이야.

상준   우린 피 한 방울 섞이지 않았지만 법적으론 엄연히 남매야. 오누이가 이층이 돼선 곤란하지.

수미   알았어. 먼저 자. 난 TV 보다가 잘게.

상준이 겉옷 벗고 침대에 오르면 수미, TV를 켜서 맥주를 마신다. 곧 상준의 코 고는 소리. 수미, TV를 끄고 담배를 피워 문다. 한숨과 함께 연기를 내뱉는다. 턱을 괴고 상념에 잠겼다가 고갤 끄덕이더니 편지를 쓰기 시작한다.

무대, 점차 어둬지고 빨간 담뱃불만 보인다. 정적이 흐른다.

핀 조명이 침대 위에 떨어진다. 조명은 상준의 움직임을 따라간다. 기지개를 켜며 하품하는 상준. 일어나서 겉옷 걸치고 탁자에 있는 편지 발견.

편지를 손에 들고 눈으로 읽어갈 때 암전.

무대 한켠에 다른 핀 조명 떨어지고 수미, 등장.

수미   오빠, 나의 남성편력은 사실 비밀이랄 것도 없어. 진짜 비밀 이야기는 지금부터야. 이건 차마 입 밖에 낼 수 없는, 오빠 면전에서는 도저히 꺼낼 용기가 나지 않아서 편지로 쓰는 거야. 언젠가 오빨 만나면 꼭 밝히고 싶었어. 오빤 내가 믿고 의지했던 유일한 가족이라고 생각하니까.

수미, 퇴장했다가 어릴 적 모습으로 등장. 양갈래로 머리를 묶고 입은 옷들은 모두 작아서 블라우스는 팔 중간에 걸쳐져 맨살이 드러나고 반바지 차림이다.

어린 수미 (어린아이 목소리로) 여덟 살 때 오빠 집에 와서 어느새 열 살이 됐네요. 난 나이에 비해 조숙했나봐요. 그때 벌써 젖 가슴이 간장 종지만큼 봉긋이 솟아오르기 시작했으니까. (사이) 아빠⋯ 제발, 부탁이에요. 제 가슴 만지는 걸 멈춰 주세요. 어젯밤에도 으앗! 소리칠 뻔했다구요. 엄마가 깰 까 봐 제 입을 틀어막았죠. (자신의 가슴을 드러내 보인다) 보 세요, 젖꼭지가 빨갛게 부어올랐잖아요. 더 이상은 안 돼 요. 아시겠죠? (고갤 끄덕인다) 좋아요, 또 하나 있어요. 제 오줌 구멍에 손가락 찌르는 것도 그만둬 주세요. (아랫도리 에 손이 간다) 여긴 가슴보다 더 아파요. 구멍이 멍들면 오 줌이 막힐까 걱정이에요. 아빠의 손장난을 엄마가 모르실 까요? 눈치챈 거 같아요. 엄마가 질투의 눈길로 절 노려보 며 말했거든요. "몸가짐을 똑바로 하지 않으면 산동네 사 는 네 삼촌 집으로 쫓아버릴 테다!" (강한 어조로) 오늘부터 안방에서 자지 않겠어요. 골방으로 갈래요. 괜찮죠? (다시 끄덕인다) 고마워요.

어린 수미, 퇴장했다가 양 갈래 머리 풀고 다시 등장.

어린 수미 어느 날, 식구들이 다 외출하고 나 혼자 마루에서 엎드려

만화책을 보고 있었어요. 술기운으로 얼굴이 벌겋게 달아오른 작은 오빠가 날 골방으로 끌고 갔죠. (사이) 오빠… 오늘이 마지막이야. 하려고 했는데 안 들어가니까, 한번만 빨아달라고 했잖아? 다시는 빨라고 하지 마. 거기서 썩은 생선 냄새가 난단 말이야. 빨 때마다 토가 나올 것 같고 앙 – 깨물어서 씹어버리고 싶지만 내가 참는 거야. 내 목구멍으로 넘어간 그 끈적한 구정물, 다신 삼키지 않을 테니까 그리 알아. 엄마 아빠한테 다 일러바칠 거야. 때릴 테면 때려! 맞는 건 두렵지 않아. 오빠, 제발! 난 아무 것도 몰라. 고작 열한 살이잖아….

어린 수미를 비추던 조명 꺼지고 상준에게 조명.

상준   (편지를 보며) 수미야… 미안하다. 내가 아버지와 동생 철준이 대신 사과할게, 용서를 빌게. 설마 애비와 아들이 짝지어 그런 끔찍한 짓을 한 줄은 꿈에도 몰랐네. 상상도 못 했구나….

상준을 비추던 조명 꺼지고 방통고생 수미 등장.

수미   깊은 밤, 잠결에 신음소릴 들었어. 오르가즘, 절정에서 토해내는 그 교성이 날 미치게 했지. 문틈으로 그 광경을 훔쳐보며 자위를 했어. 어떤 날은 하루에 두어 번씩이나 수음을 했지. 퍼올리고 퍼올려도 끊임없이 차오르는 욕정의 샘

물… 마스터베이션 하면서 무슨 생각했는지 알아? 오빨 통째로 먹어버리고 싶었어. 오빠가 만취해서 귀가하는 날은 거의 언제나 섹스 파티가 벌어지더군. 나의 관음증, 성에 눈 뜨게 된 건 그 무렵이었지. (수건을 머리에 쓴다) 방통고 졸업식 앞두고 놈팽이랑 여인숙에서 잤어. 다음 날, 집에 들어가니까 오빠가 다짜고짜 머리털 잘랐잖아? 그 치욕을 당하면서도 난 두 손을 삭삭 비비며 애원했지. "오빠! 제발 내쫓지는 말아 줘! 다시는 아버지와 작은 오빠가 있는 그 지옥으로 돌아가고 싶지 않아, 오빠! 제발…!!!"

방통고생 수미 퇴장하고 현재의 수미 등장.

수미 오빠, 이것만은 꼭 믿어 줘. 오빠와 함께 살았던 방통고 시절… 그때가 내 인생에서 가장 행복한 시간이었어. 진실 하나 알려줄까? 내 처녀성을 빼앗은 조영달, 그 놈팽이와 잔 건, 가장 행복할 때 떠나려고 작정했기 때문이야. 앞으로 내가 만날 여덟 번째 남자가 누군지 궁금하다고 했지? (잠시) 실은 내 첫사랑은 따로 있었어. 순수했던 열일곱 살 소녀시절부터 그가 나의 전부였지. 모든 것의 모든 것… 그 사람에 대한 나의 일편단심은 죽을 때까지 그 누구도, 무엇과도 바꿀 수 없어. 난 그 사람 사랑할 자격 없다는 거 알아. 숱한 사내와 붙어먹은 화냥년이 무슨 염치로…? 여태 살아오면서 기쁠 때나 슬플 때나 단 한 순간도 그를 잊어본 적이 없어. 하지만 애타게 불러도 메아리 없는 사랑이었지. 지상에서는 영원히 이루어질 수 없는 사랑. 천국에 가면 그 사랑 꼭 해보고 싶어. 안녕, 오빠….

수미를 비추던 조명 꺼지고 상준에게 조명.

상준　수미야, 사실은 나… 시한부 판정 받았어. 말기암이래. 수술도 못해. 암 세포가 모든 장기에 퍼져서 배를 갈랐다가 그냥 덮어 버렸어. 내게 남은 시간은 3개월. 마지막으로 널 보러 온 거야. 사랑하는 사람과의 이별 연습… 죽음은 이 생에서 저 생으로 건너가는 징검다리니까 너무 슬퍼하진 마. 잘 있어. 씩씩하게 살다가 천국에서 다시 만나자, 안녕….

흐르는 눈물 놔둔 채, 힘없이 편지를 떨어뜨린다.

－ 막

챔피언 김남숙

등장인물

김남숙 : 권투선수
곽승호 : 복싱체육관 관장
김창숙 : 남숙의 언니
채미희 : 남숙의 어머니
김영진 : 남숙의 아버지
박요한 : 남숙의 남친

이 밖에 어린 남숙, 기자, 카메라 맨, 세컨드, 트레이너, 주심, 의사,
아줌마, 복서들

무대

무대 한 켠에 거울과 샌드백이 있다. 거울과 샌드백은 병원 응급
실 침대마다 설치된 라운드 커튼으로 가려져 있다가 필요할 때 드
러난다.
무대 전체가 사각의 링이 되기도 하고 집·체육관·기타 장소로
변하기도 한다.
무대 후면에 대형 스크린이 있는데 TV 화면 역할을 한다.

라운드 1

막이 오르면 대형 스크린(TV)에 권투 시합 장면이 나타난다.

옆구릴 노린 상대 선수의 훅이 들어올 때 김남숙이 뻗은 왼손 스트레이트 펀치가 상대의 턱을 강타한다. 턱에 정통으로 펀치를 맞은 상대가 링 위에 쓰러진다.
원, 투, 쓰리… 주심의 카운트 에이트(8)에 일어선 상대와 주먹이 오가는 난타전이 벌어지고 다시 한번 남숙의 왼손 스트레이트가 작렬하며 상대 선수가 철퍼덕 링 위에 드러눕는다. 주심이 'KO'를 선언하자 관중석에서 뜨거운 환호와 갈채가 터져 나온다.

TV 화면이 사라지면 추리닝을 입은 남숙 등장.
라운드 커튼을 걷어내고 샌드백을 친다. 그냥 가볍게 치는 게 아니라, 거의 미친 듯이 친다.
기자와 카메라맨이 들어온다.

기자 됐어요, 그만 해요. (남숙이 동작을 멈추자) 사진을 찍게 포즈를 취해 주세요. (남숙이 펀치를 날리듯 왼손을 쭉 뻗자, 카메라맨이 계속 셔터를 누른다. 기자, 수첩을 꺼내들고) 몇 가지 질문을 할게요.

남숙 (샌드백 곁에 있는 의자에 앉는다) 말씀하시죠.

기자 여자복싱 라이트플라이급 한국 챔피언이 된 소감부터 말씀해 주시죠.

남숙 꿈을 포기하지 않는 자가 꿈을 이룬다는 걸 알았어요. 또하나 있어요. 꿈을 이루기 위해선 고난과 시련을 딛고 일어서야 한다는 걸… 피 같은 땀방울을 흘려본 사람은 어떤 시련이 닥쳐도 이겨낼 힘을 얻지요.

기자 그렇군요. 오늘의 영광이 거저 얻어진 건 아니네요. 아까 훈련하는 모습을 보니까, 미친 사람처럼 샌드백을 치던데 평소에도 그렇게 합니까?

남숙 제가 좀 그래요. 무언가에 집중하면 거기에 완전히 몰입합니다. 습관이기도 하고, 매순간 최선을 다하는 게 내 인생에 대한 예의라고 생각하니까요.

기자 훈련은 어떤 방식으로 하나요?

남숙 상대가 있을 땐 스파링이나 미트 치기를 하고, 주로 혼자서 로드워크, 섀도 복싱, 샌드백 치기, 근력운동을 해요.

기자 매우 어려운 환경에서 권투에 입문해 최연소 한국 챔피언이 됐는데… 가족 관계부터 얘기해 주세요.

남숙 아빠, 언니, 나… 셋이 함께 살아요. 아버진 재단사였죠. 구두공장 지하에서 가죽 자르고 본드 바르며 청춘을 보냈어요. IMF 때 실업자가 된 아버지가 갑자기 이상해졌어요. (잠시 멈추고) 에이, 이런 얘기, 흥미 없잖아요?

기자 아뇨, 아뇨. 기사는 내용을 선별해서 작성할 거니까 염려하지 말고 전부 다 말씀해 주세요.

남숙 간단한 셈도 못하고 화나면 어린애 같았죠. 겉옷 없이 눈 오는 거리를 몇 시간씩 헤매기도 했구요.

기자 셋이 산다고 했는데, 어머닌 돌아가셨나요?

남숙 엄만 치매 걸린 아빠와 두 딸을 버리고 가출했어요.

기자 저런! 어머니가 많이 원망스러웠겠네요.

남숙 엄마 얘긴 더 이상 하고 싶지 않아요.

기자 아버지가 실직하고 나서 생계가 어려웠을 텐데요.

남숙 여고생이었던 언니가 우리 집 버팀목이었고 가장이었죠. 언닌 주유소·편의점·호프집, 돈 되는 곳은 어디든 달려갔어요.

기자 챔피언의 어린 시절은 어땠나요?

남숙 저요? (픽 웃는다) 반지하 월세방은 일 년 내내 푸른 곰팡이로 뒤덮였고 각종 공과금 연체 고지서가 쌓여갔죠. 어느 날, 너무 배고픈 나머지 집 앞 가게에서 크림빵을 훔쳤어요. 공원에 가서 크림빵을 먹으며 울다가 내 뺨을 마구 때렸죠. (자기 뺨을 때리면서) 도둑년! 도둑년! 도둑년!….

기자 아, 진정하세요. (사이) 이번 챔피언 타이틀 매치의 상대 선수가 동창생이라면서요?

남숙 상대 선수인 국희는 중2 때 날 괴롭혔던 '칠공주파'의 우두머리였어요.

기자 그때의 모든 원한과 분노가 폭발해서 KO승을 거둔 거로군요. 통쾌하게….

남숙 국희는 학교폭력의 가해자였고 난 피해자였지만… 지금은 그 애를 미워하지 않아요. 아니, 오히려 고마워하고 있죠.

국회 때문에 권투를 시작했으니까요.

기자 흠, 그런 사연이 있었군요. 혹시 사귀는 남자 친구 있나요?

남숙 없어요. 운동만큼 내게 희열을 주는 건 아무 것도 없답니다.

기자 마지막으로… 장래 계획을 말씀해 주시죠.

남숙 은성체육관 곽승호 관장님이 오늘의 저를 만드셨어요. 권
투에서 희망의 냄새를 맡게 해 주셨죠. 그분의 뜻을 따르렵
니다.

기자 인터뷰에 응해 주셔서 감사합니다. 앞으로도 승승장구하시
길 빌게요.

기자와 카메라맨이 퇴장한다.

라운드 2

은성체육관. 복서들이 여기저기서 샌드백을 두들기고 섀도 스파링을 하고 있다. 단발머리 어린 남숙이 들어선다. 복서들을 지도하던 곽승호 관장이 남숙에게로 간다.

승호 어떻게 왔니?

남숙 언니 운동복 찾으러 왔어요.

승호 언니가 누군데?

남숙 김 창 숙….

승호 으응, 네가 창숙이 동생이로구나. 연락 받았어. 운동 그만두겠다고… 집에 뭔 일이 있는 거니?

남숙 알바 땜에… 언닌 바빠요. 정신없어요.

승호 그래, 잠깐만 기다려라. 창숙이 짐 갖다줄게.

승호가 자리를 뜨자, 남숙은 복서들을 유심히 바라본다. 승호가 휴대용 가방을 남숙에게 건네며 지나가는 말처럼 툭 던진다.

승호 무슨 사정 있는지 모르지만… 네 언닌 권투에 재능 많아. 권투에 푹 빠져 있었는데 왜 그만 두는지 모르겠네.

남숙, 가방을 들고 몇 발자국 가다가 돌아서서 승호에게로 간다.

남숙　저… 권투, 배우고 싶어요.

승호　네가?

남숙　네.

승호　그냥 호신술로 배우겠다는 거냐, 아니면 선수가 되겠다는
　　　거냐.

남숙　선수요. 챔피언 돼서 유명해지고 돈도 벌고 싶어요.

승호　꿈은 좋다만… 딱 보면 알겠구만. 넌 권투 체질 아니야.

남숙　어째서요?

승호　음… 예쁘고 피부도 굉장히 희고 얇아. 그런 피부는 몇 대
　　　맞으면 금세 부어오르거든. 또 있어. 복서는 뼈가 튼튼한
　　　강골이어야 하는데 넌 약골이야.

남숙　맞아요. 전 뼈가 약해서 심하게 부딪히면 부러져버려요. 어
　　　렸을 때 너무 굶어서 그런 것 같아요. 빈혈도 있구요.

승호　너 같은 체질은 복부를 강하게 맞으면 하혈(下血)을 해.

남숙　하혈이라뇨?

승호　자궁 약하면 하혈 한다니까.

남숙　하지만 전 복싱 선수 되고 싶어요. 관장님! 받아만 주신다
　　　면 무슨 일이든 할게요. 체육관 청소며, 선수들 빨래까지…
　　　다 할래요.

승호　훈련할 때 엄청난 고통 이겨낼 수 있겠어? 체육관 찾아오
　　　는 대다수가 일주일을 못 버티고 사라진단다. 하루도 못 견
　　　디는 경우가 허다해.

남숙　전… 남들과는 달라요. 겉으로 보기완 다르다구요.

승호　권투는 만만하고 호락호락한 스포츠가 아니야. 특히 프로 복싱은 선수들이 자신의 생명 걸고 싸우는 격렬하고 위험한 경기지.

남숙　(결연한 의지로) 죽어도 좋아요.

승호　(남숙을 물끄러미 보다가) 저엉 그렇다면 한번 해 보던가… 하지만 나랑 약속할 게 있다.

남숙　약속요?

승호　응. 첫째, 무식해선 권투 잘할 수 없다. 잘 때린다고 권투 잘하는 게 아니야. 둘째, 책도 열심히 읽어라. 셋째, 중간고사·기말고사 성적표 꼭 가져와라. 넷째, 성적 떨어지면 체육관 오지 마라. 약속 지킬 수 있겠니?

남숙　성적과 권투가 무슨 상관이 있어요?

승호　못 배운 복서들의 말로가 비참하니까. 세계챔피언이었던 A는 지금 해결사 노릇 하고, KO펀치 자랑했던 B는 룸살롱 문지기 하고, 동양챔피언 C는 큰 병에 걸려 식물인간이 됐고, 그나마 체육관 하는 이는 극소수다.

남숙　그 약속, 지킬게요.

승호　좋아, 언제부터 시작할래?

남숙　내일요.

승호　당장 내일부터? (남숙, 끄덕인다) 오케이, 그럼 내일 보자.

승호가 자릴 뜨면 남숙도 나간다.

라운드 3

은성체육관. 어린 남숙이 손잡이가 달린 물걸레로 체육관 바닥을 열심히 청소하고 있다. 곽승호 등장.

승호 웬 일이냐? 이렇게 일찍… 학교 안 가?

남숙 (걸레질 하며) 개교기념일이에요. 오늘은 하루 종일 시간 있어요.

승호 그래? 그럼 이리 와 봐. (남숙, 온다) 오늘부터 너한테 하나둘을 가르칠 거야.

남숙 하나둘?

승호 원투 스트레이트를 하나둘이라고 하는 거야.

남숙 그거라면 자신 있어요. 체육관에서나 집에서나 매일 샌드백 치고 있으니까요.

승호 무작정 막무가내로 샌드백 치는 건 아무 도움이 안 돼. 자세 취해 봐. (남숙이 자세를 잡으면 교정해 준다) 이런 자세로 계속 하나둘 하는 거지.

남숙 (양팔을 내지르다가) 언제까지 하나둘 하는 거예요?

승호 한 6개월 동안은 해야지.

남숙 6개월 동안이나요!

승호 잘 들어. 권투의 기본은 하나둘이야. 하나둘이 안 된 복서가 성공한 사례는 없어. 이거 배우다 다 떨어져 나갔지.

남숙　전 아닐 걸요. 딴 건 몰라도 끈기와 인내심만큼은 남들보다 나아요.

승호　그래, 두고 봐야지. 네가 이 시험 통과하지 못하면 권투선수 될 자격 없어.

남숙　염려 붙들어 매세요. 전 꼭 배워야 하는 건 밤을 새워서라도 해내는 독종이니까요.

승호　또 하나, 중요한 게 있어. 허리로 하는 복싱이야. 몸통이 먼저 돌아가야 해. 그래야 팔이 쭉 뻗쳐지거든. 팔부터 나가니까 안 되는 거야. 자, 보라고! (자세를 잡는다) 핵 주먹 타이슨은 발로 때리는 거야. 체중이 다 실리잖아. 하체에서 잡아주면 어깨가 팍팍 돌아간다고. 모든 운동은 하체야, 하체! (잠시) 네 꿈이 뭐냐?

남숙　세계챔피언.

승호　뭐라고? 네가… 아직 걸음마도 떼지 않은 네가 어떻게 에베레스트를 정복하겠다는 거야!

남숙　두고 보세요. 전 기어이 하고야 말 거예요.

승호　그렇다면… 너, 나랑 꿈이 같네. 우리 한번 해볼까? (잠시) 너한테 우리 아버지 얘기한 적 없지?

남숙　네.

승호　아버진 조선 최고의 주먹 김두한의 오른 팔로 이름난 건달이었지. 나중에 한국 최초의 프로복싱 프로모터를 했는데 내가 권투하는 걸 극구 반대하더군. 결국 난 대학 1학년 때 글러브 벗었어. 아버진 사업에 실패했고 중풍에 시달리다 6

년 전 돌아가셨지. 아버진 세 가지를 남기셨는데 틀니와 현금 5천 원과 은성체육관. 체육관을 물려받은 내겐 꿈이 하나 있었어. 세계챔피언 만드는 거. 그건 아버지의 간절한 꿈이기도 하니까. 오래 전에 아버지 무덤에 꼭 챔피언 벨트를 갖다 바치겠다고 결심했단다.

남숙 그 꿈, 제가 이루어 드릴게요.

승호 정말? 말만 들어도 배부르구나.

남숙 관장님, 전 동네 교회 다니는데요. 목사님 설교 중에 확 가슴에 꽂히는 말이 있었어요. "처음은 미약하지만 나중에 창대하리라"

승호 (중얼거린다) 처음은 미약하지만 나중에 창대하리라… 너, 세계 최고령 복싱 챔피언 버나드 홉킨스 알아?

남숙 몰라요.

승호 어린 시절 할렘가에서 자란 그는 17세 때 무장강도 행각을 벌이다 붙잡혀 18년 형을 선고받았어. 그의 어머니가 매일 면회 가서 눈물 흘리며 기도한 결과, 새 사람이 돼서 복싱을 배우기 시작했지.

남숙 어머니의 기도의 힘이로군요.

승호 누구나 마음이 무너지지만 않는다면 다시 일어설 수 있단다.

남숙 마음이 무너지지만 않는다면….

무대, 어두워졌다가 밝아오면 영등포시장 앞.
칼바람을 맞으며 엄마를 기다리는 어린 남숙.

발을 동동 구르며 손을 호호 불며 가로등 아래 서 있다. 엄마
등장.

미희   남숙아.
남숙   엄마, 왜 이렇게 늦었어?
미희   마트 일이 늦게 끝났어. 차가 밀리기도 했고….
남숙   나, 배고파.
미희   시장으로 가자, 국밥 사줄게.

두 사람, 식탁이 있는 무대 한 켠으로 가 앉는다.

미희   창숙인 아직도 날 원망하지?
남숙   언닌 평생, 죽어도 엄마 안 본다고… 우리끼리 똘똘 뭉쳐서
       살자고 했어.
미희   그럼 할 수 없고. 주정뱅이, 네 아빠 여전하지?
남숙   아빠 행동이 이상해지기 시작한 건 엄마가 집 나간 후부터
       래, 언니가….
미희   네 아빠 치매기가 내 탓이라고? 자기 행동에 책임 지는 게
       어른이야.
남숙   아빠 술만 마시면 맨날 엄말 욕해.
미희   … 뭐라고?
남숙   화냥년, 갈보라고.
미희   그 인간, 의처증 환자야.
남숙   엄마, 동네 식당 주방장 아저씨하고 바람나서 집 나간 거

아니지?

미희 식당뿐이겠니? 빵집 주인, 보일러 기사, 우체부까지… 남자랑 얘기만 나눠도 돌아서면 그 위인이 날 때렸어. 일 마치고 돌아오면 이 시간까지 뭐했냐며 꼬치꼬치 따지며 심문했단다. 물고문은 저리 가라지.

남숙 그래도 아빤 구두공장 지하에서 본드 냄새 맡으며 가족들 먹여살리려 애썼잖아?

미희 그럼 뭐하니? 사는 게 지옥인데. 치가 떨리고 신물이 나.

남숙 요사이 아빠도 많이 달라졌어. 이젠 엄말 때릴 힘도 없을 걸.

미희 그 지긋지긋한 소굴로 다시 가느니 차라리 한강으로 가겠다.

남숙 요즘 나, 체육관 다녀.

미희 체육관? 뭘 배우는데.

남숙 권투. 주먹에 피멍이 들 때까지 하루에 서너 시간씩 샌드백 쳐.

미희 … 엄마가 밉지?

남숙 첨엔 어른들에 대한 복수라고 생각했는데 지금은 아냐. 선수 되려고….

미희 권투 선수 돼서 뭐 하게?

남숙 이 가난의 시궁창에서 벗어나려면 그 길밖에 없어.

미희 하지만 너무 힘들잖아.

남숙 얼마 전 일인데… 내가 아빠 양말 락스로 문질러 빨다가 손 피부가 벗겨진 걸 보고 아빠가 울먹거렸어. 아빠 눈물 본 건 그때가 처음이야.

식당 아줌마가 국밥을 가져오면 두 사람, 말없이 식사한다.

남숙 아, 또 한번 봤네. 아빠가 엄마 욕 실컷 하고, 화장실에 들어가 물 틀어놓고 숨 죽여 우는 걸… 실은 아빠도 엄마가 보고 싶고 그리운가 봐.

미희 그럽다고? 소름 끼치고 진절머리 나. (잠시) 네 아빠랑은 처음부터 궁합이 안 맞았어.

남숙 그렇지만 우릴 낳았잖아.

미희 너도 크면 알게 돼. 사랑 없이도 섹스는 가능해.

남숙 나, 다 컸어. 사랑 없는 섹스는 비극이지.

미희 비극? 인생은 희극도 비극도 아니야. 그것들이 버무려진 무엇이지.

남숙 엄마, 다시 집으로 돌아오면 안 돼? 엄마의 빈 자리가 너무 커.

미희 얘가 왜 이래? 넌더리가 난다고 했잖아? 돌아갈 거면 애초에 나오지도 않았어.

남숙 어릴 땐 엄마 생각에 밤마다 베갤 적셨어.

미희 난, 난 어쨌는지 아니?

남숙 같은 하늘 아래, 어디선가 엄마가 살고 있다는 거 땜에 위안이 돼. 그렇잖으면 숨이 컥 막히고 앞이 캄캄할 거야.

밥을 다 먹은 두 사람, 일어선다.

남숙 엄마 없는 아이라고 누가 놀려도… 이젠 울지 않을게. 엄마, 또 만나줄 거지?

미희 울지 마, 울면 다신 안 볼 거야. (잠시) 어서 가, 헤어질 땐 뒤

돌아보지 않는 거야.

남숙 (몇 발자국 가다가 돌아선다) ….

미희 (손 흔들며) 가, 어서.

남숙 (마주 손 흔들며) 엄마 먼저 가.

미희 얼른 가라니까.

남숙 …. (힘없이 돌아서 간다)

라운드 4

성인이 된 남숙과 곽승호 관장이 로드워크를 하는 중.
무대 앞뒤를 몇 바퀴 돌고나서 멈추면 도봉산 정상이다.

승호   (웃옷을 벗어 바위에 걸친다) 옷을 여기에 두는 이유를 아나?

남숙   모르겠는데요.

승호   산 정상에서 내려가면 다시 올라오기 싫잖아? 한번 더 오
려면 옷을 두고 가야지. 한국챔피언을 넘어 세계챔피언 되
려면 12라운드 거뜬히 소화해야 하고 그러려면 강인한 체
력을 길러야 해.

남숙   (옷을 벗으며) 저도 벗을게요.

승호   오늘부터 소원탑 쌓자.

남숙   그게 뭔데요?

승호   소원을 빌며 돌 하나씩 쌓다보면 언젠가 탑이 될 거야.

남숙   좋아요. 돌멩이 모아야겠네.

두 사람, 주위에 있는 돌들을 모아서 쌓는다.

남숙   (돌 앞에서 두 손을 모으고) 전 교인이니까 하나님께 기도할게
요. 하나님은 늘 승리하시는 분이거든요.

승호   난 천지신명께 빌어야지. (기도를 끝내고) 남숙아, 넌 이제 한국챔피언이니까 동양챔피언을 바라봐야지.

남숙   저도 그렇게 생각하고 있었어요.

승호   국내 선수가 아닌 세계의 강자들과 싸우려면 노력·성실·깡도 필요하지만 무엇보다 자신만의 필살기가 있어야 해.

남숙   필살기요?

승호   응. 내가 오래 전부터 연구해온 건데 복부 타격법이야. 보통은 명치를 급소로 알지만, 사실은 왼쪽 옆구리 갈비뼈가 끝나는 지점 (자신의 손으로 그곳을 누른다), 여기에 맞으면 게임 끝이야. 체조나 피겨로 치면 10점 만점짜리 기술인 거지. 지금부터는 이 복부 타격법을 집중적으로 훈련해 보자.

남숙   좋아요, 비장의 무기를 왜 지금에야 가르쳐 주는 거예요?

승호   지금부터 해도 늦지 않아. (배를 내밀며) 자, 때려 봐. (남숙이 툭 치자) 아니, 거기 아니고 여기.

남숙이 힘껏 치자, 곽승호가 휘청거리더니 쿵 하고 나자빠진다.

남숙   (놀라서) 관장님! (기절한 관장의 얼굴을 토닥이며) 눈 떠봐요, 관장님!

승호   (눈을 살그머니 뜨고) 나, 기절했다아~!

남숙   (웃으며) 에이, 놀랐잖아요.

승호   (일어나서) 펀치가 장난이 아니던데? 내년 초에 열리는 동양챔피언 타이틀 매치가 기대되는데….

남숙   해 봐야죠. 끝까지 포기하지 않을 거예요.

승호 (주먹 쥐고) 김, 남, 숙, 파이팅! 너만 믿는다. 매일 새벽 로드 워크가 힘든데 따라와줘서 고마워. 일주일에 최소 닷새는 아침에 뛰어야 한다. 안 그러면 호흡 순환이 안 돼. 아침에 뛰고 나면, 3분 경기하고 1분 쉴 때 새 힘이 확확 돌아오지.

남숙 도봉산 계단이 몇 갠 줄 아세요? 1538개예요. 정상을 쳐다보지 않고 계단만 보고 뛰었더니, 눈앞에서 계단이 사라지는 순간이 왔죠. 몸이 새처럼 가벼워지는 걸 느끼면서 단숨에 정상까지 올라왔어요. 계단을 정복하고 나니 자신감이 생기더군요.

승호 (남숙의 어깰 다독이며) 넌 잘했고, 잘하고 있고, 잘할 거야… 내려가자.

두 사람, 정상을 내려간다.

라운드 5

반 지하 월세방. 남숙과 창숙이 의자에 앉아 대화를 나누는 중.

남숙 언니, 난 나중에 절대로 월세 내는 집에서는 살지 않을 거야. 월세만 안 내도 밥은 안 굶을 텐데….

창숙 넌 그런 걱정 안 해도 돼. 무슨 짓 해서라도 굶기지 않을게.

남숙 언니, 요새 무슨 고민 있어?

창숙 아니.

남숙 말해 봐, 내가 다 들어줄게.

창숙 실은 말야… 아니다.

남숙 말해 보라니까!

창숙 대학 입학 등록금 낼 돈 없어서 외삼촌 찾아 갔었어. 사정을 설명했지. 그냥 달라는 것도 아니고, 일 년, 아니 몇 달만 빌려달라고 애원했는데도 외삼촌은 모른 척데. 그 집에서 키우는 개들에게 들어가는 돈의 절반도 안 되는 등록금인데 말이야.

남숙 우린 개보다 못한 사람이네, 뭐.

창숙 남숙아, 그래도 절대 기죽지 마! (잠시) 알바 월급 받으면 네가 좋아하는 피스타치오 아몬드랑 체리 쥬빌레 사줄게.

남숙 언니… 그것보다 나 생리하나 봐. 근데 생리대 살 돈이 없네.

창숙이 호주머닐 뒤적이지만 손에 잡히는 건 동전 몇 개다.

창숙   언니가… 슈퍼에 가서 외상으로라도 사 가지고 올게.

남숙   그러지 마, 언니. 급한 김에 휴지를 썼어. 그런데 한나절 쓰고 나니 휴지도 동났네.

창숙   (일어서며) 남들은 성인이 된 기념으로 엄마 아빠가 축하해 준다는데, 미안하다, 남숙아.

남숙   괜찮다니까.

창숙   기다리고 있어. 금방 갔다올게. 참! 너, 박요한 선수가 시합 중 부상으로 입원해 있는 거 알고 있니?

남숙   요한 오빠가? 어딜 다쳤는데?

창숙   머리.

남숙   언닌 그 오빠 알아?

창숙   내가 은성체육관 다닐 때 같이 운동했던 친구야. 성실했었는데.

남숙   어느 병원인데?

창숙   중앙병원인가…?

남숙   언니, 같이 나가자. 문병하러 가야겠어.

둘이 퇴장하면 장면은 박요한이 입원한 병실로 바뀐다.
머리에 붕대 감고 누워 있는 환자. 남숙, 등장.

남숙 오빠!

요한 어? 네가 웬일이야? (일어나 앉는다)

남숙 창숙이 언니한테 소식 듣고 왔어. 머릴 다쳤다는데 많이 다쳤어요?

요한 이젠 괜찮아.

남숙 다행이네요. 얼마전 WBO 플라이급 타이틀 방어전에서 최요삼 선수가 경기 후에 뇌출혈 일으켜서 뇌수술 받고도 사망했잖아.

요한 김득구 선수도 WBA 라이트급 챔피언 레이 멘시니에게 KO패 당한 뒤, 의식을 잃어 뇌수술 받고 사망했지. 난 하늘이 도왔어. (잠시) 창숙인 잘 있니?

남숙 네. 오빠하고 친구 사이였다며?

요한 가까웠지. 창숙인 유망한 선수였어. 권투 계속했다면 아마 너보다 먼저 한국챔피언 됐을 걸.

남숙 나도 알아요. 아빠와 나… 우리 가족 때문에 언니가 희생한 거지. (잠시) 오빠도 한국챔피언이잖아.

요한 나… 권투 그만두려고 해.

남숙 왜? 부상 때문에?

요한 아니.

남숙 그럼 뭐 땜에 그러는데?

요한 엄마가 9살 때 집 나가버리자 5년 후, 난 서울로 올라와 공장에 다니면서 권투 배웠어. 챔피언이 되어 텔레비전에 나가면 엄마를 찾을 수 있을 것 같아서였지. 결국 소원대로 챔피언이 됐고 꿈에 그리던 엄말 찾았어.

남숙	그런데?
요한	그런데 하필이면 애타게 기다리던 만남을 하루 앞둔 날, 엄마는 빌딩에서 유리창 닦다가 떨어져 사망했지.
남숙	어머나! 그게 무슨 변이래?
요한	내가 시합 중에 심하게 머리를 맞고 쓰러진 것도… 엄마 생각하다가 갑자기 멍해져서 정신줄 놓았었나 봐.
남숙	하지만 부상당했다고 권투 그만두면 남아 있을 사람 없어.
요한	퇴원하면 고향으로 내려갈 거야.
남숙	내려가선 뭐 할 건데?
요한	방황하고 좌절할 때마다 고향 산천의 풍경을 떠올리면 위안이 됐어. 그곳에 내 영혼의 뿌리가 있기 때문이지.
남숙	오빠, 포기하지 마, 제발….
요한	넌 왜 권투 하는데? 권투가 뭐가 좋아?
남숙	시합 때 코뼈가 부러져도 "아! 시큰하다, 짜릿한데" 그런 느낌이야. 시합 끝나고 긴장 풀리면 엄청난 고통이 밀려와. 그렇지만 난 그 고통이 달콤해서 좋아.
요한	권투하는 사람은 그 느낌 다 알지. 아무튼 넌 타고 났네, 타고 났어. 진짜 넌 싹수가 있어 보이더라. 너랑 스파링 해봤으니 알지. 너의 주먹은 여자 중에서 최고야. 나도 아픈데 여자들은 어찌 견디겠니? 또 악발이 기질로 봐선 동양챔피언도 가능할 거야.
남숙	난 말야, 오빠가 월세 낼 돈 없어서 차가운 체육관 마룻바닥에서 자고, 다음날 새벽 로드워크를 한 뒤 체육관 한 켠에서 밥 해먹는 모습이 좋았어. 낮에는 중국집에서 배달 일

하지만 기를 쓰고 샌드백 치는 오빠가 좋았단 말이야.

요한 권투는 가난하지 않으면 못 해. 너도 맞아보니까 얼마나 힘든 운동인지 알잖아? 권투 하려면 어려운 걸 참고 또 참아야 하는데, 고생 모르고 자란 사람은 그렇게 인내할 수가 없거든.

남숙 86년생치고 나처럼 굶어본 사람, 나처럼 부모에게 버림받아본 사람, 나처럼 운 나쁜 년이 있으면 나와보라고 해!

요한 ….

남숙 오빠, 관장님이 입만 열면 하는 말, 헝그리정신 알지? 헝그리정신은 넘어져도 다시 일어서는 정신이야.

요한 알아, 하지만 인내심에 한계가 왔어. 무엇보다 내가 권투 하는 이유, 엄말 만날 수 있다는 꿈을 잃어버렸기 때문에….

남숙 난 오빠가 이렇게 무너져 내리는 게 너무 안타까워.

요한 그런 말이 내겐 희망 고문이란 걸 몰라?

남숙 오빠, 바보야?

요한 바보라니, 뜬금없이 뭔 소리야?

남숙 오빠 실력이라면 세계챔피언도 바라볼 수 있는데 왜 도전해 보지도 않고 중도에서 포기하냐고?

요한 실력? 나 정도 실력 가진 애들은 쎄고 쎘어. 같은 체급의 선수들만 전 세계적으로 5만 명은 돼.

남숙 오빤 자기를 과소평가하고 있어.

요한 너야말로 날 과대평가하고 있는 거야.

남숙 오빠처럼 유망한 선수가….

요한   (말을 자르며) 쓸데없는 얘기하려면 다신 내 앞에 나타나지 마.

남숙   말 끝까지 들어. 오빠처럼 유망한 선수가 권투를 그만두는 건 한국 권투계의 막대한 손실이라구!

요한   너 왜 그러니? 네 언니, 창숙인 이러지 않았어.

남숙   어릴 적부터 언닌 나보다 예쁘고 똑똑했어. 언니와 비교당하는 건 죽기보다 싫으니까, 비교질 하지 마.

요한   알았으니까 이젠 설교 그만 하고 내 인생에서 사라져줄래?

남숙   그래. 영원히 사라져줄게. 내 기억 속에서 오빠의 모든 걸 싹 지워버릴게.

요한   고맙구나. 잘 가. (눕는다)

남숙   (가다가 돌아선다) 마지막으로 한 마디만….

요한   (벌떡 일어나며) 닥치지 못해! 더 이상 날 괴롭히지 말란 말야! (손으로 문을 가리키며) 나가! 당장 꺼져버려!

남숙   (노려보며) 멍청한 놈! (퇴장)

요한   (침대를 내려오며) 뭐? 야! 너, 거기 서지 못해! 김남숙–!

남숙은 이미 사라졌다.

라운드 6

은성체육관. IFBA(국제여자복싱협회) 라이트플라이급 세계챔피언
전을 앞두고 연습에 열중하고 있는 김남숙.
남숙이 왼손으로 곽승호 관장의 미트를 힘껏 내려치는데, 순간
온몸이 감전된 듯한 통증이 밀려온다.

남숙　아앗―! (왼손을 흔든다)

승호　왜 그래?

남숙　손가락이 부러진 것 같아요.

승호　오늘은 로드워크 나가지 말고 병원부터 가야겠다.

두 사람, 나갔다 들어오는데 남숙의 왼손은 깁스를 한 상태다.

남숙　회복하려면 최소 4주가 걸린다는데… 어쩌죠?

승호　시합이 코앞인데 걱정이로구나.

남숙　연습을 멈출 순 없어요. 오른손으로만 스파링 하고 샌드백
　　　치면 돼요.

승호　의사가 4주 동안 절대 손을 쓰지 말라고 했는데, 그건 무
　　　리야.

남숙　(오른손으로 가볍게 샌드백을 치며) 이번 세계챔피언 전의 상대

선수인 라일라 알리가 권투 천재라죠?

승호 미군인 아버지와 한국인 어머니 사이에 태어나 얼굴만 보면 한국사람 같아. 알리는 8전 전승이고 세계 최초 여자 챔피언인 그녀의 트레이너 재키 프레이저, 둘다 세계 복싱계가 주목하고 있는 스타지. 미국과 한국 전문가 모두 알리의 압승을 예상하지만, 난 네가 이길 거라고 본다.

남숙 내가 이길 거라고 말하는 사람은 관장님 한 분밖에 없어요.

승호 권투는 일기예보와 같아. 예상과 달리 빗나갈 때가 많지. 중요한 것은 승부욕이고 근성이야. 넌 그게 있잖니?

남숙 알리 같은 강적과 맞장 뜨기 위해선 새로운 전술이 필요하지 않을까요?

승호 원투를 치고 빠지는 기술 대신, 1라운드부터 맞고 다운되는 한이 있더라도 바짝 접근해. 상대가 너를 연구했다면 아웃복싱을 예상하겠지. 넌 그 예상을 깨고 인파이팅으로 접근해서 파고들어야 해.

남숙 알았어요.

승호 잊지 마. 권투는 내면의 불안을 딛고 용기 있게 앞으로 나아가는 싸움이란 걸…. (퇴장)

남숙 (거울을 보며) 가혹한 트레이닝과 체중 감량을 반복하면서 여기까지 왔어. 젖 먹은 힘까지 짜내어 이번 시합에 깡그리 쏟아 부어야 해. 의지할 거라곤 오직 내 몸뚱아리 하나뿐! 불태워라, 육체여! 활활 타올라라, 정신이여!

남숙이 격렬하게 샌드백을 칠 때 무대, 서서히 어두워졌다가 밝아오면 IFBA 라이트플라이급 세계챔피언 전이 열리는 뉴욕 메디슨 스퀘어 가든.

김남숙과 알리, 양측 세컨드와 트레이너, 주심이 등장하고 땡! 공이 울리면 시합이 시작된다.

1라운드부터 남숙은 밀착해 들어가서 복부 타격법을 구사하며 강하게 밀어부친다. 3라운드에서 남숙이 강한 펀치를 날리자 알리가 다운당한다. 알리가 일어서서 접전을 벌이다가 공이 울려 양 선수는 코너로 돌아간다.

승호 다음 라운드에서 KO로 이겨라. 물불 가리지 말고 덤벼!

남숙 그런데 오른손 엄지손가락이 부러져서 때릴 수가 없어요.

승호 티내지 말고 지금 하는 것처럼 하되 왼손을 많이 써라.

남숙 (공이 울리자) 네! (큰소리로 대답하고 상대에게 돌진한다)

남숙이 온 힘을 다해 주먹을 내지르자, 알리의 턱이 돌아간다.

해설자 (소리만) 다시 한번 공격을 성공시키는 김남숙! 마우스 피스가 튀어나오며 턱이 돌아가는 라일라 알리! 또 한번 복부 공격! 아— 알리가 또 다운됩니다.

아나운서 (소리) 주심의 카운트가 시작됩니다. 원·투·쓰리·포·파이브·식스·세븐… 아, 알리가 일어섰습니다.

해설자 (소리) 표범처럼 알리에게 달려든 김남숙, 카운터 펀치를 날립니다. 다운! 다운! 다운!

관중들 (연호하는 소리만) 김남숙! 김남숙! 김남숙!

주심이 남숙의 오른손을 번쩍 치켜들자, 곽승호가 링 위로 올라가 남숙을 안아 올린다.

승호   네가 세계챔피언이 되었어! 만 18세, 세계 최연소 챔피언이야!

남숙, 말없이 흐르는 눈물을 닦는다.

라운드 7

김남숙의 집 주방. 김영진이 식탁에 놓인 과일들을 마구 집어먹다가 커피믹스 10개를 한꺼번에 대접에 타서 들이마신다.
이윽고 한 손으로 배를 움켜쥐고 다른 손으로는 항문을 틀어막는다. 남숙 등장.

남숙 아빠, 왜 그래요?

영진 으… 아냐, 아무 것도.

남숙 또 똥 쌌구나?

영진 (버럭) 냅둬! 일 없다.

남숙 아빠, 내가 아들이면 욕실에서 씻겨줄 텐데… 나한테 창피하다고 생각 말고 속옷 갈아입어요.

영진 싫어, 안 해! (잠시) 나 돈 좀 줘.

남숙 돈? 돈을 어디다 쓰려구요.

영진 알 것 없고. 돈이나 줘.

남숙 자꾸만 돈 달라고 떼 쓰면 어디서 돈이 나와요?

영진 너 세계챔피언이잖아? 텔레비에도 나왔잖아?

남숙 아빠, 몇 번 말해야 알아들어요? 우린 기초수급자보다 못한 생활에서 벗어나 이제 겨우 먹고살 만해진 거예요. 아빨 꾀서 돈 뜯어오라고 시키는 사람들, 있죠? 그게 누구예요?

영진   시끄러! 창숙이 불러 와, 창숙이 어디 갔어!

남숙   언닌 아빠 이빨 치료비 갚느라고 하루에도 서너 군데씩 옮겨다니며 일 하고 있어요. 언니가 불쌍하지도 않아요?

영진   망할 년! 내 앞에서 썩 꺼져! 꺼져버려!

남숙   아빠….

영진   넌 도망간 니 에미 꼭 닮았어. 잔소리쟁이, 난 싫어!

남숙   (화를 내며) 엄마 욕하지 말아요! 이러니까 엄마가 도망친 거야!

영진   이런 싸가지 없는 년! 밥도 안 주고 과자도 안 사주는 년이 무슨 잔말이 많아!

남숙   굶겼다고? 미치고 환장하겠네. 당뇨 때문에 혈당을 조절하느라 간식을 끊은 것도 잘못이에요!

영진   빌어먹을 년! 난 세상에서 네가 제일 보기 싫다.

남숙   그래, 나도 아빠가 가장 보기 싫어! 진절머리가 나!

이때, 창숙 등장.

창숙   남숙아, 왜 그래? (아버지를 보고) 아유, 냄새… 또 응가했구나?

남숙   언니―! (달려가 언니 품에 안겨 훌쩍거린다) 나 살기 싫어.

창숙   뭔 소리야, 그게?

남숙   (손가락으로 아빨 가리키며) 내가 누구 땜에 이러겠어?

창숙   남숙아, 아무래도 안 되겠다. 아빠, 요양원으로 모시자. 네가 아빨 감당하는 건 무리야.

남숙	아빤 요양원에 가기 싫어 해. 게다가 돈도 없어.
창숙	현실적으로 생각하자. 네가 아빠 신경 쓰고 시달리다 보면 컨디션 떨어지고 운동이 되겠니?
남숙	….
창숙	입원비, 내가 보낼게.
남숙	입원비? 언닌 돈이면 다야!
창숙	뭔 소리야, 그게?
남숙	아빨 요양원에 처박아 놓고 얼굴 안 보면 언니 맘이 편하겠어?
창숙	….
남숙	아빨 쓰레기 취급하지 마.
창숙	(벌컥 해서) 뭐라고? 누가 쓰레기 취급한단 말이야!
남숙	그렇잖아, 지금. 치매 걸린 아빠 돌보기 싫으니까, 귀찮으니까 요양원에 맡기려는 거잖아?
창숙	하루에도 몇 번씩 바지에 똥오줌 싸고, 냉장고에 김치통 뒤집어엎고, 사흘돌이로 파출소에 가출신고 해야 하고… 언제까지 그 꼴 보고, 그 짓 하고 있을 건데? 넌 넌더리가 나지 않아?
남숙	….
창숙	너만 아빠 걱정하냐? 나도 딸이야!
남숙	아빠가 싫대잖아! 요양원 가기 싫대잖아!
창숙	지금 아빠 정신상태가 온전하다고 생각해? 비정상적인 아빨 위해서 그리고 너와 나, 우리 모두를 위해서 어쩔 수 없이 그래야 한다는 걸 너도 잘 알잖니?

남숙　….

창숙　(아빠에게 간다) 김씨 아저씨, 또 사고 쳤어? 그러면 안 되지.
　　　　자, 방으로 가서 옷 갈아입자.

창숙이 아빠의 팔을 걸고 말하자, 영진이 고분고분 따라간다.

라운드 8

신경정신과 전문의를 찾아간 남숙이 의사와 상담하는 중.

남숙 밤에 잠자리에 누우면 천장이 내려앉는 것 같고, 구석에서
는 거미가 튀어나와 거미줄 치는 환영이 보여요. 한밤중에
14층에서 아래를 오랫동안 내려다보니까 경비 아저씨가
올라와서 문 두드린 적도 있답니다.

의사 그런 증상이 나타난 건 언제부터죠?

남숙 치매가 점점 심해진 아빠를 요양원에 보내고, 엄마처럼 의
지하던 언니가 지방대학으로 내려간 후부터요.

의사 엄마는?

남숙 엄마는 없어요. 나 혼자 빈 집에 덩그라니 남았지요. 사막
에 홀로 버려진 어린 아이처럼요.

의사 우울증은 본인 아니면 아무도 모르는 병이에요.

남숙 내가 우울증이라구요?

의사 약을 처방해 줄 테니 복용하세요. 가급적 집에 틀어박혀 있
지 말고 밖으로 나가 사람도 만나고 정상적인 생활을 하도
록 하세요.

남숙 전 복서예요. 타이틀을 갖고 있지만 언제 뺏길지 몰라 항상
불안하답니다.

의사 불안과 초조함에 사로잡혀서 안정이나 평안함에서 멀어질 때 우울증이 찾아오거든요. 마음을 굳게 다잡을 필요가 있어요.

남숙 삶에 지친 몸과 마음을 추스를 수 있으면 좋겠네요.

남숙, 퇴장하면 집이다. 집 안에 있는 약들을 모두 찾아내 한 움쿰씩 삼킨다. 조금씩 잠이 쏟아지고 눈이 감긴다.
남숙이 천천히 휴대폰 다이얼 누르면 긴 신호음.

창숙 (소리만) 남숙아.

남숙 언니… 나 정말 힘들어….

창숙 (소리) 너 무슨 일 있어? 왜 혀가 꼬이는 거야?

남숙 언니… 나 억울해… 죽을 만큼 힘들게, 힘들게 살았는데….

창숙 (소리) 어디 아파? 발음이 이상해.

남숙 …. (흐느낀다)

창숙 (소리) 남숙아! 왜 그래? 남숙아! 남숙아ㅡ!

무대 어두워지며 앰뷸런스의 사이렌 소리 길게 이어지면서 장면은 병실로 바뀐다.
침대에 누워 있는 남숙. 곽승호 등장.

승호 남숙아, 일어났니?

남숙 (일어나 앉으며) 네.

승호 거울 좀 봐. 입술이 다 텄어.

남숙	관장님···.
승호	응.
남숙	관장님이 우리 아빠였음 좋겠다.
승호	아빠? 넌 오래 전부터 내 딸이야.
남숙	어리고 여리기만 했던 나를 세계복싱 챔피언으로 만들어 준 관장님··· 고마워요.
승호	고맙긴··· 빨리 털고 일어나.
남숙	나 하나만 바라보고 뒷바라지 해주는 분이 내 곁에 있다는 사실을 잠깐 잊고 있었네요. 정말 죄송해요.
승호	야! 그딴 소리 하지 말고··· (성경책을 내밀며) 이거, 읽어 봐.
남숙	(받으며) 뭔데요, 이거.
승호	성경책. 이번 일요일부터 같이 교회에 가자. 기도 열심히 하고 산에도 가고··· 할 수 있는 건 다 해보자.
남숙	이래봬도 초등학교 때 세례 받은 교인이에요. 교회 안 나간 지 한참 됐지만.
승호	원래 난 무신론자지만 너한테 도움 되는 일이라면 뭐든지 할게.
남숙	관장님은 저한테 하나님 다음으로 고맙고 중요한 분이에요.
승호	널 링 위로 올려 보낼 때 어떤 심정인지 알아? 조련사가 검투사를 콜로세움으로 내보내는 것 같아. 죽느냐 사느냐, 그 갈림길에서 싸우는 네가 지금처럼 약해져선 안 돼.
남숙	명심할게요.
승호	복싱은 순수하고 고독한 스포츠지. 홀로 육체와 정신을 용광로 속에서 단련한 강한 자만이 사각의 정글에서 살아남

는다. 넌 잘했고, 잘하고 있고, 잘할 거야… 알았지? (주먹을 들어 보인다)

곽승호 퇴장하면 박요한이 양손으로 휠체어를 밀며 등장.

요한 남숙아.

남숙 …. (바라보기만)

요한 괜찮아?

남숙 왜 왔어? 나랑 헤어진 거 아니었나?

요한 많이 생각해 봤는데… 내가 잘못했어. 나 잘 되라고, 배려해서 해준 말을 곡해했어. 지난번엔 성질부려서 진짜 미안해.

남숙 오빤 성질값 하잖아. 제풀에 스러지긴 하지만… 여긴 어떻게 알고….

요한 스포츠신문 기사 보고 알았어. '여자권투 세계챔피언 김남숙 자살기도'라는 제목으로 대문짝하게 났거든.

남숙 신문사가 할 일도 되게 없네. 그 휠체어는 뭐야?

요한 얘기하자면 길어.

남숙 시골 고향 가서 닭 기른다고 했잖아?

요한 농협은행에서 영농자금 대출받고 가진 돈 몽땅 털어서 양계를 했는데 조류 인플루엔자라는 전염병으로 3천 마리나 되는 닭을 폐사시켜 구덩이에 묻을 땐 눈물이 나더라.

남숙 그래서 상경한 거야? 쫄딱 망해서….

요한 허탈하고 막막하더라. 술로 지새다가 무작정 기차를 탔지. 서울에서 아는 데라곤 어머니가 다니던 청소용역회사 대표, 먼 친척뻘 되는 아저씨야. 거기서 고층빌딩 유리창 청소를 시작했어.

남숙 엄마가 떨어져서 돌아가셨는데 또 그 일을 했단 말야?

요한 마땅한 일자리도 없고, 그 일은 일당이 쎘거든. 그러다가 나도 9층에서 떨어져 척추를 다쳤어. 재활치료 받고 있긴 하지만 아마 다시 걷긴 힘들 거야.

남숙 오빠 할 수 있어.

요한 … 무얼?

남숙 오빠, 기억해? 내 스파링 상대로 피나게 훈련하던 시간들을?

요한 어찌 꿈엔들 잊겠냐.

남숙 관장님이 그러셨어. 오빠 펀치는 기술이 아닌 예술이라고… 오빠 내 타격을 번번이 쳐내서 날려버렸고 위빙은 마치 춤추는 듯했지. 10라운드 스파링할 때마다 땀범벅이었어.

요한 관장님은 내게 허리로 하는 복싱을 가르쳐 주신 분이야. 하체가 중요하고, 팔만 뻗지 말고 몸통을 움직이라는 거. 10년 배워도 몰랐던 걸 10분 만에 터득했어. (잠시) 스파링할 때 내가 말했었지. "남숙아, 너 진짜 잘한다. 남자 선수랑 스파링하는 거 같아"

남숙 오빠 손끝이 정말 매웠지. 헤드 기어를 쓰지 않았다면 뇌진탕을 일으켰을지도 몰라. 근데 이상하게 오빠한테 맞는 건 싫지 않더라.

요한 권투하면서 내가 깨친 건 하늘은 누구도 완전하게 만들지 않았다는 거야. 펀치가 세면 맷집이 약하거나 순발력이 떨어져. 펀치는 좀 약해도 상대의 허점을 낚아챌 순발력이 있으면 언제든 전세를 역전시킬 수 있거든. (사이) 이 독종… 넌 컨디션이 안 좋은 상태에서도 훈련에 목을 맸지.

남숙   오빠도 오뚝이처럼 일어서야 해.

요한   그동안 죽지 못해 살아왔는데 널 보니 조금 용기가 생기네. 헌데 넌 왜 죽으려고 했냐?

남숙   깊이 좌절해 본 사람만이 절망을 이겨낼 수 있어. 나도 순간순간이 두려워. 하지만 우린 이 두려움의 벽을 넘어서야 해.

요한   알았어, 재활치료 열심히 받을게.

남숙   오빠, 우린 또 만나게 될 거야.

요한   아암, 그래야지. 쾌유를 빈다. (퇴장)

라운드 9

은성체육관. IFBA 라이트플라이급 세계챔피언 방어전을 앞두고 훈련 중인 김남숙. 거울 보며 섀도 스파링을 하다가 샌드백을 친다.

곽승호 등장.

승호 일요일은 쉬라고 했더니 왜 또 나왔어? (남숙, 더 치열하게 샌드백을 두드린다) 참 미련하게도 한다. 꼭 미친 년 같아.

남숙 (멈추고) 이렇게라도 훈련에 미치지 않으면 시합에 대한 중압감을 이겨낼 자신이 없어요. 극도로 피곤해야 불면증도 사라지고요.

승호 방어전 치르지 않으면 챔피언 타이틀 박탈당하니까 어쩔 수 없이 넘어야 하는 산이야. 그렇지만 무리하진 마.

남숙 몸이 완전히 흐늘흐늘 녹초가 되면 꼭 마약이라도 먹은 것처럼 순식간에 고통이 없어져요. 어느 순간부터는 그 고통이 미치도록 좋게 느껴지기도 하구요.

승호 그건 훈련중독증이야. 밥은 잘 먹고 있니?

남숙 위 세척으로 위 버려서 음식 못 먹으니 기력이 없어요.

승호 그런 몸으로 어떻게 방어전 할래? 방어전이고 뭐고 다 때려쳐라. 사람이 우선 살아야 될 거 아냐?

남숙   관장님! 프로는 링에서 죽을지언정 링에 올라가야 한다고 하셨잖아요.

승호   안타깝고 답답해서 하는 말이야. 오늘은 그만 들어가 봐.

남숙   네. 먼저 들어가세요. (승호가 퇴장하자, 거울을 보며 중얼거린다) 돈도, 빽도 없다. 오직 강인한 의지만이 나의 것이다. 이번 시합에 이기면 우리 아빠 요양병원에 입원시킬 수 있고, 우리 언니 투 잡, 쓰리 잡 뛰지 않아도 된다. 하나를 거머쥐면 이내 다음 목표를 향해 철조망을 통과하는 포복을 시작하고… 맨주먹 붉은 피로 필사적으로 살아온 인생이다. 무엇을 두려워하랴! 믿을 건 오로지 나의 두 주먹뿐! 깨부수자! 날려버리자!

무대, 서서히 어두워졌다가 밝아오면 IFBA 라이트플라이급 세계 챔피언 방어전이 열리는 서울과학기술대학교 체육관.
시합 장면은 TV로 중계된다. 경기가 시작되자마자 챔피언 김남숙과 도전자 칼리스타 실가도의 난타전이 벌어진다.

해설자   (소리만) 실가도는 보디빌딩 세계챔피언 출신으로 전적을 보니까 전성기를 구가하고 있는 선순데요. 인파이터인 실가도가 초반부터 저돌적인 공격을 하고 있네요. 우리 김남숙 선수는 들어오는 펀치를 맞받아치면서 공격의 맥을 끊어놓고 있습니다. 아! 김남숙 선수가 빠른 발을 이용해서 피스톨처럼 빠르게 펀치를 날리고 있습니다. 주먹이 너무 빨라서 보이지 않을 정도입니다. 김 선수의 별명을 '피스톨

킴'이라고 불러야겠네요.

아나운서 (소리) 전성기 때의 무하마드 알리를 연상시키지 않나요? '나비처럼 날아서 벌처럼 쏜다'는.

해설자 (소리) 알리? 대단했지요. 3초에 12번의 펀치를 날린 권투의 신이요, 레전드니까.

아나운서 (소리) 권투의 공격기술은 스트레이트, 잽, 어퍼, 훅, 바디… 이렇게 5가지가 있잖아요? 김 선수는 모든 기술에 통달해 있는 거 같아요.

해설자 (소리) 네, 특히 스트레이트가 일품이죠.

공이 울리자, 양 선수가 코너로 돌아간다.

해설자 (소리) 이번이 마지막 라운드인데요. 양 선수가 지치지도 않고 펀치를 교환하고 있습니다. 실가도, 대단한 선수네요. 저렇게 원투 스트레이트를 맞아도 끄떡없으니 맷집이 보통이 아닌데요. 저 정도 근성을 가진 선수라면 챔피언과 맞서 싸울 자격이 충분해요. 양 선수, 계속 밀고 밀리면서 맞받아치고 있습니다. 양 선수, 땀이 줄줄 흐르네요. 에너지 100퍼센트 폭발하고 있어요. 젖 먹은 힘까지 다 불사르고 있네요. 과연 누가 챔피언 벨트를 차지하게 될까요?

공이 울리자, 10라운드까지 죽을힘을 다해 싸운 양 선수가 서로를 끌어안고 다독거린다. 두 선수 사이에 선 주심이 김남숙의 손을 번쩍 들어준다. 판정승이다.

관중들의 환호와 박수 소리, 장내를 가득 채운다.

TV 중계 장면이 끝나고 무대, 환해지면 라커룸이다.

챔피언 벨트를 찬 김남숙과 곽승호가 들어서면 채미희가 뒤따라 등장.

미희   남숙아, 축하한다.

남숙   엄마! 어쩐 일이야? 시합 봤어요?

미희   응. 근데 너 맞을 땐 가슴이 찌릿찌릿 했어.

남숙   때리면 맞기도 해야지. 요즘 통 연락이 없던데 어떻게 지내요?

미희   내 걱정은 하지 마. 너희들 잘 지내지?

남숙   아빤 요양원에 있고, 언닌 지방대학에서 장학생으로 뽑혔어. 난 지하 월세방에서 탈출해 임대 아파트에서 살아. 이만해도 감지덕지지, 뭐.

미희   아빠 병세는 어때? 치매가 더 심해졌니?

남숙   그대로야. 자원봉사자들이 깎아놓은 아빠의 민대가리, 아빠가 차고 있는 기저귀를 보면 엄마도 깔깔 웃을 거야.

미희   그게 웃을 일이야? 불쌍하지… 너 지금, 내 탓을 하고 싶은 거니?

남숙   (도리도리) 엄마 탓 아니야. 아빠 운명이지. 아니, 하나님의 뜻인지 몰라. 지금 아빠 운명의 나침반이 가리키는 길을 걸어가고 있어. 천국의 문이 보일 때까지 계속 가겠지.

미희   남숙아…. (부르고 곽승호 관장을 쳐다본다)

남숙   (알아차리고) 관장님, 자리 좀 비켜주실래요?

승호 오냐, 알았다. (나간다)

미희 실은… 오늘 검사겸사해서 왔어. 며칠 뒤에 나 제주도로 가.

남숙 제주도? 왜요?

미희 좋은 사람 만나서… 제2의 인생을 시작할까 해.

남숙 나 이제 어린애 아냐. 몸이 아플 때마다 엄마 생각났지만 엄마가 구질구질한 집 나가서 행복해질 수 있다면 그것만으로 좋아. 우리 가족 중에 한 사람이라도 행복하다면 가족 모두가 불행한 것보다 훨 낫잖아?

미희 미안해. 너희들 볼 낯이 없구나.

남숙 괜찮다니까. (엄마에게로 가 안으며) 엄마… 잘 살아. 꼭 행복해야 해. 우리 몫까지 전부.

미희 …. (흑, 하고 흐느낀다)

남숙 울지 마. 울면 다신 안 본다고 했잖아, 엄마가….

미희 내가 죄인이다, 죄인이야… 그럼… 나, 간다.

남숙 잘 가. 헤어질 땐 뒤돌아보지 않는 거야… 엄마가 말했었지.

미희, 입을 막고 후다닥 뛰쳐나간다. 남숙, 두 손으로 얼굴을 감싸고 서럽게 운다.

라운드 10

대형 스크린에 권투 시합 장면이 나타난다.

아나운서 (소리만) 여기는 IFBA 라이트플라이급 세계챔피언 타이틀 2차 방어전이 열리는 후쿠오카 스파지오 경기장입니다. 챔피언, 한국의 김남숙 선수와 도전자, 일본의 쓰바사 덴쿠 선수가 한판 승부를 겨루기 위해 막 링 위에 올라섰습니다.

해설자 (소리) 덴쿠 선수는 본명이 나호 스기야마로 한때 일본 여자 축구 국가대표 선수였지요. 부상으로 은퇴한 뒤, 프로 권투 선수로 변신하면서 강력하게 링에서 군림하겠다는 뜻으로 덴쿠라고 이름을 지었답니다.

아나운서 (소리) 이름부터가 심상치 않은 분위기를 물씬 풍기네요.

해설자 (소리) 김남숙 선수, 조심해야 할 거예요. 덴쿠가 김남숙을 잡으려고 준비를 단단히 했다는 소문이 돌고 있어요.

아나운서 (소리) 덴쿠의 전적이나 기량으로 볼 때 이번 타이틀전은 막상막하, 용호상박의 싸움이 되겠네요.

해설자 (소리) 하지만 김남숙도 싸울 때 뒤로 물러서는 법이 없는 선수예요. '닥치고 공격'하는 스타일이죠. 아마존의 여전사 같은 김남숙의 장기는 저돌적 공격, 연속 타격에 있어요. 오늘 정말 볼 만한 시합이 되겠군요.

땡! 공이 울리고 시합이 시작된다. 초반에 양 선수는 탐색전을 벌이지만 곧 덴쿠의 공세가 이어진다. 6라운드까지 김남숙은 많이 얻어맞는다. 7라운드에 접어들어 김남숙은 덴쿠가 공격해 오기를 기다렸다가 덴쿠가 뒷걸음질 치는 순간을 노려 강한 펀치를 날린다. 휘청거리는 덴쿠에게 연타를 퍼붓자, 덴쿠는 맥없이 쓰러진다. KO승이다.

TV 화면이 사라지면 이화여자대학교 목동병원.
김남숙과 곽승호가 의사의 설명을 듣고 있다.

의사   (인화된 필름을 가리키며) 이걸 보세요. MRI 찍어보니 뼛속에서 염증이 진행되고 있었어요. 오른쪽 엄지발가락 뼈 3분의 1 이상 긁어내야 해요. 어째 이렇게 될 때까지 참았어요?

남숙   아플 때마다 항생제 먹고 버텼지요.

의사   이렇게 다리가 퉁퉁 부었는데 참 용케도 견뎠네요.

승호   수술해야 하나요?

의사   부기가 빠져야 하니까 당장은 안 되고 일주일 후에 오세요. 수술 후, 퇴원해도 석 달 동안 깁스하고, 그동안 절대 안정을 취해야 합니다.

절뚝거리며 걷는 남숙과 승호, 진료실을 나간다.

남숙   이십 년 이상 나를 지탱해온 발가락을 잘라내야 한다니⋯ 더구나 WIBA(세계여자복싱협회) 챔피언 타이틀전이 3개월 앞으로 다가왔는데.

승호   남숙아⋯ 우리 이쯤에서 그만두자.

남숙   네?

승호   네가 힘들어 하는 거 더는 못 보겠다. 이젠 너도 남들처럼 편하게 살았으면 해.

남숙   아니에요, 관장님. 저 다시 해보고 싶어요.

승호   이 바보야, 권투선수에게는 손가락 몇 개 없는 것보다 엄지 발가락 부상이 더 치명적이야. 의사 선생님이 뭐라고 했어?

남숙   수술 후, 3개월 동안 깁스, 절대 안정⋯.

승호   것 봐. 깁스 떼자마자 시합할 수 있겠어?

남숙   관장님⋯.

승호   넌 무거운 짐 지고 가면서도 이 악물고 참는 나귀처럼 살아왔어. 넌 나귀가 아니야. 짐승이 아니란 말야-!

남숙   (눈물만 뚝뚝 흘린다) ⋯.

두 사람, 체육관으로 들어선다. 남숙, 라커를 정리한다.

승호   짐 쌀 거면 다시는 권투 안 하겠다는 각서 쓰고 나가라. 그렇지 않으면 계속 권투가 생각날 거고, 그때마다 다시 권투하고 싶어질 테니깐.

남숙   (울며 소리친다) 돌아오고 싶어도 이 몸으로는 못 돌아와요! 이 몸으로는 아무것도 할 수 없다구요!

승호   ⋯.

남숙   여태껏 관장님만 믿고 의지해 왔는데 정말 너무 하시네요.

권투 포기하면 내가 가진 모든 걸 잃는다는 걸 모르시나요?··· 챔피언이라는 명예, 그 명예가 벌어다주는 생활비도, 관장님과의 인연도 끝나게 되겠죠.

승호   나와의 인연 따위는 중요한 게 아니야.

남숙   알았어요, 나갈게요.··· 운동선수에게 운동을 그만두라는 사형선고를 내린 원장님을 증오하면서, 아니 저주하면서 살아갈 거예요.

승호   그래! 날 원망하고 저주해라.

남숙   (가방을 어깨에 메고) 내 인생에서 가장 소중한 것을 그만두라고, 놓아버리라고 함부로 말하는 게 아녜요. 난 다른 사람은 몰라도 관장님만큼은 제대로 걸을 수 있을지조차 모르는 이 고장 난 발을 가지고 쓰러지더라도 링 위에서 쓰러지라고 격려해 줄줄 알았어요··· 모든 게 끝장났군요. 안녕히 계세요.

승호   ···.

남숙, 나간다. 승호, 혼자 괴로워하며 담배를 피워 문다.
무대 암전되고, 어둠 속에서 빨간 담뱃불만 보인다. 곽승호의 한숨 소리 들리다가 무대, 밝아진다.
한 달 후, 체육관을 다시 찾은 남숙.

남숙   관장님. 제가 자살 시도를 했을 때도 관장님 덕분에 다시 일어설 힘을 얻었습니다. 여기가 끝인가 하고 포기하려 했는데 한번 더 용기를 내보려 합니다.

승호　….

남숙　(무릎을 꿇는다) 이대로 권투 그만둔다면 전 죽은 목숨이에요. 이 한 목숨 살리기 위해 권투를 해야겠습니다. 그동안 권투 하느라 엄청 힘들었지만 권투 덕분에 행복했습니다. 절 죽게 내버려 두실 건가요?

승호　진심으로 다시 하고 싶다는 거냐?

남숙　네!

승호　이 체육관에서 가장 무거운 덤벨 들고 와볼래?

남숙이 구석에 있는 30킬로짜리 덤벨을 질질 끌며 승호에게 들고 간다.

승호　많이 무겁니?

남숙　네… 무거워요.

승호　(덤벨을 힘껏 받쳐 올린다) 아직도 무겁니?

남숙　아뇨.

승호　남숙아, 너 혼자 하는 거라고 생각하지 마라. 여태까지 우리 둘이 해왔고 앞으로도 둘이 함께 하는 거야. 그래야 뭐든 이겨낼 수 있어.

남숙　고마워요, 관장님… 이 기회를 놓치면 끝장이란 걸 알아요. 치열하게 싸울게요.

남숙, 덤벨 내려놓고 곽승호를 끌어안는다.

라운드 11

WBA 챔피언 결정전이 열리는 일본 도쿄 고라쿠엔 경기장.
라커룸에서 김남숙은 온몸에 바셀린을 바른다. 곽승호가 손에 붕
대를 감고 글러브를 끼워준다.

승호 넌 5킬로짜리 모래주머니 찬 채 한강변과 도봉산을 절뚝거
리며 걸어다녔어. 이 악물고 재활을 견뎌내 여기까지 왔네.
장하다, 남숙아.

남숙 오늘이 세상의 마지막 날이라는 마음으로 악착같이 훈련
했어요. 힘들면 주저앉아 울었지만, 그때마다 관장님이 안
아주셔서 용기 낼 수 있었지요.

승호 마음먹기에 따라서 이번 시합이 은퇴경기가 될 수도, 재
기전이 될 수도 있어. 상대 선수 미유는 만만한 선수가 아
니야.

남숙 WBA는 1920년에 만들어진 가장 오래된 권투협회로 홍수
환, 박종팔, 장정구 같은 영웅들이 챔피언 자리에 올랐잖아
요? 저도 그 자리에 낄 수 있다면 일생의 영광이라고 생각
해요.

승호 홍수환 선수는 2라운드에서만 네 번 쓰러지고도 3라운드
에서 상대를 KO로 눕히고 챔피언 벨트를 차지해서 4전5

기의 신화를 만들었지. 홍수환이 했으니 너도 할 수 있어. 4
전5기의 오뚝이 정신으로! (잠시) 오늘 이 시합이 너를 지도
하는 마지막 시합이 될 거 같다. 그러니 꼭 이겨야 한다.

남숙 건강 때문인가요? 관장님의 간이 아주 나빠져서 간을 이식
해야 할지도 모른다고 들었어요. 시합 끝나면 제 간이라도
떼어드릴게요.

승호 말도 안 되는 소리! 나는 떠날 때 '그동안 수고했다'고 인사
하고 돌아서서 내 갈 길 갈 거다.

남숙 관장님은 딸, 애숙이보다 저와 더 오랜 시간을 보냈어요.
저 역시 아빠보다 더 오랜 시간을 관장님과 함께 보냈구요.

승호 애숙이나 너나 다 내 딸이야.

남숙 고마워요, 꼭 이길게요. 제가 미유 선수를 이기려고 얼마나
연습했는데 질 수 없지요. (사이) 그분이 오시면 경기가 잘
풀릴 텐데.

승호 그분…?

남숙 성령님이에요. 늘 저와 동행하시는 분….

무대, 어두워지면서 배경막에 TV중계 장면이 비친다.
공이 울리자, 경기가 시작된다. 김남숙의 표범처럼 매서운 눈초
리에 기가 죽은 미유는 고양이처럼 꼬리를 내리고 피해 다니기만
한다. 남숙은 미유의 공격을 반사적으로 쳐내며 시합을 압도하다
가 6라운드에서 KO승을 거둔다.

해설자 (소리만) 아, 김남숙 선수가 재기에 거뜬히 성공했네요. 엄지

발가락을 잘라낸, 어려운 상황을 잘 이겨낸 김 선수는 이번 KO승을 계기로 몇 단계 더 성장할 겁니다. 이제 김 선수는 세계 챔피언 타이틀을 세 개나 가지게 됐어요.

아나운서 (소리) 김남숙의 프로모터도 미유의 승리를 예상했다던데요.

해설자 (소리) 그래요, 모두들 이번 시합이 김남숙의 은퇴경기가 될 거라고 했는데 정말 예상 밖이로군요.

무대, 밝아지면 정형외과 의원이다. 김남숙과 곽승호가 의사 앞에 앉아 있다.

의사 (인화된 필름을 가리키며) 여기 보세요. 양쪽 발목의 인대가 심하게 늘어나 있어요. 이걸 잘라서 붙여줘야 합니다. 모든 원인은 잘라낸 엄지발가락 때문이에요. 엄지발가락에 힘을 주지 못하니 자연히 발뒤꿈치로 하중이 쏠려서 인대가 7센티나 늘어난 겁니다.

승호 수술하면 얼마 동안 깁스해야 하나요?

의사 6개월은 깁스해야 하고 1년쯤 재활해야 합니다.

남숙 의무방어전 치르지 않으면 챔피언 벨트 반납해야 해요. 1년 반 동안 시합 못하면 타이틀 몽땅 뺏기게 될 텐데요.

승호 그것도 문제지만, 한 달 뒤 시합일정이 잡힌 WIBA, WIBF (여자국제복싱연맹), GBU(세계복싱연합) 통합 타이틀 챔피언전에 나갈 수 없다는 거야.

남숙 (의사에게) 선생님! 응급조치로 시합을 치른 다음에 수술하는 방법은 없을까요?

의사 늘어난 인대를 수술하는 대신 주사요법으로 통증을 줄이는 방법은 있지만 현재 김남숙 씨의 몸이 많이 상해 있어서요. 발가락, 인대, 각막, 코뼈, 손가락뼈 등 성한 데라곤 거의 없는 상태예요.

승호 말 그대로 걸어다니는 종합병원이로군요.

남숙 하지만 관장님, 마음이 무너지지 않으면 몸은 따라올 거예요. 관장님이 했던 말이에요.

승호 …?

남숙 권투를 하면서 깨달은 게 있어요. 세상에서 가장 정직한 건 내가 흘린 땀방울이라는 것, 어떤 순간이든 도전함으로써 가장 빛나는 사람이 된다는 것….

승호 (고갤 끄덕이다가) 그렇지만 시합을 한 달 남겨놓고 치명적인 발목 인대 부상까지 얻었으니, 하늘도 무심하시지….

남숙 (의사에게) 시합 당일에 주사 맞으러 올게요.

의사 ….

의사의 떨떠름한 표정을 뒤로 한 채 남숙과 승호, 퇴장한다.

라운드 12

WIBA, WIBF, GBU 통합 챔피언 타이틀전이 열리는 필리핀 마닐
라 시립체육관. 상대 선수는 필리핀의 테리 하퍼. 라커룸에서 곽
승호가 김남숙의 엄지발가락과 발등, 발뒤꿈치에 압박 테이프를
꼼꼼하게 감아준다.

승호　시합 끝날 때까지만 아파도 참거라. 주사 맞았으니 발목은
　　　진통제로 견딜 수 있겠지. 약효는 6시간. 그전에 시합이 끝
　　　날 거야.

남숙　죽었다고 생각하고 링에 오를 거예요. 어차피 링에 설 수
　　　없으면 전 죽은 목숨이나 다름없으니까요.

승호　남숙아, 시합은 네가 하고 싶은 대로 해라. 이기고 지는 것
　　　은 중요하지 않다. 맞아서 다치지만 않게 해.

남숙　끝까지 갈 거예요. 관장님… 언니가 자궁암으로 입원했다
　　　고 부산에서 전화가 왔었어요.

승호　저런, 창숙이가? 그 얘길 왜 지금 해?

남숙　지금부터 우리 집안의 가장은 저예요. 제가 살아야 언니와
　　　아빠가 살아요. 그러니 반드시 시합에서 이겨야만 해요.

승호　간절히 기도하는 수밖에… 제발 다치지만 말거라.

남숙　오늘 시합에서 지면 갖고 있던 타이틀 3개는 뺏기고, 반대

로 이기면 2개의 타이틀 추가해서 5대 기구 챔피언 타이틀
따내는 신기록 세우는 거죠?

승호   타이틀에 연연하지 말고 힘껏 싸워 봐.

남숙   알았어요.

승호   링 줄에 발 걸리지 않게 조심해라.

남숙   네, 관장님.

장면이 바뀌면 4각의 링. 남숙·테리 하퍼·주심이 링 위로 올라
온다. 주심이 두 선수에게 주의사항을 알려준다.

〈1라운드〉 공이 울리자마자 초반부터 난타전이 벌어진다.

〈2라운드〉 남숙의 왼쪽 눈이 부어오르고 피가 계속 흘러 링을 적
　　　　　신다.

〈5라운드〉 아직 경기가 반이나 남아 있는 상황에서 주심은 링 닥
　　　　　터를 부른다. 닥터가 남숙의 안면을 살핀다.

주심   경기를 계속할 수 있겠어요?

남숙   할 수 있습니다. (글러브를 들어 보인다)

〈6라운드〉 테리 하퍼가 남숙의 왼쪽 눈을 표적 삼아 계속 공격.
　　　　　남숙의 코뼈까지 부러진다.

〈7라운드〉 남숙의 오른쪽 눈에도 이상 신호가 왔다. 시야가 흐려
　　　　　져 헛스윙을 하자, 주심이 또 시합을 중단시키고 링 닥
　　　　　터를 부른다. 닥터가 남숙의 상태를 보고 고갤 절레절

레 흔든다.

주심 더 이상의 경기 진행은 무리예요. 여기서 끝내죠.

남숙 안 돼요! 내가 언제 그만한다고 했나요?

승호 남숙아, 괜찮아?

남숙 (주먹을 들어보 이며 끄덕인다) ….

〈8라운드〉 혈투다. 테리 하퍼도 코피를 흘린다. 남숙은 몸에 새긴 감각을 믿고 본능적으로 주먹을 내지른다. 남숙이 복부 공격을 하려다가 역공을 당한다. 하퍼의 연타가 남숙의 얼굴에 작렬한다. 남숙이 그로기 상태에 있을 때 공이 울리고 코너로 돌아간다.

승호 숨을 크게 들이마시고 내뿜어! (남숙이 호흡한다) 더 크게! 더! (들숨과 날숨을 계속한다)

남숙 관장님, 수건 던지면 안 돼요. 진짜! 부탁이에요. 관장님이 말했잖아요. 포기하고 싶을 때 1회전만 더 뛰어라. 기적이 펼쳐진다.

〈9라운드〉 남숙이 계속 난타당하다가 다운된다. 주심의 카운트, '에이트'에서 겨우 일어서자, 하퍼가 달려와 강타를 날리자 남숙은 피하면서 클린치한다. 공이 울리고 코너로.

남숙 앞이 보이지 않아요. 내 눈!… 눈을 뜰 수가 없어요.

승호 안 되겠다. 그만 하자.

남숙 관장님, 이제 마지막 라운드만 남았어요. 끝까지 싸우게 해주세요. 챔피언의 자존심을 지켜주세요. 죽어도… 좋아요.

승호 오냐, 알았다. 더 이상 맞지만 말거라.

〈10라운드〉 곽승호가 계속 손을 뻗으라고 지시한다. 남숙은 하퍼가 접근하지 못하도록 손을 내지르며 코너로만 맴돈다. 그러다가 하퍼의 강펀치를 맞고 쓰러진다. 주심의 카운트, 텐! 이 끝나도록 일어나지 못한다.
"하퍼! 하퍼! 하퍼!"
관객들이 하퍼를 연호한다. 남숙이 들것에 실려 라커룸으로 퇴장.

장면이 바뀌면 라커룸. 곽승호가 남숙의 코피 닦아주고 글러브를 벗겨주는데 휠체어 탄 박요한 등장.

승호 네가 어쩐 일이냐?

요한 시합 봤어요.

남숙 누구? 오빠—!?

요한 그래, 나야.

남숙 (두 손으로 얼굴 가리며) 보지 마, 오빠… 상처 투성이 얼굴 보여주고 싶지 않아.

요한 (남숙의 손을 잡아내리며) 나도 권투선수였어.

남숙   관장님, 시야가 흐릿해요. 이러다가 맹인 되는 거 아녜요?

승호   너무 걱정 마. 눈은 부기가 빠지면 보일 거야. 코피를 많이 흘려서 병원에 가야 될 것 같다.

요한   염려하지 마, 내가 있잖아. 너의 눈이 돼 줄게.

남숙   오빠! 그 말… 진심이야?

요한   그럼.

남숙   고마워, 오빠… 시합에서 이기면 그때 이 말 하려고 했는데.

요한   무슨 말?

남숙   ….

승호   난 빠져줄게. 눈꼴 시어서 못 보겠다. (나간다)

남숙   무슨 말이냐 하면 말야….

요한   얘기해.

남숙   좋아한다고… 오빠를.

요한   바보… 그 말이 그렇게 힘들었어?

남숙   응.

요한   실은 나도 시합이 끝나면 고백하려고 했어.

남숙   진짜?!

요한   그럼.

남숙   아까 오빠가 내 눈이 돼 준다고 했잖아?

요한   그랬지.

남숙   난 오빠의 발이 될 거야.

요한   우리 둘이 함께라면 어떤 가시밭길도 헤쳐갈 수 있을 거야.

남숙   우린 뭐든 할 수 있어. 권투가 내게 그걸 가르쳐 줬거든.

요한   사각의 링 안에서 12라운드 36분, 쉬는 시간 12분, 총 48

분 동안 때리고 막고 피해야 한다. 쓰러져서 기절하고 싶어
도 기절하지도 않지. 공은 울리지, 시간은 흐르지, 도망치
거나 포기할 수도 없지. 인생과 똑 같아. 아니, 링보다 인생
이 더 무섭더라. (사이) 이젠 가자, 병원으로.

남숙 아냐, 잠시만 오빠랑 같이 있고 싶어.

요한 이리 와, 안아줄게. (남숙, 요한에게 안기자, 비로소 울음이 터진
다) 왜 그래? 울지 마….

남숙 (엉엉 울며) 나, 사실 그동안 너무 힘들었거든. 권투도, 아빠
도, 언니도, 엄마까지… 다!

요한 이젠 다 끝났어. 남숙아, 이 세계 어디에도, 인간의 역사에
서 영원한 승자는 없어. '아름다운 패배'가 있어 이 세상은
살 만한 곳이 되는 거야.

남숙 (포옹을 풀고) 아름다운… 패배라고?

요한 응. 온 영혼을 끌어모아 최선을 다하다가 때가 되면 승리
의 월계관을 벗고 조용히 사라지는 거… 그런 멋진 퇴장
말이야.

남숙 아니, 아직 끝나지 않았어.

요한 또 권투를 하겠다는 거야?

남숙 내 권투 인생이 순탄한 항해는 아니었어. 그러나 난 다시
일어설 테야. 어떤 선수는 시합에서 지면 권투를 접지만,
홍수환은 안 그랬어. 비참하게 알폰소 사모라에게 두 번을
졌기 때문에 4전 5기가 가능했던 거야.

요한 세 개 타이틀을 한꺼번에 다 잃었어. 다시 도전하는 건 어
려워.

남숙 난 맨땅에 헤딩하면서 맨주먹으로 챔피언 자리에 올랐어. 기필코 다시 일어설 거야. 처음부터 다시 시작할 거라고.

요한 정말 못 말리는 독종이로군. 내 발이 돼 주겠다는 약속은 지킬 거지?

남숙 걱정 마, 내 발은 튼튼하니까. 소싯적에 황영조 선수처럼 되겠다고 마라톤을 했거든.

요한 황영조가 되지 않아서 다행이다. 넌 김남숙이야!

남숙 그래, 나는 나야! 그리고… 내겐 또 하나의 꿈이 있어.

요한 꿈? 그게 뭔데?

남숙 언니가 친척 아저씰 찾아가서 대학입학 등록금을 꿔달라고 했을 때, 그 아저씨가 "밥도 못 먹는 처지에 대학은 무슨 대학! 분수껏 살아!" 그렇게 말했대. 그런 말을 듣고 눈물 흘렸을 가난한 아이들에게, 나는 희망의 푯대가 되고 싶어. 대학도 가고 대학원 박사 공부도 해서 교수가 될 거야. '운명아, 비켜라! 내가 간다!' 하면서 살 테야.

요한 그래, 주저앉고 싶을 때 한 발짝만 더 나가고, 한번만 더 손을 뻗으면 권투는 이긴다. 아마 삶도 그럴 거야. 챔피언 벨트를 빼앗겼지만 인생에서 패배한 건 아니지. 앞으론 인생의 챔피언이 되기 위해 열심히 살자꾸나.

남숙 관장님이 언젠가 내게 이런 말을 했어. "누구나 자기만의 링 위에 선다. 인생의 링 위에선 아무리 무서워도 눈 똑바로 뜨고 세상과 맞서야 한다"

요한 또 하나 있지. '잘했고, 잘하고 있고, 잘할 거야, 넌… 관장님은 너의 구원자야. 이제 그만 병원에 가자.

남숙	관장님은 어디 가셨지?
요한	병원으로 오시겠지.
남숙	내가 휠체어를 밀 테니까 오빠 내 눈이 돼 줘.
요한	알았어, 가자. 출발!
남숙	오케이, 출발!

남숙이 휠체어를 밀고 천천히 퇴장한다.

– 막

털 없는 원숭이傳

등장인물

기세철
형철
영아
정환
정식
윤미숙
지숙
서복례
맨스필드
장관

무대

한적한 교외에 있는 2층 양옥집의 내부가 보인다.
1층 전면 중앙, 거실에 응접세트가 놓였고 오른편에 현관으로 통하는 문, 정원이 보이는 통유리창이 객석을 향해 있다.
1층 후면 중앙에 침실, 왼편에 주방과 2층으로 오르는 계단, 오른쪽에 방이 있다.
2층에는 방이 여럿인데, 객석에서 보이는 건 두 개의 방과 그 안의 풍경들이다.

제1장

막이 오르면 어디선가 아이들의 합창이 들려온다.

아침 바람 찬 바람에 / 울고 가는 저 기러기
우리 선생 계실 적에 / 엽서 한 장 써 주세요
한 장 말고 두 장이요 / 두 장 말고 석 장이요
　　　⋮
아홉 장 말고 열 장이요
구리 구리 구리 가위 바위 보

거실 소파에 앉은 형철과 영아가 전래 동요 '손뼉치기 노래'에 맞춰 놀이를 하고 있다. 짧게 깎은 머리, 더부룩한 수염의 형철과 노랑 머리, 파란 눈을 가진 영아의 얼굴은 무표정 그대로다.
손뼉을 마주치고 가위 바위 보로 승자를 가르는 이들의 손동작은 굼뜨고 자주 엇갈린다.
이때, 현관에서 지숙 등장. 여행용 가방을 든 지숙이 가까이 오는 것도 모른 채 놀이에 열중하다 인기척을 느낀 영아가 움찔 놀라며 방석으로 얼굴을 가린다.

지숙　　(형철을 향해) 안녕하세요?

형철   (멍하니) ….

지숙   (영아에게) 잘 있었니?

영아   (방석을 눈 아래로 내린다) ….

지숙   영아야, 날 모르겠니? 이모야.

영아   (그제서야 방석을 치운다)

지숙   그래, 7년 만이니까 낯설기도 하겠어. 할머닌 집에 계시지?

영아   (몹시 더듬거린다) 시, 시, 시장에… 가, 가셨어요.

지숙   (의자에 앉으며) 아버진 아직 퇴근하지 않았을 테고, 정환이
와 정식인 학교에 갔겠지?

영아   (끄덕 끄덕) ….

지숙   형철 씬 여전하시군요.

형철   …. (외면한다)

지숙   (핸드백에서 담배를 꺼내 피우며) 그새 많이 늙었네요. 물론 나
도 늙었어요. 사람은 나이를 먹는 게 아니라, 좋은 포도주
처럼 익어가는 거라죠. 난 늦게야 깨닫게 됐어요. 새벽보다
황혼이 더 아름답다는 것을….

현관에서 장바구니를 든 복례 등장. 지숙, 담배를 재떨이에 비벼
끄며 일어선다.

지숙   오랜만이에요, 저 왔어요.

복례   (우뚝 멈춰 서서) 아니, 이게 누구여! 통 소식이 없더니 별안
간 웬일이냐?

지숙   죄송해요, 연락을 드린다는 게… 다 제 게으름 탓이죠, 뭐.

복례	널 보려니까 간밤에….
지숙	간밤에 무슨 일이 있었나요?
복례	꿈에 에미가 나왔어.
지숙	언니가요?
복례	네가 찾아온다는 걸 알리려고 그랬나 봐.
지숙	아이들은 잘 있겠죠?
복례	대학생이 된 후로 정환인 귀가가 늦어져. 걸핏하면 술 마시고… 정식인 재수생이니까 학원이다, 도서관이다 정신없이 싸돌아 댕겨서 차분히 얘기할 틈도 없어.
지숙	건강해 보이시는데요. 지금도 잔병치레는 않으시죠?
복례	앓아 누우려고 해도 바빠서 못 누워. 내가 구들장 지고 있으면 (형철을 가리키며) 이 등신, (영아를 손짓하며) 저 애물, 뒤치다꺼리는 누가 해줘?
지숙	가정부를 데려오든지, 아니면 파출부라도 쓰시지. 늘그막에 왜 사서 고생을 하려고 그러세요?
복례	애비 성깔 몰라서 그래? 언제 남을 집안에 들여놓은 적 있어? (힐끗 영아를 보고) 다 저 애물 때문이지, 쯧쯧… (하다가 영아에게) 어서 네 방으로 올라가, 애비 올 시간 됐어. 애빈 네 꼬라지만 봐도 두드러기가 돋는 위인이야, 제기랄….
지숙	(장바구닐 가리키며) 그거 이리 주세요. 제가 저녁 준비할게요.
복례	일 없어. 얼마나 머물지 모르지만 있는 동안은 맘 푹 놓고 쉬어. 얼굴이 야윈 것 같은데 어디 아픈 덴 없고?
지숙	괜찮아요.
복례	송 서방은 어때? 장사는 잘 되나?

지숙 … 차차 얘기할게요.

복례 (가방을 보며) 가방은 내 방에 갖다 놓고, 편한 옷으로 갈아 입어.

지숙 네, 어머님…. (스스로 놀라 입을 틀어막는다)

복례 왜 그래? 그냥 그렇게 불러. 에미나 너나 나한텐 다 딸 같은 자식이었어. (지숙, 서둘러 가방을 끌고 방으로 들어간다. 복례, 주방으로 가다 계단에 앉아 있는 영아를 보고) 이년이 그래도 거기 앉아 있어? 요전처럼 발가벗기고 볼기짝을 맞아야 정신을 차릴래? 넌 애비가 무섭지도 않냐? 어서 썩 올라가지 못해! 젠장맞을—!

영아, 손가락을 입에 물고 뒷걸음질로 천천히 계단을 오른다. 형철은 아까부터 방석과 소파에 묻은 실밥이나 먼지 같은 걸 손가락으로 집어 비비고 있다. 지숙이 방에서 나와 형철의 곁에 앉는다.

지숙 아직도 그 버릇을 버리지 못했군요. (물끄러미 형철을 본다) 아주 오래 전 일이죠. 함박눈이 펄펄 날리던 겨울밤이었어요. 두 사람이 가로등 훤한 텅빈 광장을 걷고 있었죠. 그들은 긴긴 입맞춤을 했어요. 입술 위로 사뿐사뿐 눈발이 내려앉았고, 연인들은 달디단 사탕 같은 눈을 입으로 핥았어요. 아마도 그녀의 생애 중 유일하게 찬란한 햇빛이 쏟아지던 시절이었죠. 그 이후의 생은 어둠뿐이었으니까요.

이때, 현관문이 열리며 세철 등장.

세철 (뜨악한 표정이었다가 빈정대듯이) 둘이 나란히 앉은 그림이 끝 내주는군. 애틋한 과거를 회상하며 눈물이라도 흘렸나?

지숙 눈물요? 울고 싶지만 눈물샘이 매말라 버려서 유감이로 군요.

세철 (적의를 품고) 왜 왔어? 다신 이 집에 발을 안 들여놓을 줄 알 았는데.

지숙 형부를 만나러 온 건 아녜요. 아이들이 보고 싶어서 왔어요.

세철 아이들이라고? 보살핌이 가장 필요한 시기에 그것들을 내 팽개치고 달아난 여자가 이제 와서 뭔 헛소리야!

지숙 달아나다뇨? 행복을 찾아서 간 거예요.

세철 후후… 그래서 파랑새를 찾았나? 처제 얼굴에 이렇게 쓰였 군. 난 세상에서 가장 불행한 여자랍니다….

지숙 ….

세철 미리 말해 두지만, 아이들과 넌 아무런 상관도 없어. 아이 들은 다 컸어, 성인이야. 괜히 잔잔한 호수에 돌을 던지는 따위의 어리석은 짓은 하지 마.

지숙 평지풍파를 일으키려고 온 건 아녜요. 전 단지….

세철 (말을 자른다) 아, 무슨 말을 하려는지 알아. 사무치게 그리 웠다는 거겠지. 헌데 아이들은 전혀 처제를 보고 싶어 하지 않았어. 처제가 없어도 녀석들은 꿋꿋하게 성장했다고. 자 랑스런 내 아들들이지.

지숙 이 집을 떠나 7년이란 세월을 보내면서 난 늘 죄책감에 시달려 왔어요. 지하에 계신 언니에게, 형철 씨에게, 그리고 아이들에게… 너무 너무 미안하고 볼 면목이 없어요… 더 늦기 전에 용서를 빌어야 한다고 생각했지요.

세철　흥! 마치 고해성사를 하는 사람처럼 거룩해 보이는군. 7년 동안이나 편지 한 장, 전화 한 통 없던 여자가 갑자기 나타나서 용서 운운 하다니…! 도대체 너의 숨겨진 의도가 뭐야?

지숙　형분 항상 그런 식이었죠. 상대방을 의심하고 비꼬고 깔아뭉개야 직성이 풀렸으니까. 까닭 없이 사람을 불신하는 건 죄악이에요. 난 형부처럼 마음속에 칼을 숨기는 그런 비열한 짓은 못해요!

세철　뭐, 비열하다고? 건방지고 천박한 계집이 감히 날 모욕해! (복례, 주방에서 나온다)

지숙　(기세에 눌려) 죄송해요, 형부를 모욕했다면 사과할게요. 그런 뜻은 없었어요. 다만….

세철　듣기 싫어! (침실 쪽으로 가다가 돌아서서) 형철이, 너 이리 와! (형철, 눈만 껌벅인다) 빨랑 이리 오지 못해! 이 밥버러지, 바보 천치야! (형철이 오자) 꿇어! (형철, 어린애처럼 꿇어 두 손을 쳐든다) 너, 오늘 낮에 극장에 갔었지?

형철　응 응 응! (아니라고 도리질한다)

세철　구데기 같은 놈! 바른 대로 대! 갔지?

형철　응! 응! 응! (완강히 부정한다)

복례　오늘은 아무 데도 나가지 않았다.

세철　병신 새끼가 영화를 보면 뭘 안다고 허구한 날 극장 앞에

죽치고 서서 공짜 구경을 하려고 해? 세상 사람들이 다 내 동생이란 걸 아는데, 이 형 얼굴에 똥칠을 하고 다니는 너 같은 놈은 뒈져버리는 편이 나아!

세철, 벽에 걸린 가죽 회초리를 들고 사정없이 형철의 어깨와 등 짝을 후려친다. 형철은 비명을 질러대며 잘못했다고 두 손을 싹 싹 비빈다.

복례   (형철을 온몸으로 감싸며) 차라리 날 때려라, 말 못하는 동생 이 뭔 죽을 죄를 졌다는 말이더냐….

세철   (복례를 밀치며) 어머닌 저리 비켜요! (복례, 나동그라진다)

지숙   (복례를 일으키며) 왜 이러세요, 형부!

세철   요망한 것! 너도 저리 꺼져 버려!

지숙   형부가 때리고 싶은 건 형철 씨가 아니라 바로 나죠, 안 그 래요?

세철   에잇, 빌어먹을 년놈들 같으니라고! (회초릴 내던지고 밖으로 나간다)

형철, 느릿느릿 일어나 이층으로 오르다 계단 중간쯤에서 돌아 선다.

복례   이놈아, 뭐 하러 멍청히 서 있어? 후딱 네 방으로 올라가. (형철, 울먹울먹하는 게 무언가 소리칠 듯하다가 간다) 형 눈에 띄 지 않게 피해 다니라고 입이 닳도록 말 해봐도 오장 창자가 뒤섞어진 놈이 돼놔서… 에구, 내 팔자야.

지숙　형부는 동생이 불쌍하지도 않은가 봐요.

복례　네가 말없이 집을 나간 후부터 매질을 시작하더라. 사흘돌
이로 난리를 치니 심장 약한 내가 여태 버티는 게 용치. 이
꼴 저 꼴 안 보려면 얼른 염라대왕한테 가야 하는데.

지숙　대관절 형철 씨가 뭘 잘못했다는 거예요?

복례　글쎄 내가 아냐. 저 녀석이 밖에만 나가면 극장 앞에 우두
커니 서서 기도가 들어오라고 할 때까지 무작정 기다린다
고 하더구만. 녀석이 활동사진을 보면 뭘 알아? 쇠 달 보듯
그저 멍하니 앉았다가 나오는 거지.

지숙　극장은 형철 씨의 유일한 안식처예요. 영화가 보여주는 꿈
과 환상, 신나는 세계가 그에겐 다시 없는 기쁨이요, 즐거
움일 테니까요. 저런 무자비한 폭력은 순진무구한 형철 씨
의 영혼을 파괴하는 일이에요… 이층에 올라가 보겠어요.

복례　(돌아서 가는 그녀의 등 뒤에 대고) 지숙아….

지숙　(돌아서며) 네?

복례　잊어야 한다, 이젠. 잊기 위해서 떠난 거 아니냐? … 네가
다시 와서 기쁘긴 하다만 난 왠지 몹시 불안하구나.

지숙　걱정 마세요, 아무 일도 없을 거예요.

복례　그랬으면 오죽이나 좋겠냐. 허지만….

지숙　이 윤지숙이 산전수전 다 겪은 여자예요. 세파에 시달리면
서 세상 보는 눈이 많이 달라졌어요.

지숙이 계단을 올라가고 복례는 주방으로 간다. 사이. 영아가 허

겁지겁 계단으로 뛰어 내려온다.

영아 (두리번거리며) 하, 하, 할머니! 하, 할머니!

복례 (주방에서 나온다) 왜 그래?

영아 (2층을 가리키며) 무, 무, 문틈으로 보, 보니까….

복례 보니까?

영아 이, 이, 이모가 사, 삼촌 오, 옷을 버, 벗기고….

복례 벗기고?

영아 세, 세… (손으로 자기 혀를 가리키며) 셰로 사, 삼촌을… 하, 핥아요….

복례 뭐라고? 이모가 삼촌의 옷을 벗기고 혀로 핥아준다고?

영아 (연신 주억거리며) 으응! 으응! (사타구니에 두 손을 꼭 낀 채 안절부절 못한다)

복례 근데 넌 어째 그 모양이여? 오줌이 마려워?

영아 아, 아, 아니.

복례 (눈을 흘기며) 미친 년! 발정난 암캐처럼 몸을 비비꼬지 말고 네 방에 가서 꾸러 박고 있어. 애비가 들어오면 또 불호령이 떨어질지 모르니까. 제기랄!

영아, 사타구니에 손을 낀 채 계단을 오르다 중간쯤에서 오줌을 질질 흘린다.

복례 망할 년! 또 오줌 싸는구나. 다 큰 계집년이 여지껏 똥오줌을 못 가리니… 복통 터진다, 복통 터져. 아, 속히 내려와서

옷 벗지 못해! 에구, 내 팔자야… (영아, 내려온다) 빨리 벗어,
이년아! 뭘 꾸물대고 있어!

영아, 치마를 벗는다. 빨간 팬티만 남았다. 부끄러운 듯 빙그르르
몸을 돌리더니 팬티를 벗는다.
암전.

제2장

그날 밤. 정식이 소파에 앉아 텔레비전을 보고 있다. TV는 화면만 번쩍일 뿐 아무 소리도 들리지 않는다. 현관문으로 정환 등장.

정환   (주방에 대고) 할머니, 저녁 먹고 왔어요. (이층으로 오르려 한다)

복례   (주방에서 나오며) 얘, 정환아!

정환   네에?

복례   거기 앉거라. 할 얘기가 있다.

정환   (의자에 앉으며) 뭔데요?

복례   이모가 왔다.

정환   어떤 이모요?

복례   어떤 이모라니? 너희들에게 이모가 둘 있더냐. 지숙이 말이다.

정환   (불쾌한 표정으로) 그 여자가 뭐 하러 와요?

정식   그 여자라니? 형, 말 좀 가려서 할 수 없어?

정환   여자를 여자라고 했는데, 네가 웬 참견이야?

정식   지숙이 이몬 돌아가신 어머니의 친동생이라구.

정환   난 어머니한테 그런 동생이 있다는 걸 듣지 못했다.

정식   우릴 키워준 게 누군데?

정환   이모라구? 아버지의 정부요, 삼촌과 배꼽을 맞춘 그 탕녀가! 한 집안에서 두 명의 남자와 번갈아 잠자리를 같이 한 그런 색마가 이모라니? 내겐 이모가 없어.

복례 (노하여) 닥쳐라, 이놈! 네가 뭘 알아?

정환 할머닌 수도꼭지 사건을 벌써 잊었나요? 밤엔 아버지와, 낮엔 삼촌과 재미를 보다가 들켰잖아요? 그 여자의 몸은 이놈도 빨고, 저놈도 빠는 수도꼭지라구요.

정식 형, 얘기가 너무 지나쳐. 이모가 마치 헤픈 여자처럼 들리잖아?

정환 그 여잔 수컷 사냥꾼이야. 수컷만 골라 잡아먹는 색골!

복례 쉿! 조용히 해, 지숙이가 듣겠다… 정환아, 지나간 일은 다 잊자. 들추어낼수록 상처만 더 깊어질 뿐이여. 지숙인 오래 머물지 않을 거 같더라. 여기 있는 동안만이라도 편히 있다가 가게 하자꾸나. 제발… 그래 줄 수 있겠냐? (지숙, 이층에서 내려오다 계단에 멈춘다)

정환 할머니의 뜻이 저엉 그렇다면 입 다물게요. 하지만 아무도 내게 이래라 저래라 하진 못 해요.

정식 형… 오래 전부터 그런 생각을 해 왔는데, 우리 집은 흡사 외인부대 같아. 끝없이 고독한 벙어리 삼촌, 국적 불명의 혼혈아 영아, 우리 시대의 네로 아버지, 선병질적인 반항아 형, 순종의 미덕을 갖춘 조선조의 여인 할머니, 그리고 우울한 재수생인 나… 우리 식구들에게 어떤 공통인자가 있을까? 우린 서로가 너무도 닮지 않았어. 게다가 형의 표현을 빌면 수컷이라면 다 잡아먹는 희대의 탕녀가 외인부대로 전입해 왔거든. 자, 이제 어떤 일들이 벌어질까?

정환   전쟁이야.

정식   전쟁?

정환   어차피 외인부대의 병사들이란 싸움판에 뛰어들기 위해 몸값을 챙긴 사람들이니까… 외인부대 병사들에겐 공통분모가 있어.

정식   그게 뭐지?

정환   신의 저주.

정식   저주, 신의 저주라구?

정환   저주받은 자들이니까 싸움터에서 화약을 지고 불 속으로 뛰어들 수 있지. 구원도 절망도, 어제도 내일도 없어. 오직 순간을 위해 자신을 불 태우지. 빛나는 인생이야.

정식   정말로 형은 우리가 신의 저주를 받았다고 생각하는 거야?

정환   삼촌을 봐. 끝없이 혼자 거리를 배회하다가 확성기에서 유행가 가락이 흘러나오는 극장 앞에 장승처럼 서 있지 않니? 아버지의 혹독한 매질이 되풀이 된다 해도 삼촌의 방황은 멈추지 않을 거야. 난 삼촌을 볼 때마다 굴러 떨어진 바위를 끊임없이 밀어 올리는 시지프스를 연상해. … 그리고 늘상 벽장 속에 숨어 지내는 영아를 봐. 저 튀기는 아버지의 호적에도 없어. 무적자지. 공부상으론 이 지구상에 존재하지 않는 허깨비요, 그림자에 지나지 않아. 영아가 죽더라도 한 마리 짐승이나 한 그루 나무가 죽는 것처럼 아무런 흔적도 없이 사라질 거야. 영아는 사람이 아니라, 가축에 불과해… 짐승에게도 고뇌가 있을까? 할 수만 있다면 나도 영아처럼 내 존재의 흔적을 지워버리고 싶어.

복례	정환아, 네가 하는 말을 할미가 다 이해할 순 없다만… 그냥 단순하게 살면 안 되겠냐?
정환	….
복례	커피, 마실 테냐?
정식	네, 좋지요.
정환	난 위스키 한 잔 주세요.

복례, 주방으로 가고 지숙이 계단을 내려온다.

지숙	(밝게) 오, 정환이가 왔구나. 그동안 잘 지냈지?
정환	(표정이 굳어진다) ….
지숙	너희들을 다시 만나게 돼서 정말 기쁘다. 무탈하게 쑥쑥 자라줘서 대견스러워.
정식	이모는 어떤 때 보면 꼭 어머니처럼 말씀하셔요.
지숙	(눈빛이 흔들린다) 내가… 엄마가 되면 안 될까?
정식	대환영이죠.
정환	난 싫어.
지숙	어머, 정환아. 넌 내가 싫어?
정환	….
정식	(얼른 끼어들며) 이모, 그새 어디 계셨어요? 소식이 끊겨서 외국으로 이민이라도 갔나 했죠.
지숙	시골에 가 있었다. 바다가 보이는 어촌이었어.
정환	어촌에서 시커먼 어부들을 상대로 술장사라도 했나요?
지숙	(어이없다는 듯) 정환아, 넌 날 그렇게 막 돼먹은 여자로 생각

하니?

정환 솔직히 말해서 이모는 끼가 있잖아요.

지숙 (정색을 하며) 아니, 얘가… 너, 그게 무슨 말버릇이야!

정환 내가 못할 말 했나요?

지숙 버르장머리 없는 녀석! 그래, 이게 7년 만에 만난 나에게 해 주는 대접이냐? 열다섯 살까지 키워준 수고에 대한 보답이 이런 거였어?

정환 착각하지 말아요. 우릴 키워준 건 할머니였지, 이모가 아녜요. 이모가 우릴 돌봐줄 시간이 어디 있었나요? 맨날 아버지와 삼촌 사이를 왔다갔다 했는데….

지숙 아니, 뭐라고! 너, 정말 입에 담지 못할 말을 함부로 내뱉는구나.

복례, 커피와 위스키를 들고 와서 탁자 위에 놓는다.

복례 정환인 술 한 잔 마시고 들어가 자거라. (지숙이 위스키 잔을 나꿔채 단숨에 마신다) 애빈 왜 여태 안 와? 또 홧술을 마시는가 보구나. 우리 집엔 어째 홧병 난 사람이 이리 많을꼬? (의자에 앉는다)

정환 (일어서며) 자야겠어요.

지숙 (고함) 기다려! 너한테 할 얘기가 있어.

정환 (걸어가며) 내일 하세요, 오늘은 피곤해요.

지숙 (흥분으로 몸을 떨며) 안 돼! 오늘 해야 돼! (정환, 우뚝 멈춘다)

정식 이모, 진정하세요.

지숙   네가 나한테 이럴 수 있니? 가장 날 따랐고 누구보다도 날 이해해 줬던 네가….

정환   오해하지 말아요, 이모. 어린 시절에 이몰 따랐던 건 사실이에요. 하지만 그건 엄마의 대용품이었지, 실체는 아니잖아요? 이젠 더 이상 대용품이 필요 없어요. 어른이 됐거든요.

지숙   그래서 이놈아, 불필요한 폐품이니까 마구 짓밟고 찢어발겨도 된단 말이냐?

정환   잡초들은 서로 짓밟고 짓밟히면서 크는 거예요. 우린 각자 혼자일 뿐이죠. 가족이라는 소속감이나 연대감이 이 집안의 누구에게 있나요? 난폭한 독재자인 아버진 무슨 일과처럼 삼촌과 영아를 개 패듯 때려요. 단 하루라도 이 집에 평화가 깃든 적이 있나요? 이 집은 인간의 얼굴을 한 야만, 원한과 증오로 가득 차 있고, 서로가 서로를 물어뜯는 늑대들이 득실거리는 곳이에요… 도대체 영아는 왜 새처럼 벽장 속에 갇혀 살아야 하나요?

지숙   그건 네 아버지한테 묻지 그랬어.

정환   아버지요? 그 폭군한테 언젠가 질문했다가 온몸이 퍼렇게 멍들도록 흠씬 두들겨 맞았어요.

지숙   때가 오면 모든 걸 밝히려 했었다, 영아는….

복례   (일어나 손사래 치며) 안 된다! 안 돼, 지숙아! 그것만은 안 돼….

정환   할머닌 잠자코 계세요. 이모, 어서 이야길 계속해요.

복례   너희들, 진짜 내가 죽는 꼴 보고 싶어서 이래? 다 지나간 일이여. 까발린다고 좋은 것만은 아녀. 정환아, 더 이상 캐

려고 하지 마라. 할미의 간절한 부탁이다. 내가 살면 얼마
나 더 살겠냐? 할미의 간청을 물리치지 말아다오.

정식   이모, 형 말처럼 우리 집엔 비밀이 참 많아요. 어머닌 날 낳
자마자 돌아가셨고, 어머니 유품이 있다는 이층 구석방은
늘 잠겨져 있죠. 모든 게 오리무중이어서 이 집은 베일에
감싸인 안개의 성 같아요.

정환   안개의 성이라구? 이 집은 유령의 집이야.

정식   유령의 집이라니?

정환   비 오는 날, 밤중에 소변이 마려워 화장실로 가는데, 구석
방에서 웃음소리가 들려왔어. 잠시 후엔 곡성도 들리고…
머리 끝이 쭈볏하고 온몸에 소름이 돋았지. 문에다 귀를 대
고 들자니까… 나직이 속삭이는 음성이 새어나오는 거야.

정식   그래서?

정환   손잡이를 돌려봐도 문은 잠겨 있고… 그래서 똑똑똑 노크
했지. 그러자, 잠잠해졌어. 분명히 누군가가 있었는데….

정식   형이 잘못 들은 거라구. 틀림없이 그때 형은 취해 있었을
거야. 그래서 환청이 들린 거지. 두려움이 헛것을 보고 헛
소릴 듣게 한다잖아.

정환   한 번만 들었다면 그럴 수도 있겠지. 하지만 난 여러 번 들
었어. 넌 그런 적 없었냐?

정식   언젠가 한밤중에 깨어났는데, 그 방에서 바이올린 소리가
희미하게 들려왔어. 난 그게 아버지가 연주하는 거라고 짐
작해서 그냥 잠을 청했지.

정환   미쳤냐, 한밤중에 연주하게….

정식	아버진 만취하면 늘 그 방에서 바이올린을 켰잖아?
정환	난 아무래도 이상해, 그리고 수상해.
정식	뭐가 이상하고 수상하다는 거야?
정환	왜 그 방은 주구장창 잠겨 있어야 하느냔 말야.
지숙	구석방 열쇠는 아버지가 갖고 있어. 보고 싶다면 아버지한테 말 하려무나.
정환	허드레 물건이 있는 방이라면 군이 잠글 필요도 없잖아요?
복례	애비의 결벽증 때문이다. 너도 알잖냐? 애비의 성격을….
정식	아버지의 성격은 나도 종잡을 수가 없어요. 때때로 아버진 구석방에 혼자 들어가서 바이올린을 켜거든요. 난 천사의 얼굴로 바이올린을 켜는 아버질 상상해 보죠. 아버지의 이중성, 어떤 게 아버지의 진짜 얼굴일까요?
지숙	인간은 누구나 두 개의 가면을 가지고 있단다. 상황에 따라 가면을 바꿔달거든.
정식	아버지의 경우엔 악마의 가면을 쓸 때가 훨씬 많은 거로군요.
복례	들어가 자거라, 내일 얘기하자꾸나. (정환, 이층으로 올라간다)
정식	이모랑 7년 만에 만났어요. 궁금한 게 많다구요.
복례	시간은 내일도 있어, 이모는 피곤하다.
지숙	오, 난 괜찮아요. (술잔을 들고 주방으로 간다)
정식	거 봐요, 할머니나 들어가 주무세요.
복례	애비를 기다리고 있는 거여. 그 화상은 술 취해 들어와서도 꼭 밥을 달라고 하잖냐.
정식	할머니가 불쌍해요. 그 나이에 식모처럼 혹사당하시는 걸

보면 난 괜히 울고 싶어진다구요.

지숙 (술잔을 들고 나오며) 그러니까 너희들이 할머니께 잘 해 드
려야지.

정식 이모, 오랜만에 오셨으니 이번엔 오래 머물 거죠?

지숙 넌 내가 있는 게 좋아?

정식 그럼요. 이모가 오시니까 음산한 동굴 같은 우리 집이 훤해
진 것 같아요. 난 어릴 때 엄마 있는 애들이 진짜 부러웠어
요. 그나마 이모가 있어서 다행이었지만요.

지숙 나도 너희들이랑 살고 싶구나, 하지만….

정식 하지만 뭐예요?

지숙 아, 아니다. 아무 것도 아냐. (술을 마신다)

정식 전엔 술을 마시지 않았잖아요?

지숙 그랬지, 그런데… 세월이 날 술꾼으로 만들었어. 이젠 술을
마시지 않으면 잠이 안 와.

정식 그 정도로 심각해요?

지숙 응. (복례, 소파에 기대어 눈을 감고 있다. 벽시계가 열두 번을 친다)

복례 (화들짝 일어나며) 애비가 웬 일이지? 이렇게 늦을 땐 전화를
했는데….

정식 오실 테죠, 뭐. (일어선다) 전 먼저 들어가 잘래요, 졸려서요.

지숙 그래라.

정식, 이층으로 올라간다. 복례는 다시 눈을 감고, 지숙은 술을
다 비운 뒤 주방으로 간다.

복례 (눈 뜨며) 그만 마셔.

지숙 (멈춰 서서) 취하려면 멀었어요.

복례 취할 때까지 마셔선 뭘 해. 또 울려고?

지숙 이젠 울지 않아요.

복례 넌 유난히도 눈물이 많았지.

지숙 울 땐 아직 가슴이 뜨거울 때예요. (주방으로 간다)

복례 (혼잣말로) 가슴이 차가울 때가 되면 죽어야지. 인생 별 거 없다. 사람 사는 게 거기서 거기야. 떡이 별 떡이 있지 별 사람 없어. 그러니까 주어진 인생, 만나는 사람, 하늘이 내려준 거라고 생각해서 감사히 받겠다는 마음으로 살아야 해. 그래야 복을 받는 거야. 행복은 내가 만드는 거지, 다른 사람이 만들어 주지 않거든.

이때, 현관에서 세철이 고함치며 등장. 비틀거리며 게슴츠레한 눈으로 주방에서 나오는 지숙을 노려본다.

복례 (일어서며) 저녁, 안 먹었지?

세철 (혀 꼬부라진 소리로) 필요 없어요, 어머닌 들어가세요.

복례 그래도 뭘 좀 먹어야지.

세철 (신경질적으로) 필요 없다니까요! (복례, 방으로 들어간다) 왜? 침 뱉으며 돌아섰던 이 집에 왜 다시 돌아왔냐고—!

지숙 돌아오지 않으려 했어요. 몸을 팔아서 연명할지언정 이 지옥 같은 곳으로는 다시 오지 않을 작정이었죠.

세철 흥! 걸레짝처럼 헐어빠진 늙은 년의 몸뚱아릴 누가 사? 네

년의 썩은 사타구니에선 시궁창 냄새가 날 거야. 구정물 같은 년!

지숙　형부에게로 돌아온 건 아녜요, 아이들 때문에….

세철　또 아이들 타령이야? 빌어먹을! 염병할!… 아이들 핑계는 대지 마. 진정으로 네가 미치도록 보고 싶었던 게 누군지 잘 아니까.

지숙　… 누구예요?

세철　그걸 꼭 내 입으로 말해야 되겠어? (경멸을 담아) 넌, 선천적인 갈보야. 바지 입은 사내만 보면 침을 질질 흘리지. 위아래로 말이야.

지숙　날 모욕해서 당신의 열등감이 해소될 수 있다면 얼마든지 하세요.

세철　열등감이라니? 폐경기의 여자가 아직도 20대 처녀인 줄 착각하고 있군. 모든 남자가 다 널 먹고 싶어 한다는 환상에서 깨어나라고!

지숙　환상에서 깨어날 사람은 내가 아니라 바로 당신이에요! 여전히 돈과 권력만 있으면 모든 걸 다 가질 수 있다고 확신하고 있겠죠.

세철　아암, 그렇지, 그렇고 말고.

지숙　천만에! 사랑과 진실은 돈, 권력하고 거리가 멀어요. 돈이나 권력을 탐하는 자들은 사랑과 진실을 보지 못하는 법이에요.

세철　얼씨구? 네년에겐 그따위 유치한 것들이 아직도 남아 있단 말이야!

지숙 내 인생에서 가장 찬란했던 시절, 스물다섯이 되던 그해 여름밤, 사랑과 진실은 휴지처럼 구겨져 버렸죠. 당신은 그 휴지에 더러운 가래를 뱉었어요. 당신도 그날을 기억하겠죠?

세철 이년아, 부끄러운 줄 알아. 그날, 첫 정사를 벌일 때 네년은 오르가슴, 오르가슴을 느끼며 울부짖었어.

지숙 내가 왜 수치심을 가져야 하나요? 난 성폭행 피해자고, 당신은 가해자인데, 당신이 부끄러워 해야 하지 않나요?

세철 성폭행이라고? 우린 똑같이 즐겼어. 환희와 쾌락으로 몸부림쳤단 말야. 넌 감탕질과 요분질로 날 유혹했지. 젖과 꿀이 흐르는 달콤한 샘을 핥아달라고 애원했다고―!

지숙 입씨름은 하지 맙시다. 부탁이 있어요, 형철 씨와 영아를 미워하지 말아 주세요.

세철 후후… 이제야 본색을 드러내는군. 그 년놈은 우리 집안의 수치요, 떼어내 버리고 싶은 혹이야. 그것들과 한 지붕 아래서 숨 쉬는 게 난 견딜 수가 없어. 온 몸이 바들바들 떨려! 두드러기가 돋는단 말야!

지숙 죄책감 때문이겠죠.

세철 죄책감?

지숙 그들은 속죄양이에요. 당신의 죄를 뒤집어쓰고 대신 희생된….

세철 건방진 년! 넌 언제나 그런 식으로 날 단죄했어. 날 형편없는 인간으로 매도한다고 해서 네가 선량한 인간으로 취급되진 않아.

지숙 됐고! 본론을 말할게요. 나, 이혼했어요.

세철 이혼? 우하하하… 거참 통쾌한 뉴스로군. 하지만 그게 나와 무슨 상관이 있지?

지숙 상관이 있죠. 나도 이젠 늙고 지쳤어요. 아이들 곁에 남고 싶어요.

세철 우라질! 건 또 뭔 해괴한 소리야?

지숙 아이들이랑 함께 살겠다는 거예요.

세철 어디서?

지숙 이 집에서죠. 정식이가 무척 날 따르고 있어요. 정환이도 곧 좋아하게 될 테죠.

세철 미친 년! 뭔 개수작이야? 7년이나 객지로 싸돌아다니며 갈보짓을 하다가 볼 장 다 보니까, 이 집에 돌아와 살겠다고? 이 파렴치한 화냥년 같으니라고, 네 서방에게로 돌아가! (현관을 가리키며) 썩 꺼지라고!

지숙 좋아요, 그럼 이렇게 하죠. 애들도 다 컸어요. 진실을 밝히고 난 다음, 애들의 의사에 따르겠어요. 애들이 나가라면 그땐 군말 없이 나갈 거예요.

세철 뭣이! 이 쌍년이 죽고 싶어 환장을 했구만!

세철, 달려들어 지숙의 목을 움켜쥐고 조르기 시작한다. 아까부터 계단 위쪽에 서 있던 형철이 맹수처럼 포효하며 뛰어 내려와서 테이블의 전화기를 집어들고 세철의 뒤통수를 내리친다. 세철, 썩은 짚단처럼 풀썩 나동그라진다. 방에서 복례가 튀어 나온다.

지숙	(경악하여) 형철 씨! 안 돼요… 그러면 안 돼요.
복례	아니, 이게 대체 어찌 된 일이냐?
지숙	(세철을 흔들며) 형부! 형부, 정신 차려요! (복례에게) 아이들을 불러주세요, 어서요! (복례, 이층으로 오른다) 형철 씨, 그 전화기 이리 줘요. (지숙에게 준다) 방으로 올라가세요. (형철, 올라가고 아이들이 다급히 계단을 내려온다)
정환	아버지가 왜 이래요?!
지숙	빨리 병원으로 옮기자꾸나.
정식	형! 아버질 내 등에 업혀. (정환이 세철을 일으키지만 곧 넘어진다) 안 되겠어, 구급차를 불러. 구급차….
정환	잠깐만 기다려. (세철의 눈꺼풀을 뒤집어 보고 호흡 상태를 확인한 뒤) 끝났어, 아버진… 돌아가셨어.
정식	뭐라구! (모두들 놀란다)
정환	숨이 끊겨졌다니까. 이모는 알겠군요, 아버지가 왜 이렇게 됐죠?
지숙	그, 그건….
정환	(바닥에 널브러진 전화기를 보며) 아까 전화기를 손에 들고 있었잖아요? 설마, 저 전화기로….
복례	지숙이가 아녀, 형철이가 그랬다.
정식	삼촌이…!
복례	(동동거리며) 이 일을 어찌 하나? 머리가 깨질 것 같구먼. 뭐가 뭔지 온통 뒤죽박죽이여.
지숙	(고갤 흔들며) 저도 모르겠어요, 무얼 어떻게 해야 할지….
복례	형철이… 저 오장 창자 뒤집힌 놈을 감옥으로 보낼 순 없

어. 차라리 내가… 내가, 죽였다고 하마.

정환   그건 안 돼요. 일단 시신을 침실로 옮기고 나서 처리방법은
나중에 생각하기로 해요.

정환과 정식이 세철을 들어 침실로 옮기는데 복례도 따라간다.
지숙은 테이블의 담뱃갑에서 담배를 꺼낸다. 연기를 토하면서 수
전증 환자처럼 손을 계속 떤다.
암전.

제3장

식구들이 침울한 표정으로 앉아 있고, 정환은 팔짱을 낀 채 서성인다.

정환 … 그러니까 이번 일은 외부에 새어나가지 않게 우리 가족들끼리 감쪽같이 해치울 수밖에 없어요.

정식 그런 원칙엔 모두 동의하지만 방법이 문제가 아닐까, 형?

정환 아버진 경찰서장이야. 범인을 잡는 수사기관의 우두머리란 말야. 우리가 그럴 듯한 사인(死因)을 여기저기 알려 놓으면 부하들이 감히 아버지의 죽음에 대해 의문을 제기하진 않을 거라구. 우선 아버지의 지병인 고혈압을 활용해야지. 어젯밤 갑자기 고혈압으로 인한 뇌출혈로 쓰러져 혼수상태에 빠졌다고… 아버지의 중태설을 유포시키는 거야.

정식 그 다음엔…?

정환 일주일 후, 공식적으로 일간지에 부고를 내면 돼.

정식 그동안 시신은 어떻게 하고?

정환 방부제를 듬뿍 써야지. 그 사이 시신이 부패하진 않을 거야… 우리가 명심해야 할 게 있어. 친척이건 부하건 간에 일절 병문안, 기타 면회는 사절이야. 뇌출혈은 손발 마비, 언어 장애, 호흡 곤란 등의 증상이 나타나니까 딱 좋은 핑계가 되거든. 오늘부터 너와 내가 교대로 방문 앞에서 보초를 서야 될 판이라구.

복례 애… 그러다가 혹시라도 만에 하나 밖에 알려지면….

정환 할머닌 아무 염려 말고 모든 걸 저희한테 맡기세요. 여기 있는 가족들 밖에는 아무도 이 사실을 모를 테니까, 귀신도 모르게 일을 처리할 수 있어요.

지숙 결국 우린 모두 공범이 됐구나. 어쩔 수 없는 일이다. 난 너희들을 믿는다. 너희들이 잘 판단해서 착오 없이 처리해 줄 수 있겠지?

정식 걱정말아요, 이모.

지숙 그래, 고맙다… 여고 시절, 국어 선생님이 말했지. 모든 것은 다 지나가고 지나간 것은 다 아름답다고… 그때 난 그 말을 믿었어. 그러나 지금은 믿지 않아. 저 잔인한 세월이 아름다운 것들을 다 앗아가 버렸거든. 청춘도, 사랑도… 전부 변하지만 끝까지 남는 건 순수한 영혼뿐이야. 난 영혼의 불멸만을 믿기로 했단다. 내게 있어 인생은 더 이상 장밋빛이 아니야.

정식 이모에게 인생은 어떤 빛깔인데요?

지숙 우울한 회색이겠지, 아마도….

무거운 침묵이 흐른다. 거실의 벽시계가 댕 댕 댕―! 세 시를 알린다. 사람들의 시선이 시계로 쏠렸다가 뿔뿔이 흩어진다.

복례 날이 밝으려면 아직 멀었구나.

정식	새벽이 오려면 한참이나 남았어요. 할머닌 들어가 좀 쉬세요.

정식 새벽이 오려면 한참이나 남았어요. 할머닌 들어가 좀 쉬세요.

복례 짐승이 아니고서야 지 새끼가 죽었는데 잠을 자는 에미도 있다더냐? 부모는 땅에 묻고 자식은 가슴에 묻는다고 했다. 내가 너무 오래 살았어, 자식을 앞세우다니⋯ 세상 사람들이 다 애비에게 돌을 던져도 난 그럴 수 없다. 내 배로 난 새끼니까⋯.

지숙 알아요, 그게 부모 마음이죠.

복례 (한숨) 휴—, 나도 그냥 예서 꼴깍 숨이 넘어가 버렸으면 좋겠다.

지숙 한평생 뼈가 휘도록 고생만 하셨는데, 오래 사셔서 손자들, 손자며느리들 효도도 받아보시고 그래야죠.

정식 진짜로 감옥살이 하신 건 할머니예요. 삼촌과 영아는 아버지 때문에 갇혀 살았지만, 할머닌 삼촌과 영아 뒷바라지로 나들이도 못하고 살아오셨죠. 한시도 맘 놓고 쉴 틈이 없었을 거예요.

정환 오! 고생 끝, 행복 시작! 아버지가 돌아가셨으니 이젠 죄다 해방이에요. 새장 속에 갇혀 있던 불쌍한 카나리아, 영아를 날려 보내야 해요. 동물원의 우리 속에 감금됐던 말 못하는 얼룩말, 삼촌도 내보내야 하구요. 영아와 삼촌의 영혼과 육신을 칭칭 감았던 족쇄를 풀고 사슬을 끊어서 찬란한 햇빛이 쏟아지는 세상 속으로⋯ 자유, 해방, 살 떨리는 생명의 기쁨을 만끽하게 해야죠.

복례 영아와 형철이를 어디로 내보낸다고⋯?

정환 아무 데나… 원하는 곳, 가고 싶은 곳은 어디든지요.

복례 (완강히) 안 된다, 내 눈에 흙이 들어가기 전엔 안 될 말이다.

정환 …?

복례 (이층을 가리키며) 저것들이 어디로 간단 말이냐? 저 등신들은 내가 없으면 물 한 모금 마실 수 없는 바보 천치여. 내가 살아있는 동안은 한시도 내 치마폭에서 벗어날 수 없어… 말이 나왔으니 하는 얘긴데, 내가 죽거든 내 무덤 옆에 구덩이 두 개를 더 파.

지숙 그건 무슨 말씀이세요?

복례 거기에 저것들을 묻거라.

정식 네~엣? 할머니! 산 사람을 묻으란 말예요?

복례 내가 죽으면 저것들은 도둑고양이 신세가 될 거여. 멸시 천대받으며 살 바에야 일찍 죽는 게 낫지.

정환 할머니, 산 사람을 묻는 순장(殉葬)은 고대의 습속이에요. 할머니가 진시황도 아니고… 말도 안 돼요.

지숙 영아나 형철 씨가 천덕꾸러기가 되는 일은 없을 거예요. 저희가 성심 성의껏 돌볼게요.

정식 이모, 어젯밤에 형과 제가 물었던 거 있죠? 우리 집의 비밀… 어머니와 삼촌, 영아에 얽힌 이야기 말예요. 아버지가 돌아가신 마당에 더 이상 숨길 게 뭐 있어요? 말 해 주세요.

지숙 (복례를 쳐다본다) ….

복례 (말 없이 고갤 끄덕인다) ….

지숙 … 어디서부터 얘길 끄집어내야 할지 모르겠구나. 그래, 처음부터 시작하지. 네 아버진 일제 식민지 경찰의 고등계 형사였다. 일제의 충견으로 우국지사들을 잡아들여 고문하고 감옥에 보내는 등 악명을 떨치다가 해방을 맞았어. 좌익 청년들에게 붙잡혀 몰매를 맞다가 도망쳐서 겨우 목숨을 건졌지. 미 군정 시절, 실직자였던 아버지는 복직을 위해 동분서주하다가 경찰청 행정자문관이었던 미군 중령에게 줄을 대기 위해서 네 어머니, 곧 내 언니를 미끼로 던졌어.

정환　아버지가 복직을 위해서 미인계를 썼다는 말이군요.

지숙　그렇단다. 언닌 처녀 적부터 무척 이뻤어. 미군 중령은 언닐 보자마자 홀딱 반해 버렸지.

1층 어두워지고 2층 밝아오면 침대와 의자, 축음기가 보이는 맨스필드의 방. 서양풍의 모자를 쓰고 가슴이 깊게 파인 화려한 의상의 윤미숙 등장.

맨스필드　(화안히 웃으며) 미세스 윤?

미숙　(생긋) 네, 그래요.

맨스필드　오, 미인이로군. 만나서 반가워요, 앉아요.

미숙　(모자를 벗고 의자에 앉는다)

맨스필드　통역관인 미스터 김으로부터 얘기는 들었소. 남편이 경찰에 복직하길 원한다죠?

미숙　네, 중령님께서 힘을 써 주시면 고맙겠습니다.

맨스필드　걱정 마시오. 한국 경찰의 인사권은 내 손아귀에 있으니까 잘 될 거요. (양주를 잔 두 개에 부어서 하나를 내밀며) 자, 한 잔 듭시다.

미숙   (얼떨결에 잔을 받는다) ….

맨스필드   건배합시다. 한국에도 이런 미인이 있다는 걸 처음 알았소, 영광이오. (잔 부딪치고 마신다) 하하핫… 향기로운 술이오. 한국에서 이런 술을 마실 수 있는 사람은 드물 거요.

미숙   저, 전 술을 잘 못해요.

맨스필드   하하하… 오늘은 특별한 날이니까 한 잔 쭈욱 들어요. (두 사람, 잔을 비우고 맨스필드가 축음기에 바늘을 올려놓으면 댄스곡이 흐른다) 춤이나 한 번 출까요?

미숙   (당황해서) 전 춤출 줄 모르는데요.

맨스필드   블루스 곡이오. 내가 리드하는 대로 따라오기만 하면 돼요. (손을 내밀며) 자, 일어나요.

맨스필드가 미숙을 살며시 껴안는다. 음악에 맞춰 두 사람, 방 안을 돈다. 서툴지만 미숙도 열심히 스텝을 밟는다. 춤이 무르익어 갈수록 둘 사이가 점점 밀착되고 숨소리도 거칠어진다. 댄스곡이 끝나도 둘은 떨어질 줄 모르고 꽉 붙어 있다.

맨스필드   (미숙의 이마에 키스하며) 사랑해요, 이건 진심이오. 당신을 만난 건 내 일생의 행운이라오. 아이 러브 유….

맨스필드가 와이셔츠 단추를 풀자 털북숭이 가슴이 드러난다. 사내가 격렬한 키스를 퍼붓자, 여인은 자신도 모르게 사내의 가슴털을 움켜쥔다. 사내가 여인을 번쩍 안아들고 침대에 눕힌다.

미숙 아, 안 돼요! 이러심 안 돼요!

미숙이 버둥거리지만 육중한 맨스필드의 몸이 그 위로 덮친다.
2층 어두워지고 1층 밝아온다.

지숙 입 밖에 꺼내기도 싫은 과거사지만, 너희들도 이젠 어린애가
아니니까 당시의 상황을 이해하리라 믿고 들려주는 거야.

정환 알겠네요. 어머니와 양키놈의 더러운 정사가 만들어낸 산
물이 영아라는 말이군요. 그래서 저 백치가 이 세상에 태어
났다? 구역질나는 세상이로군.

지숙 더럽다고 말하지 마. 언닌 자기가 원해서 한 일이 아니었으
니까.

정식 원해서 한 일이 아니라면, 아버지가 코쟁이에게 몸을 주라
고 강요라도 했단 말인가요?

지숙 강요했는지 어땠는진 모르지만, 단 한 번의 정사가 임신으로
이어질 줄은 아무도 몰랐다. 언니가 출산하던 날… 한밤중에
산통이 와서 산파를 부르지도 못하고 할머니와 내가 아이를
받았어. (복례를 보며) 할머니가 까무라칠 듯이 놀랐지.

복례 말도 마라, 그건 정말… 너무나 끔찍한 일이었어.

지숙 네 아버진 늦은 밤, 술에 취해 들어와서 강보에 싸인 갓난
애의 얼굴을 들여다봤지.

1층 어두워지고 2층 밝아온다. 침대에 누운 미숙, 애기는 그 곁에
있다. 애기를 보던 세철의 동공이 점점 확대된다.

세철	어억—! 이게 뭐야? 파란 눈이라니, 도대체 어찌 된 영문이야!
미숙	(일어나 앉으며) 여보… 용서해 주세요.
세철	용서라니? 오오라, 네년이 서방질해서 얻은 피붙이구먼. 개같은 년! 어디 붙어먹을 데가 없어서 양놈하고 붙어 먹어!
미숙	아녜요, 여보! 이 아인 맨스필드 중령의 아이예요. (흐느낀다)
세철	맨스필드 중령? (그제서야 짐작이 간다) 망할 것, 이 괴물을 당장 버리고 와!
미숙	버리다뇨?
세철	파묻던지, 바다에 띄워 버리든지 알아서 해!
미숙	그럴 순 없어요, 여보… 살아 있는 생명인데 어떻게….
세철	그렇다면 내가 버리고 오지. (강보를 안으려 한다)
미숙	(필사적으로 강보를 부둥켜 안고) 제발! 이 아일 살려 주세요!
세철	우라질! 이 양갈보가 죽을 때가 되니까 발악을 하는군. (방을 뛰쳐나가 일본도를 가지고 들어온다. 장검을 미숙의 목에 대고) 아이를 내놓지 않으면 너부터 먼저 없애버릴 테야! 이 칼에 또 다시 피를 묻히게 하지 마. 이 칼은 불령선인들과 공산주의자들의 생피가 묻었던 칼이야, 알겠어?
미숙	(악쓰며) 죽여! 날 죽여라! 절대로 애기는 내줄 수 없다!
세철	(식식거리다가) 좋아, 내일 아침까지 여유를 준다. 그때까지 저 괴물이 내 눈에서 사라지지 않는다면, 소원대로 둘 다 죽여주마. 퉤! (침을 뱉고 나가버린다)

2층 어두워지고 1층 밝아온다.

지숙 그날 밤, 언니는 애기를 할머니 방으로 들여놓은 다음, 목을 매 스스로 목숨을 끊었다.

정식 네엣? 어머니가 자살했단 말인가요? 병사가 아니구요?

지숙 언닌 피눈물로 쓴 유서를 내게 남겼어. 애기가 생명을 보존할 수 있도록 형부를 설득해달라고. 영아를 살리기 위해서 언니가 대신 목숨을 버린 거야. 할머니와 난 몇 날 며칠을 울면서 형부에게 매달렸지. 언니가 죽었는데 아이를 버리면 두 사람을 죽인 거라고, 그건 살인보다도 더 잔인한 짓이라고….

정환 눈물의 호소가 영아를 살린 거로군요. 허기사 아버지에게도 일말의 양심은 있었겠죠.

복례 그 후에도 애빈 영아를 없애려고 별아 별짓을 다 했지. 고아원 앞에 버린 걸 내가 주워 오기도 했고… 젖먹이였을 때 이불을 덧씌워 숨 막혀 죽을 뻔도 했어. 내가 영아 곁을 한시도 떠나지 못했던 건 그래서야.

벽시계가 네 번을 친다. 사람들, 모두 시계를 본다.

정식 먼동이 트려면 더 기다려야겠네요.

지숙 그렇구나, 날이 밝으려면 한참 기다려야 해.

정식 더 이상 시간이 흐르지 않았으면 좋겠어요. 모든 것이 침묵하고 정지해 버렸으면….

지숙 기다려 봐, 너에게도 언젠가 멈추는 순간이 올 거야.

정환 이야길 계속하세요.

지숙 내가 어디까지 얘기했지?

정환 영아를 살리기 위해서 어머니가 자살했죠.

정식 아버진 어찌 됐나요? 어머닐 제물로 바치고 복직했나요?

지숙 물론이지. 형부는 정부 수립 이후에도 역대 정권에 충성을 맹세하면서 승승장구했지.

정식 그러니까 경찰서장까지 올랐겠죠.

지숙 경찰서장이 될 때는 어려움이 있었어. 형분 총경 승진 심사에서 번번이 미끄러졌지. 중앙에 든든한 빽이 없었기 때문이야. 형분 생애의 목표가 오로지 서장인 것처럼 그 일만을 위해 노심초사 하던 중… 내무부 장관이 초도순시 차 지방으로 내려왔는데, 마침 형부가 경호 책임을 맡게 됐지. 형부는 장관의 수행 비서관으로부터 장관이 동정녀하고만 잠자리를 같이 한다는 정보를 술자리에서 얻어냈어.

정식 동정녀하고만 잔다구요?

지숙 그래, 노인들의 회춘법이지. 초경을 치르지 않은 어린 계집애하고 살을 맞대고 자면 불로장생한다는 속설이 있거든. 어쨌거나 형부는 이것이 자신의 출세를 위한 절호의 기회라고 판단했지. 그때 네 아버지가 어떤 행동을 했으리라고 생각하니?

정환 아내까지 출세의 제물로 바쳤는데 무슨 짓인들 못하겠어요? 동정녀를 구해다 바쳤겠지요.

지숙 그때 영아는 열한 살이었다. 아마도 아버지에게 절실하게 영아가 필요했던 건 그때뿐이었을 거야.

정환 뭐라구요! 여, 영아가…!

1층 어두워지고 2층 밝아온다. 호텔 방의 침대. 잠옷을 입고 비스듬히 누워 있는 장관. 갈래머리를 한 영아가 새 색시처럼 두 손을 마주잡고 침대 끝에 서 있다.

장관 (손가락으로 까딱까딱) 이리 온.

영아 (한 발짝 다가간다) ….

장관 더 가까이… 내 곁으로 와.

영아 (침대 머리맡으로 간다) ….

장관 (영아의 머릴 쓰다듬으며) 아주 귀엽게 생겼구나, 몇 살이냐?

영아 (수줍게 웃으며) 열한 살이에요, 할아버지.

장관 아저씨라고 불러라. 네 나이엔 이 아저씨도 꿈이 많았지. 네 꿈이 뭐냐?

영아 제 꿈은요… 제 꿈은….

장관 (일어나 앉으며) 말해 봐. 넌 이 아저씨가 무섭니?

영아 아, 아뇨.

장관 그럼 얘기해, 주저하지 말고. 귀여운 꼬마 아가씨의 소원은 뭐든지 들어줄 테니까.

영아 참말이에요, 할아버지? 아니, 저… 아저씨….

장관 물론이지.

영아 그럼, 약속하세요. (새끼 손가락을 내민다)

장관 (새끼 손가락을 걸고) 아암, 약속하고 말고. 사내대장부의 약속이야.

영아 (엄지 손가락을 내밀며) 도장 찍으세요.

장관 (도장을 찍는다) 자, 이젠 됐지?

영아   저어… 제 꿈은요, 우리 아빠가 경찰서장이 되는 거예요.

장관   경찰서장? 아빠 이름이 뭔데?

영아   기… 세… 철.

장관   흐음, 아빠가 그렇게 말하라고 시키더냐?

영아   (고갤 젓는다) 아뇨, 전 아빠의 꿈이 뭔지 알아요.

장관   난 네 소원을 들어주겠다고 했지, 아빠의 소원을 들어주마고 하진 않았어.

영아   아빠의 꿈이 제 꿈이고, 아빠의 소원이 제 소원이에요.

장관   그래? 넌 참 맹랑한 아이로구나. 잘 알았다. 너와의 약속은 내가 꼭 기억했다가 이루어지도록 할게.

영아   (발을 동동 구르며) 정말이에요, 아저씨?

장관   정말이고 말고. 이제 그 얘긴 그만 하고… 오랜만에 긴 여행을 했더니 팔 다리 어깨가 몹시 쑤시고 결리는구나. 좀 주물러 주겠니?

영아   (어찌 할지 몰라 머뭇거린다) ….

장관   침대 위로 올라오렴. (영아, 올라간다) 어깨부터 안마해 줄래? (영아, 주먹으로 탕탕 내리친다) 아, 아얏!

영아   죄송해요… 안마를 해 보지 않았거든요.

장관   괜찮다, 때리지 말고 살살 주물러라. (영아, 주무른다) 어, 시원하다. 이번엔 다리를 주물러 주겠니? (장관이 누우면 영아, 다리를 주무른다) 좀 더 세게… 위쪽으로… 더 위로….

허벅지를 주무를 때, 장관이 영아의 손을 자신의 사타구니에 슬며시 집어넣는다. 영아, 질겁해 소리치며 손을 뺀다.

영아　어머낫—! 이게 뭐예요?

장관　허허헛… 놀라지 마라. 그것도 다리야. 남자들에겐 다리가 셋이 있단다. 걷는 다리 두 개와 싸는 다리 하나… 가운데 작은 다리를 주물러 주겠니?

영아　에그, 징그러워요.

장관　징그럽다니? 그게 얼마나 요긴하게 쓰이는 다린 줄 넌 모를 거다. 애야, 안마는 그만 하고 네 옷을 벗거라.

영아　(의아해서) 네에?

장관　옷을 벗으라니까.

영아　왜요?

장관　왜라니? 그래야 아저씨랑 함께 잠을 자지.

영아　입은 채로 자면 안 되나요?

장관　아저씬 습관이 돼서 잠 잘 땐 홀딱 벗어야 잠이 온단다.

영아　전 지금까지 할머니 말고는 누구 앞에서도 옷을 벗어본 적이 없거든요.

장관　옷 벗고 자면 나쁜 꿈도 꾸지 않고 편안히 잠들 수 있단다. 아저씨가 옷을 벗겨주련?

영아　싫어요, 제가 벗을게요. (겉옷만 벗는다)

장관　속옷도 벗어야지.

영아　(울상이 되어) 빨가벗으라구요? 싫어요, 남자 앞에서 빨가벗으면 젖꼭지가 떨어진다고 할머니가 말했어요.

장관　네가 부끄러워서 그러는 모양인데 불을 꺼줄게. 그럼 벗을 수 있지?

영아　(끄덕인다) ….

장관, 침대 머리맡의 스위치를 내린다. 잠시 후, 고막을 찢는 듯한 영아의 비명이 들린다.

영아 아앗—! 아파요! 아파 죽겠어요! 제발, 그만 해요, 그마안—!

영아의 울음소리, 높아지다가 1층 서서히 밝아온다.

정환 (흥분해서) 인면수심의 철면피! 금수만도 못한 인간! 흡혈귀!

정식 형, 진정해. 이모, 난 이해할 수 없어요. 아무리 출세가 좋다지만 아버지가 어떻게 그런 야만적인 행위를 저지를 수 있나요?

지숙 돌아가신 분을 욕하고 싶진 않다만… 네 아버진 그런 사람이다.

정환 그 추악한 늙은이에게 동정녀를 제물로 바쳐서 경찰서장이 됐나요?

지숙 그 장관도 운이 나빴지. 초도순시를 마치고 서울로 돌아가는 비행기가 추락하는 바람에 사망하고 말았어.

정환 그런 걸 인과응보라고 하죠.

지숙 형부의 꿈이 물거품이 되는 순간이었지. 정말, 운명은 아무도 못 말린단다.

복례 영아, 저년이 말을 더듬기 시작한 건 그 일이 있고나서였어. 애비가 이튿날 영아를 데려왔는데, 속옷이 온통 피로

범벅져 있더구나. 영아는 벽장에 틀어박혀 사흘 동안 밖으로 나오지 않았지. 물 한 모금 마시지 않고 사흘을 버티더니 기진맥진해서 기어나왔어. 그런데 갑자기 벙어리가 됐는지 토옹 말을 않는 거여. 그뿐이 아녀, 하는 짓거리가 꼭 물애기같이 변해 버렸어. 무슨 헛것에 씌운 것처럼 성한 정신이 아니었지.

지숙   그 이후로 영아는 사람을 무서워해서 낮에는 벽장 속에 들어가 장난감을 가지고 놀았단다. 밤마다 가위 눌리는 꿈을 꾸고 이불에 오줌을 쌌어. 성폭행을 당하고 나서부터 영아는 육체적·정신적 성장을 멈춰 버린 거지. 아니, 유아기로 되돌아 간 것 같았어.

정환   그날 밤에 당한 충격이 얼마나 컸으면 대인기피증과 실어증에다 퇴행증상까지 보이겠어요? 가증스럽군요, 내가 아버지의 자식이란 게 수치스러워요. 내 몸이 갈가리 찢어지는 것처럼 아파오는군요.

정식   이제야 어머니와 영아에 관한 수수께끼가 풀렸네요. 하지만 아직 한 가지가 더 남아 있어요.

정환   더 이상 뭘 알고 싶다는 거야! 난 더렵혀진 내 귀를 씻어버리고 싶은데….

정식   삼촌에 대해서도 알고 싶어요. 삼촌이 전에는 벙어리가 아니었다고 할머니께서 말씀한 적이 있죠? 어째서 아버진 그토록 지독하게 삼촌을 증오했나요?

지숙   ….

복례   그 얘긴 내가 하마. 지숙인 차마 할 수 없을 테니까.

지숙 내 이야길 듣는 건 거북하군요. 방에 가 있겠어요. (방으로 들어간다)

복례 네 이모는 얌전하고 착실한 간호원이었다. 에미가 영아를 임신하자 가끔씩 우리 집에 와서 언닐 도왔어. 그러던 중에 공대를 나와 건설회사에 다니던 네 삼촌과 자연스레 어울리게 됐지. 차도 마시고 영화 구경도 하고 그러더니… 아마 둘 사이가 가까워졌나 봐. 어느 날 밤, 형철이가 제 형과 형수에게 지숙이와 결혼하겠다고 폭탄선언을 하자, 난리가 났지.

정환 사돈 간이라고 해서 결혼을 못 한다는 법은 없잖아요?

복례 없지. 허지만 니 애비 성깔을 모르냐? 체면에 살고 체면에 죽는 애빈데 가만 있겠어? 미친 망아지처럼 펄쩍펄쩍 뛰면서 내 집에서 당장 나가라고 고래고래 소릴 지르더군.

정식 어머닌 어땠나요?

복례 에미도 역시 반대였지. 양가에서 완강히 반대하니까, 지숙이도 마음을 고쳐먹고 형철일 피하기 시작했어. 형철이, 그놈이 원래 우직한 놈인데 사태가 이 지경에 이르자, 맨날 술 처먹고 지랄 발광을 하더니 죽으려고 세 번이나 수면제를 먹었어.

정환 미수에 그쳤군요.

복례 세 번째는 이틀간 혼수상태에서 깨어나지 않았는데, 정신을 수습하자마자 거리로 뛰쳐나가 달리는 트럭에 뛰어들었지. 어리석은 것….

정식 그래서 어떻게 됐나요?

복례   죽지 않은 게 다행이었지. 아니, 차라리 그때 죽었더라면 좋았을 텐데… 아무튼 살아나긴 했지만 뇌를 다쳐서 말도 못하고 지나간 일은 싸그리 잊어 버렸어. 오장 창자 막아진 놈이 돼버린 거여.

정식   사고 후, 식물인간으로 오래 병석에 누워 있었다는 얘길 들었어요.

복례   그랬지, 지숙이가 애 많이 썼어. 지성으로 병자를 간호했단다.

정식   죄책감 때문이었을까요?

복례   형철이가 병석에 있을 때 니 에미가 죽었다. 나쁜 일은 겹으로 찾아온다더니… 어휴, 지금도 그때 일을 생각하면 몸서리쳐지는구나.

정환   이모가 삼촌에게 정성을 쏟은 이유는 딴 데 있었어.

정식   건 또 뭔 소리야?

정환   사람의 신체구조는 매우 신비한 구석이 있거든. 어느 한 부위의 기능이 정지하거나 약화되면 다른 쪽 기능이 폭발적으로 강해진다구. 알겠어, 내 말을…?

정식   (짐짓 모른 체) 난 아둔해서 형의 말 뜻을 모르겠는데?… 어쨌든 삼촌에 관한 의문점은 거의 풀렸어. 그런데 형, 의문이 꼬리를 물고 나타나네. 이건 어쩌면 가장 풀기 어려운 수수께끼인지도 몰라.

정환   그게 뭔데?

정식   출생의 비밀.

정환   출생의 비밀이라니?

정식	이상하지 않아? 어머닌 영아를 낳자마자 자살했다고 하는데, 그럼 언제 우릴 낳았을까?
정환	그래, 우릴 낳기도 전에 저 세상으로 가셨다?
복례	그, 그건… 영아를 낳기 전에 너희들을 먼저 낳은 거여.
정식	할머니, 그런 엉터리가 어딨어요? 영아는 우리 누나예요, 누이동생이 아니라구요.
복례	아, 아녀… 저 난장이가 너희 누나라고? 아니야, 분명히 영아는 너희들보다 나중에 낳았어.
정식	할머니가 뭘 착각하시는가 보군요.
복례	난, 그것 밖에 몰라… 내가 아는 건 죄다 털어놓았다.
정환	다 까발려진 마당에 뭘 또 숨기려 하세요? 손바닥으로 하늘을 가린다고 가려져요? 제발, 억지 좀 그만 부리세요.
복례	(벌컥) 모른다니까! 왜 날 가지고 달달 볶고 그래, 귀찮게 끔…. (방으로 들어가 버린다)

댕댕댕댕댕- 벽시계가 다섯 번을 친다. 두 사람, 시계를 본다. 시선, 뿔뿔이 흩어진다.

정환	새벽이 가까워 오나 봐.
정식	날이 점점 밝아오고 있어. 정원의 나무들이 희미하게 보이네.

두 사람, 유리창 너머 여명의 정원을 응시한다.

정환	정식아, 솔직히 말하면 새벽이 오는 게 난 두렵다.
정식	….
정환	날이 밝으면 여느 때처럼 아침을 먹고 학교에 가서 친구들과 웃고 떠들며… 하루를 보낼 자신이 없어. 아무 일도 없었던 것처럼 천연덕스레 밝은 해를 쳐다볼 엄두가 나지 않아.
정식	그건 나도 마찬가지야. 그렇지만 어쩌겠어, 이게 우리들의 슬픈 운명인데….
정환	아무리 미워도 아버진 아버지야. 아버질 저렇게 보내는 게 맞는 걸까…?
정식	그럼 어쩌겠다는 거야?
정환	사건의 전모를 사실대로 세상에 알리고 난 다음….
정식	미쳤어! 삼촌을 감옥으로 보내자고? 삼촌이 잡혀 가면 할머니가 어떤 행동을 할지 예상 못해? 당신이 돌아가시면 살아 있는 삼촌을 제 무덤 옆에 묻어달라고 부탁한 분이야. 줄초상이 나야 정신 차릴래!
정환	삼촌은 정상인이 아니야. 그러니까 정상 참작이 될 테지.
정식	그래도 삼촌은 살인자야. 존속 살해는 처벌이 더 무거워. 설령 법이 아량을 베푼다고 해도 최소한 정신병동에 수감될 거야. 그건 삼촌에겐 사형보다 더 끔찍한 형벌이라구.
정환	아, 어찌 해야 좋단 말인가, 어찌 해야…. (머리칼을 쥐어뜯는다)

1층 어두워지고 2층 밝아온다. 윤미숙의 유품들을 모아둔 방. 세철이 바이올린을 연주하는데, 지숙 등장. 지숙을 보고 세철은 연

주를 멈춘다.

지숙　어머, 형부⋯ 여기 계셨군요. 바이올린을 켜는 소리가 들려서 올라왔어요. 죄송해요, 제가 연주를 방해한 건 아닌지⋯.

세철　오랜만이야, 처제. 그렇잖아도 쉬려던 참이었어.

지숙　형철 씬 어디 갔나요?

세철　영화 구경을 갔을 거야.

지숙　아직 몸도 성치 않은데⋯.

세철　더 이상 처제가 걱정하지 않아도 돼. 의사가 말했어, 형철인 치료불능이라고⋯.

지숙　치료불능이라뇨?

세철　언어장애에다 기억상실까지 겹쳐서⋯ 밥 먹고 걸어 다닐 수 있는 것만도 다행으로 알라는 거야.

지숙　그런 분을 혼자 내보내면 위험하지 않을까요?

세철　일곱 살짜리 지능은 갖고 있으니까 염려하지 마. 그동안 처제가 고생했지, 이만큼 나아진 것도 다 처제 덕택이야⋯ 처제한테 묻고 싶은 게 있는데⋯.

지숙　뭔데요?

세철　처제가 우리 집에 자주 오는 건 형철이 간호 때문이야?

지숙　그래요, 무슨 다른 이유가 있다고 생각하세요?

세철　아, 아니⋯.

지숙　전 형철 씨에게 씻지 못할 죄인이에요. 그래서 속죄하고 싶어요.

세철	처제의 도움은 이제 필요 없어.
지숙	….
세철	처젠 아직도 그놈을 좋아하나?
지숙	무슨 말씀을 하시려는 거예요?
세철	애정과 동정을 혼동하지 말라는 거야! 지금 처젠 그놈을 동정하고 있는 거야, 그렇지?!
지숙	목소릴 낮추세요, 누가 들으면 싸우는 줄 알겠어요.
세철	이 집엔 아무도 없어. 우리 둘이서 오붓한 시간을 가지려고 식구들을 모두 내보냈어, 알겠나?
지숙	…?
세철	솔직히 말하지. 마누라가 저 세상으로 떠난 후, 처제가 형철이와 다정하게 앉아 있는 걸 보기만 해도 난 견딜 수 없이 괴로웠어.
지숙	왜, 왜요?
세철	그걸 꼭 말로 해야 하나? 처제가 그렇게 무던 여자야!
지숙	도무지 무슨 소린지 이해할 수가 없네요.
세철	오래 전 일이야. 처제를 처음 만났던 때를 난 아직도 생생히 기억해. 혼전에 미숙이 부모님께 인사를 드리러 갔을 때 여고생이었던 청순한 처제를 본 순간, 지숙이가 내 신부였으면 좋겠다는 생각이 날 사로잡았어. 결혼 후, 체념하고 있었는데 이 무슨 운명의 희롱인가, 처제가 내 동생을 사랑한다니… 내가 두 사람의 결혼을 끝까지 반대한 이유를 이제야 알겠어?
지숙	그래서 형철 씨와 나, 두 사람의 인생을 망쳐놨군요.

세철　아냐, 처제의 화려한 인생은 이제부터 시작되는 거지.

지숙　무슨 뜻이죠?

세철　나와 결혼해 줘, 내 아내가 돼 달란 말야.

지숙　(돌연 미친 듯 웃는다) 호호호… 호호호… (웃음을 딱 멈추고) 그 말은 안 들은 걸로 할게요.

세철　(두 손을 맞잡고) 이렇게 애원해도… 정말로 안 되겠나?

지숙　닥쳐요! 위선자, 언니를 사랑했다는 말은 거짓이었군.

세철　두고 봐, 넌 백기를 들고 항복하고야 말 걸. (방문을 잠근다)

지숙　무슨 짓이에요!

세철　출구 없는 방이야, 기어이 널 정복하고야 말겠어. (한 발짝 앞으로)

지숙　(뒤로 물러서며) 가까이 오지 말아요! 소리치겠어요!

세철　후후후… 지금 이 집엔 아무도 없다고 했잖아?

지숙　돌아가신 언니의 영혼이 살아 숨 쉬는 이 방에서 더러운 짓을! 이 악마! 당신은 저주를 받을 거야, 저주를—!

세철, 허리띠를 풀어 자신의 목에 감고 허리띠 끝을 지숙에게 내민다.

세철　자, 네 몸을 주든지, 아니면 이걸로 내 목을 졸라서 죽여!

지숙　언니의 순결을 유린할 때도 이런 식으로 했다죠? 난 언니 같은 숙맥이 아녜요! 언니처럼 순순히 당하지 않겠단 말예요!

세철　너희 자매의 혈관 속에는 암내를 피우며 남자라면 사족을 못 쓰는 갈보의 피가 흐르고 있어. 넌 곧 나의 완력에 순응하고 복종하게 될 거야.

세철이 거칠게 지숙의 원피스를 북 찢는다. 브레지어와 팬티만 걸친 지숙이 독사처럼 꼿꼿이 머릴 쳐들고 세철을 노려본다.

지숙   날 죽이기 전에는 범할 수 없을 걸! 시간(屍姦)이라도 하겠단 말이야?

세철   천만에! 인간이란 동물의 역사는 강간(强姦)과 화간(和姦)의 역사야. 암컷은 수컷한테 잡아먹히게 돼 있다고. 요 앙큼한 암코양이야, 앙탈을 부려봐도 소용없어. 넌 이미 내 올가미에 걸려 들었으니까. 고통과 쾌락은 뿌리가 같지. 네가 내 목을 꽉 조를 때, 뜨거운 몽둥이를 네 자궁 속에 찔러 넣을 테야!

세철, 우악스럽게 지숙의 사타구니를 움켜쥔다. 지숙, 소릴 지르며 세철을 껴안는다. 세철, 침대 위에 지숙을 눕히고 올라타면 지숙은 허리띠를 거머쥐고 힘껏 당긴다. 방 안이 점점 어두워지며 두 남녀의 헐떡이는 숨결, 고조된다.

암전.

제4장

새벽을 기다리는 두 사람의 시선이 유리창에 고정돼 있다.

정환   어린 시절, 아버진 나의 우상이었어. 마치 신과도 같은 존재였다구. 금빛으로 수놓은 모자 채양, 은색 무궁화 견장, 허리에 찬 권총… 권력과 권위의 상징이었지. 그에겐 불가능이 없고, 어떤 도전도 용납지 않을 것처럼 보였어. 그런 아버지가 출세를 위해 수단 방법을 가리지 않았던 비열한 인간이었다니 믿어지지가 않아.

정식   형, 아버진 악어새가 아니었을까?

정환   악어새?

정식   응, 악어에 기생하는 새 있잖아? 어쩌면 아버진 일제 강점기부터 지금까지 시대상황이 바뀔 때마다 새로운 권력, 곧 악어에 기생해 온 게 아닐까?

정환   맞아. 악어새는 악어의 이빨에 낀 찌꺼기를 먹어서 좋고, 악어는 이빨 청소를 해 주니까 좋고… 누이 좋고 매부 좋고… 둘은 공생관계이고 악어는 악어새의 숙주지. 아버지야말로 숙주인 역대 정권의 하수인이요, 충견에 다름 아냐. 또한 영아는 외세에 유린당해 온 이 나라 역사의 자화상이 아니고 뭐겠어?

정식	영아는 태어나서는 안 될 존재이지만, 신은 목적 없이 아무 것도 만들지 않아. 존재하는 모든 것은 목적이 있어. 어쩌면 영아의 탄생은 부끄러운 역사를 되풀이 하지 말라는 계시 같은 게 아닐까?
정환	아, 생각난다. 언젠가 내가 영아를 누나라고 했다가 아버지한테 호되게 꾸지람을 들은 적이 있어."누나라고 부르지 마라. 난쟁이 똥자루, 노랑내 나는 튀기인 저년은 내 피가 섞이지 않았어. 순수한 한국인이 아니야."… 난 그때 그게 무슨 뜻인지 몰랐지. 양놈, 되놈, 왜놈, 몽고놈, 아라사놈… 온갖 이민족의 피가 섞여온 이 혼혈의 역사. 난 갑자기 아버지가 불쌍해지기 시작했다, 정식아….
정식	그건 감상주의야, 형. 아버진 자기가 원하는 걸 스스로의 힘으로 구하지 않고 가장 아껴줘야 할 가족을 제물로 바쳐서 얻으려 했기 때문에 비겁하고 부도덕한 거라구. (복례가 방에서 나온다)
정환	아버진 비명에 가시긴 했지만 생애의 목표를 달성한 셈이로군. (복례에게) 아버지가 경찰서장이 된 건 스스로의 힘으로 얻은 거죠?
복례	(고갤 젓는다) ….
정환	아니라구요? 더 이상 바칠 아무런 제물도 없는데요?
복례	국회의원에게 줄을 댔다. 그 양반이 시켜줬어.
정식	역시 그럴 줄 알았어, 형. 아버진 집안에서만 악어였지, 밖에 나가면 더 큰 권력에 빌붙어 사는 비루한 악어새에 지나지 않았어.

정환　돈·명예·권력이란 가지면 가질수록 바닷물을 마신 것처럼 기갈이 들지. 경찰서장이 아버지의 생의 목표였을까? 모르긴 해도 아버진 더 큰 목표, 경찰국장이 되기 위해서 동분서주 했을 거야.

정식　이 세상은 악어처럼 단단한 껍질과 날카로운 이빨을 가졌지. 약자들은 자신을 지키고 살아남기 위해 세상과 타협하지 않으면 안 돼. 우리 집엔 아버지라는 악어가 있었지만… 실은 우리 모두 타인에게 빨대를 꽂고 단물을 빨아먹는 악어새가 아닐까?

정환　그래, 내 안에도 악어새가 살고 있어. 우린 모두 마음속에 악어새 한 마리씩 키우고 있지…. (눈을 감아 버린다. 지숙, 등장)

지숙　(정환을 건드리며) 기도하고 있니? 아직 기도는 이르다. 장례식에 가서나 해라.

정환　(일어서서 분노를 터뜨린다) 이중 인격자! 성격 파탄자! 폭군! 아버진 미치광이가 가질 만한 이상 성격들을 다 갖고 있었어. 미쳤어! 미쳤다구!

지숙　(큰 소리로) 그만 해! 그만—!

정환　(움찔해서) ….

지숙　더 이상 고인을 욕되게 하지 마라. 그는 네 아버지다.

정환　악어는 죽었어. 종기가 터진 거야. 살 속에 박힌 고름이 커져 덩어리를 이루다가 마침내 터진 거지. 잘 됐어, 종기를 터뜨리지 않았다면 살은 썩고 피는 더러워져서·회복 불능이 됐겠지.

정식	삼촌에게 고맙다고 해야겠군.
정환	이제 우리가 해야 할 끝마무리가 남았어. 종기는 터졌지만 아직도 더러운 피고름이 어딘가에 남아 있다구. 이것들을 말끔히 제거해야 해, 말끔히….
지숙	남아 있는 피고름이 무얼 의미하는지 안다. 난 너희들에 의해 제거되긴 싫어. 나 스스로 떠나는 거야. 잘들 있거라. (방으로 들어가 가방을 갖고 나온다)
복례	(앞을 가로 막고) 지숙아, 가지 마라. 넌 여기 남아 있어야 해.
지숙	아녜요, 가야 해요. 벌써 바다가 보이는 어촌이 그립군요. 안녕히 계세요. (나간다)
정식	(따라가며) 이모… 장례식 땐 오시는 거죠?
지숙	와야지. 신문에 꼭 부고를 내도록 해라.
정식	부고를 내지 않아도 온 도시가 떠들썩할 거예요.
정환	아버지의 직책과 명성에 걸맞게 경찰장으로 치르게 될 테죠. 정부에서는 치안유지와 용공분자 척결에 탁월한 공적을 세운 아버지에게 일 계급 특진과 훈장을 추서할 거구요.
지숙	그땐 정식이, 네가 유족을 대표해서 훈장을 전수받거라. 매우 엄숙한 순간이니까, 기침소리도 내서는 안 된다. (퇴장)
복례	(팔을 휘저으며) 지숙아, 지숙아… (정환, 정식에게) 얘들아, 이것만은 내가 끝내 숨기려 했다만… 이왕 보따릴 푼 김에 다 털어놓으마. 지숙인, 지숙인 너희들 이모가 아니라… 에미여.
정환·정식	네엣—? 어머니라구요?
복례	어린 자식들을 팽개쳐 두고 7년 동안이나 다른 남자와 살

았던 여자가 무슨 염치로 이제 와서 에미입네, 하겠냐. 더욱이 애비가 죽은 마당에 에미라고 나서면 재산이 탐나서 그런다고 오해받을 수도 있고… 지숙이가 나한테 신신당부하더라. 이 사실만은 끝까지 밝히지 말아달라고… 니들 에미의 깊은 속 뜻을 알겠느냐?

정환　아버진 어째서 자식들에게 그런 사실을 알려주지 않았나요?

복례　니 애빈 처제와의 혼인을 가문의 수치라고 여겼어. 그래서 아직도 호적에는 지숙이가 없고 죽은 미숙이가 올라 있단다.

정식　아버진 그렇다치고 할머닌 왜 입을 다물고 계셨어요?

복례　애비가 내 입에 자물쇠를 채웠다. (한숨) 휴우… 죄다 털어놓고 나니 이제야 살 것 같구나. 속이 다 후련하다. 비밀을 쌓아놓고 살자니 그동안 천근만근 바위덩이가 가슴을 누르는 것처럼 얼마나 답답했는지 몰라… 아, 뭣들 하고 있어? 냉큼 가서 에밀 데려오지 않고! 멀린 못 갔을 거다. 공손히, 아주 공손히 상전 모시듯이 모셔오너라. (달려나가는 손자들의 뒷모습을 보다가) 난 기진맥진해서… 좀 쉴란다.

이때, 계단에서 신발 끄는 발자국 소리가 들린다. 계단 위쪽에 검은 팬티스타킹을 걸친 다리가 나타난다. 복례가 돌아보고 소스라치게 놀란다. 복례, 진저리치며 두 손으로 눈을 틀어막았다가 머리칼을 쥐어뜯으며 절규한다.

복례   으아아아─! (주저앉는다)

사이.
복례가 휘청거리는 몸을 가까스로 일으켜 천천히 계단을 향해 걸어간다.

복례   네가… 네가 어쩐 일이냐?… 영아는 다 컸어, 걱정 마. 정환이와 정식이도… 다 잘 될 거야. 지숙이가 알아서 할 테니 맡기거라… 모든 게 끝났어. 넌 이제 네가 있어야 할 곳으로 돌아가. 다신 나타나지 마. 내 말 알겠지? 부탁한다, 제발….

검은 다리가 뒷걸음질로 계단을 올라가 사라진다.
1층 어두워지고 2층 밝아오면 새빨갛게 립스틱 짙게 바르고 양갈래 머리를 한 영아와 웃통을 벗어젖힌 형철이 '손뼉치기 노래'에 맞춰 손뼉을 마주 치는 놀이를 하고 있다.

영아   아, 아침 바, 바람 차, 찬 바람에…
우, 울고 가, 가는 저, 기, 기러기…
우, 우리 서, 선생 계, 계실적에…
여, 엽서 한, 한 장 써, 써주세요…

두 사람, 무표정인 채 손뼉을 마주 치려 하지만 자꾸 엇갈린다.
영아는 계속 기를 쓰고 더듬거린다.

조명, 서서히 희미해지다가 막이 내린다.

– 막

장일홍, 삶의 진실과 아름다움을 찾는 드라마

서연호(고려대학교 명예교수)

1.

「낯설고 두렵고 아름다운 세상의 마지막 날」은 수채화를 보는 듯한 느낌을 주는 작품이다. 수채화라고 해도 투명수채화를 이른다. 물맛을 보듯이, 맑고 투명한 느낌이다. 이 작품은 임종을 앞둔 엄마(세레나)가 8살 난 딸(연이)에게 '어머니의 죽음'을 큰 충격 없이 받아들일 수 있도록 설득하고 이해시키는 과정을 그렸다. 우리 사회에서 자주 일어나는 일이기는 하지만, 그러나 실제 그런 과정을 다룬 작품을 쉽게 찾아볼 수 없다는 점에서 희귀성이 돋보인다.

또한, 누구나 부모라면, 자식에 대해 자신의 임종에 대한 두려움과 부담을 지니고 있다. 어떻게 자식들을 이해시킬 것인가 하는 것은 이 작품의 과제만이 아니라, 모든 부모들에게 주어진 보편적인 질문이다. 장일홍은 이 문제에 대한 접근을 수채화로 시도했고, 붓의 물감이 종이로 심하게 번지지 않도록 농도를 조절하면서, 맑고 투명한 느낌을 살렸다. 8살 어린애에 적당한 농도로 색채를 조절함으로써, 이른바 사회문제극, 멜로드라마, 청소년극의 범주를 극복했다.

엄마와 아이는 어느 날 갑자기 하늘에서 떨어진 존재가 아니다. 두 가문이 있고, 부모가 있고, 결혼을 통해 아이가 태어난 것이다. 아이가 8살이 되도록 부모는 어떻게 살았을까. 부부와 아이를 사이에 두고, 두 가문 사이에는 그동안 무슨 일이 벌어졌는가. 두 사람들은 애초에 어떻게 결혼에 이르게 되었는가. 아이를 둘러싼 복잡한 갈등은 하나의 사회문제극이 되기에 충분한 내막이 있을 것이다. 그러나 이 작품에서 이런 복잡한 문제는 플레시백을 통해 압축해 처리했다. 하나의 무늬로 암시되었을 뿐이다.

암 말기 환자로서 하반신 불수인 엄마는 임종을 앞두고도 결코 당황하거나 서두르지 않고 침착하게 딸을 대하며 설득한다. 솔직하게 자신의 죽음을 딸에게 털어놓고, 그렇지만 딸은 딸대로 장차 혼자 살아가야 한다는 사실은 분명히 인식시키고자 한다. 흥분된 감정을 통해 딸에게 혼란을 주는 것을 억제하고, 침착하게, 끝까지 침착하게 엄마의 죽음을 받아들이도록 차분하게 이해시킨다. 이런 장면이 이 작품에서 가장 감동을 준다. 실제로는 정말 어려운 일이기에 드라마로서 감동이다.

엄마는 죽음에 대한 객관적 태도를 유지하려고 무진 노력한다. 암과 현실에 구속되기보다는 죽음을 통해 영원한 자유를 얻게 되었다는 점을 강조함으로써, 죽음도 아름답다는 가치를 드러낸다. 자신의 시신을 병원에 기증하는 행위와 딸의 입양을 성취하고자 하는 노력을 포기하지 않는다. 한편, 딸은 호스티스병원으로 오기 전, 엄마와 함께 다른 병원에서 보냈던 100일이 얼마나 행복했는가를 뒤늦게 발견한다. 그리고 엄마가 더 이상 고통 없이 죽음을 맞는 것이 오히려 엄마에게 행복하다는 사실을 깨닫는다. 딸은 엄마를 위로할 정도로 정신적 성숙을 보인다. 8살 아이의 감동적인 행위다.

기적은 일어나지 않는다. 엄마가 되살아날 수 없기 때문이다. 그러나 기적은 일어난다. 아이의 아버지가 뒤늦게 딸을 찾아왔기 때문이다. 빚쟁이로서 오랜 도주생활, 홈리스와 술꾼으로서 방황, 그리고 수차의 자살시도 끝에 가족의 소중함을 발견한 아버지가 '아내의 임종'과 함께 딸을 찾으러 왔다. 아내에 대해 사랑을 실천하지 못한 남편은 딸에게 남은 생애를 바치기로 한 것이다. 맑고 담담한 그림 속에서 짙은 가족의 사랑이 배어난다. 그림 속에서는 엄마의 헌신적인 모습이 우리의 기억을 떠나지 않고 맴돈다.

2.

「여덟 남자를 사랑한 여자」는 남녀 애정의 본질에 대한 의문을 제기하는 드라마이다. 상준과 수미라는 남녀가 화소(話素)를 이끌어간다. 주로 수미가 자신의 과거를 털어놓는 발화자이고, 상준은 이야기를 듣는 청취자의 역할이다. 극적인 동작보다는 대화를 통해 자신들의 입장을 드러낸다. 화소의 중심 내용은 주로 수미와 뭇 남성들의 복잡했던 성 관계이다.

30년 만에 수미는 아무런 연락 없이 상준을 찾아온다. 수미는 8살 때 상준의 집에 입양되어 오빠와 동생 사이로 함께 지냈다. 상준이 결혼한 뒤에 수미는 상준의 집에서 아이들을 돌보며 가정부처럼 살았다. 수미가 방송통신고등학교에 다니면서부터 탈선된 행동을 해 상준의 집에서 쫓겨나 사회생활을 시작하게 되었다. 불량자 선배와 성 관계를 가진 것이 밝혀졌기 때문이다.

어릴 때, 입양되고 나서 상준의 아버지와 상준의 동생에게 수미가 강간당한 일, 그리고 불량배 선배까지 합치면, 수미는 무려 열 명의 남성과 성 관계를 맺었다. 그중 두 남자와의 사이에서는 아이까지 낳았다. 여러 가지 이유로 수미는 번번이 남자와 아이들과 헤어져야 했다. 그럼에도 불구하고, 수미는 계속 남자와의 관계를 지속했다. "내가 만난 남자들은 최선을 다해 사랑했어. 모두가 내겐 최고였지. 사랑만 하기에도 부족한 게 인생이다. 누구를 미워하겠어?" 수미는 이렇게 말한다.

이쯤에서 누구나 의문을 갖게 된다. 과연 남녀 애정의 본질은 무엇인가, 과연 애정의 진실은 존재하는 것인가. 장일홍은 이 작품에서 애정의 동물성, 운명성, 부조리성, 편견에 대해 '다시 생각해 보라'고 독자에게 암시한다. 수미는 상준에게 '나는 아직도 오빠에 대한 어릴 때의 순정을 간직하고 있다'고 노골적으로 털어놓는다. 수미 같은 과거를 지닌 여자에게서 놀랍게도 '순정'이 확인된다. 상준은 자신이 암 말기환자임을 밝힌다. 두 남녀의 30년 만의 어려운 만남은 이렇게 끝난다.

3.

「매국노」는 이완용(1858~1926)을 통해 한국의 근대사를 관찰하는 역사극이다. 그러나 '나라를 일본에 팔았다'는 매국(賣國)의 관점에서 보면, 이 작품은 보편적인 역사극이 아니라, 비판적이고 풍자적인 역사극이다. 여기서 장일홍의 '비판적인 관점'이 극적인 흥미를 끈다. 즉, 서양의 여러 작품에서 찾아볼 수 있는 극적인 아이러니(irony)를 활용하고 있는 점이라 할 수 있다.

우리 토박이말로 '시치미를 떼다'를 서양에서는 아이러니라 한다. 자기가 알고서도 모르는 척하며 하는 말이나 행동을 뜻한다. 약칭 '시치미떼기'다. 「매국노」에서 시치미떼기를 확인하기 위해, 여기서 먼저 이완용의 최후에 대해 알아보기로 한다.

이완용은 1909년에 이재명의 암살 미수를 겪었다. 죽지는 않았지만 폐에 상처를 입은 뒤로 폐렴과 흉통, 겨울철만 되면 해소(咳嗽)와 천식으로 고통을 겪었다. 의사들을 불러 정기적인 진료를 받았으나 차도는 보이지 않았다. 반대로 그의 재산은 늘어나기만 했는데, 특히 땅 재산은 1억 3천만 평까지 불어났다. 왕 다음으로 조선의 부자였다.

1926년 1월 12일, 이완용은 총독부에서 열린 중추원 신년 제1회 회의에 참석했다. 그는 중추원 고문이었다. 바로 이때 조선총독부는 새 청사(옛 중앙청 건물)를 완공했고, 중추원도 새 청사를 사용하게 되었다. 사이토 마코토(齋藤實) 총독도 회의에 참석한다고 해서 이완용은 무리해 외출했던 것이다. 중추원이 친일파들의 집단이라는 것은 널리 알려진 일이다. 이 회의에서 귀가한 뒤 건강이 악화되어, 1926년 2월 11일 오후, 그는 의붓형 이윤용과 차남 이항구가 지켜보는 가운데 옥인동 집에서 눈을 감았다. 향년 69세였다.

「매국노」는 서장(場)과 종장, 그리고 본체 14장 해서, 모두 16장으로 된 작품이다. 여기서 장(場)들은 중요한 사건의 장면 장면을 위해 설정된 것일 뿐, 각 장면들은 독립되고, 서로 긴밀한 연결고리를 지니고 있지 않으므로, 종래의 플롯과는 기능이 다르다. 전체는 표현주의적인 기록극(記錄劇)이라고 할 수 있다. 가장 주목되는 장면은 서장과 종장이다.

서장(序場)에서, 이완용은 할복(割腹, 하라키리, 腹切)할 준비를 미리 해놓고 아들 이항구를 부른다. 자기가 배를 가르면, 고통을 받지 않고 죽을 수 있도록 동시에 뒤에서 칼로 목을 내려치는 가이샤쿠(介錯)가 돼 달라고 한다. 아들은 공포와 무서움에 떤다. 이완용은 말한다.

"매국노의 오명을 천추에 남기게 된 내가 무슨 낯으로 목숨을 부지하겠느냐. 애비가 아니라 나라를 팔아먹은 매국노를 처단한다고 치부하거라. 세 가지 심판이 있다. 인간, 역사, 하늘의 심판이 그것인데, 인간과 역사의 심판은 진작 끝났어. 나는 하늘의 심판을 받으러 떠나는 거야. 무얼 꾸물거리느냐? 어서 칼을 들거라!"

종장에서, 이완용은 떨리는 손으로 배를 가른다. 핏물이 튄다. 칼을 떨어뜨리고 선혈이 낭자한 배를 움켜쥔다. 이렇게 그는 최후를 마무리 짓는다. 이보다 앞서, 부자 사이에 이런 대화가 오간다.

(이완용) "너한테 만큼은 죽는 이유를 분명히 밝히고 싶구나. 나라를 팔아먹은 매국노는 비단 이불을 덮고 안락하게 죽음을 맞이할 자유와 권리가 없어. 이천만 동포에게 지은 죄를 씻기 위해서는 이 길밖에 없다고… 한일합방조약에 서명한 그날부터 쭈욱 생각해 왔지. 너도 들었느냐? 지난 3월 1일, 독립선언을 끝낸 학생들이 탑골공원을 나설 때 수만의 군중이 호응하면서 목이 터져라 '대한 독립 만세'를 외치다가 무자비한 일본 헌병의 총칼에 피를 뿌리며 스러져 갔다. 양반, 상놈, 천대받는 기생까지 독립 만세를 외치는 피맺힌 함성이 들리지 않느냐? 백의민족은 해와 달과 별도 사랑하는 민족이야. 그 어진 민족이 독립을 향한 용솟음치는 열망으로 도처에서 피 흘려 죽어가고 있어. 이 시산혈해(屍山血海)의 참상을 바라보면서 매국노인 내가 스스로 배를 갈라 민족과 역사 앞에 속죄하려 한다. 자, 어서 칼을 들어라!"

(이항구) "아버님! 불효자를 용서하십시오… 전 아버님의 명을 따를 수가 없습니다."

이상과 같은 서장과 종장의 행위가 그대로 사실이었다면, 그나마도 얼마나 의미 있는 사건이었을까. 모두가 아이러니인 것을 아는 사람은 다 알고 있다. 그러나 이런 사실 자체를 모르는 사람들에게, 심지어는 비록 알고 있는 사람들이라고 해도, 이런 극적인 아이러니는 충격을 주고도 남음직하다. 누구나가 바라고 바라는 역사적 사건의 결말인 까닭이다.

장일홍이 이렇게 시치미떼기를 하는 것은 명백한 의도를 지니고 있다. 우리 국민들의 혼란스럽고 애매하며, 때로는 지나치게 이념적인 역사인식에 일대 경고를 하려는 것이다. 미래지향성이 없고 정직하지 못한 역사인식이 지금 우리 사회에 판을 치고 있지 않은가. 우리가 역사 앞에서 정직하지 못했을 때, 돌아올 피해는 고스란히 우리의 몫이 될 것이 분명하다. 이미 우리는 그런 피해를 입고 있다고 할 수 있다. 이런 현실 속에서도, 여전히 제이, 제삼의 이완용처럼 역사를 호도하는 사람들이 큰 소리를 치고 있다는 사실을 우리는 직시해야 할 것이다.

4.

「챔피언 김남숙」은 희곡으로서는 매우 희귀한 스포츠 드라마이다. 영화나 텔레비전 분야에서는 스포츠 드라마가 일반적인 현상이다. 대중성이 높기 때문이다. 그러나 연극에서는 클로즈업이 어려운 매체의 특성상 스포츠 드라마를 기피하는 현상이 있고, 인물의 성격을 그리기 어려운 한계가 있어, 그동안 기피해온 것이 사실이다. '잘해야 본전이라는 통념'이 있다. 장일홍은 이러한 어려움과 한계를 알면서도 여자 권투선수를 주인공으로 부각시키려는 도전에 나선 것이다.

심각한 연극, 난해한 연극, 뮤지컬 같은 스펙터클한 연극이 주류인 현실에서 대중극으로서 스포츠 드라마를 시도한 장일홍의 의도에 필자는 긍정적인 찬사를 보내고 싶다. 무엇보다도 연극에 대한 고정관념을 깨뜨려야 하고, 관객들이 수용하기 쉬운 대중극 무대를 확장시켜야 한다는 측면에서, 스포츠 드라마를 내놓았다는 점이다. 아울러 여자 권투선수(남숙)의 삶을 실감나게 부각시킨 점이다.

요양원으로 들어간 치매환자인 남숙의 아버지, 새 남자를 찾아 떠난 어머니, 늘 방랑하며 떠도는 언니(창숙), 자살 시도에 실패하고 3차 챔피언 방어전에서 실명(失明)까지 한 남숙에게 남은 것은 무엇인가. 그녀에게 다가올 미래는 무엇인가.

이렇게 절박한 삶을 살아가는 그녀에게 새 길을 열어 주려고 헌신하는 체육관장(승호)과 '너의 눈이 되어 주겠다' 하는 연인(요한)은 희망의 등대가 되어준다. 두 남자는 인생이 아름다운 패배라는 진실을 그녀에게 가르쳐준다. 절망의 늪에서 헤어나지 못하는 많은 사람들에게 삶은 아름다운 패배의 연속이라는 진실을 가르쳐주는 이 드라마는 또한 아름다운 드라마라고 할 수 있다.

2023. 4

작가 후기

회고와 전망

1991년 첫 희곡집 「붉은 섬」을 상재한 것을 시작으로, 이번에 발간하는 희곡집을 포함하여 6권의 희곡집과 장편소설, 4·3희곡선집, 4·3작품집 등 모두 9권의 책을 펴내었다.

그동안 출간한 책 중에 베스트셀러도 없고 크게 주목받은 사례도 없지만 내게는 과분한 신의 축복이요, 은총이라고 믿는다.

앞으로 희곡집과 산문집 각 1권씩 2권을 더 낼 계획이다. 이 지상에 왔다 갔다는 흔적으로 11권의 책을 남기는 셈이다.

대한민국에서 10권 이상의 책을 쓰고 간 사람이 얼마나 될까? 생각해 보면 이는 나 혼자 힘으로 된 게 아니라 주위 많은 지인들의 도움으로 가능했다. 무엇보다 하나님의 인도와 역사가 아니면 애초에 불가능한 일이었다.

생명이 끊어지는 순간, 내 입술에 남는 한 마디는 "감·사·합·니·다…!" 오직 그 외침뿐이리라.

作意를 덧붙이는 이유

후기 말미에 작의를 붙이는 이유는 내 작품에 대한 오독으로부터 스스로를 지키려는 행위이다. 훗날 누군가 내 희곡의 진가를 발견하려는 자가 나타난다면, 이들 작의는 그를 위한 이정표와 나침반이 될 것이다.

이 작의를 희곡집을 헌정하는 헌사를 대신하여 모든 이들에게 바친다.

고마우신 분들

이 책이 나오기까지 많은 분들의 도움이 있었다. 〈평민사〉의 이정옥 대표, 작품해설을 써주신 서연호 선생님께 감사의 말씀을 드린다.

작의

《매국노》

결론부터 이야기하면 이 희곡은 매국노 이완용에 대한 미화나 옹호가 아니다. 더욱이 역사적 사실에 대한 왜곡이나 분식이 아니다. 엄밀한 의미에서 이 희곡은 인간 이완용에 대한 재해석, 재평가, 재조명이다. 다시 해석하고 평가하는 과정에서 '이완용의 변명'이 개입될 여지는 있다.

그러나 「이완용 평전」을 쓴 두 사람 (윤덕한, 김윤희)에게 물어보라. 매국노를 철저히 연구한 그들보다 이완용을 더 잘 아는 자가 누구인가? 그들도 처음에는 선입견 때문에 이완용의 매국 행위에 분노하고 증오했다. 하지만 이완용 관련 기록을 샅샅이 찾아 읽고 깊이 연구한 결과, 그들이 도출한 결론은 처음의 생각과는 사뭇 다른 것이었다.

이 작품의 집필 동기나 의도는 이 지점에서부터 출발한다. 말하자면 「이완용 평전」의 핵심 주제와 메시지가 창작의 토대가 됐다는 뜻이다.

평전을 쓴 두 사람의 공통분모는 이런 것이다.

이완용이라는 인간을 철저히 해부하여 다시는 그런 매국노가 출현하지 못하게 경종을 울리자는 각오로 출발했는데, 알면 알수록 이완용은 탐욕적·패륜적·배은망덕한 인간 말종이 아니라 시문과

서예를 즐기는 조선 선비의 전형 같은 사람이고 나라와 민족을 위해 한 일도 많다는 것이다.

어쩌면 그들이 느낀 혼란스러움과 당혹감이 내 희곡의 출발점인지 모르겠다.

이완용은 1894년의 갑오경장으로부터 시작해서 아관파천, 독립협회 활동, 을사조약, 정미 7조약, 한일합방, 식민통치에 이르기까지 우리 근대사의 중요 고비마다 관련되지 않은 곳이 없다.

이 희곡의 궁극적 목적은 이완용이라는 과거의 인물을 통해 현재의 시대상황을 돌아보고 미래의 한국을 전망하는 데 있다.

여기서 중요한 것은 이완용의 정신세계와 그가 살았던 시대를 헤아려 보는 일일 것이다. 이완용이 갈등과 고민 끝에 내린 결정, 종국의 선택은 우리가 익히 아는 바다. 이러한 결정과 선택의 구조적 문제점과 그 구조에 참여했던 모든 개인이 반성해야 할 점은 무엇인지를 밝히는 것도 이 작품이 지향해야 할 과제라고 본다.

다른 한편으로, 이 희곡을 읽은 독자들이 "이제야 이완용이 왜 그랬는지 이해할 수 있네" "내가 이완용이라도 어쩔 수 없었을 거야"라고 한다면 작가의 의도가 성공했다고 말해도 무방하리라.

이완용을 역사에서 언급한 것과는 다르게, 예술(문학, 연극)의 이름으로 새롭게 호명하는 일은 역사가가 할 수 없는 작가의 특권이라고 생각한다. 이것이 아리스토텔레스가 『시학』에서 말한 시인과 역사가의 '다름'일 것이다.

그리하여 이 희곡은 한때 애국적이었던 인물이 왜, 어떻게 해서 만고의 매국노로 전락하게 됐는지, 그 비극적 과정과 변신의 논리를 추적해 간다.

　　결론적으로 이완용은 역사의 희생양이요, 속죄양이다.

　　매국과 망국의 모든 책임을 이완용 한 사람에게 떠넘기는 건 부당하고 부정확한 역사 인식이다. 왜냐하면 책임의 소재를 따질 때, 이완용보다 고종과 순종, 대원군과 민비 등 왕과 왕실 사람들의 책임이 훨씬 더 크다. (그들이 최종적인 결정권자였기 때문에 그렇다) 또한 을사보호조약과 한일합방조약의 체결에 있어서 이완용보다 더 적극적이었던 건 일진회 등 친일세력이었다.

　　왕과 왕실 사람들의 책임이 더 무거운 건 당시의 국가체제는 절대 군주가 지배하던 왕조체제였기 때문이다. 그러니까 망국의 책임이 이완용에게 있다는 것은 기업 경영에 비유하자면, 기업이 망했을 때 오너(회장)와 대주주가 아닌 월급쟁이 사장이나 전무에게 책임을 전가하는 것과 마찬가지다.

　　E. H. 카아가 '역사는 과거와 현재의 대화'라고 정의한 건 과거사를 현재의 관점에서 해석하라는 주문과 함께, 현재와는 다른 과거의 여러 가지 상황을 감안하라는 함의가 들어있다고 믿는다. 현재가 제 말만 하고 과거의 말을 듣지 않는다면 그건 일방적인 지시이지 대화가 아니다. 현재가 과거에 말을 걸면, 과거가 현재에게 화답하는 것 – 그러니까 '현재가 과거에게 말 걸기, 과거가 현재에게 화답하기'가 역사의 요체이다.

　　그러므로 역사적 사건이 전개된 당시의 시대적 · 정치적 · 사회적 상황을 고려하지 않은 채, 특정인에 대한 일방적 매도는 바른 역사관이라 하기 어렵다.

그래서 작가는 이 희곡을 통해 이완용을 변호하려는 게 아니라 '이완용의 변명'이라고 서두에 밝힌 것이다.

작가는 당초에 이 희곡의 부제를 '이완용의 변명'으로 하려고 했다. 플라톤은 '소크라테스를 위한 변명'을 집필했지만, 나는 '이완용을 위한 변명' 따위를 늘어놓을 생각이 없다. 이완용 자신의 목소리로 자기 행동의 불가피성(不可避性)이나 정당성, 필요성을 역설하도록 하고자 했을 뿐이다.

《낯설고 두렵고 아름다운 세상의 마지막 날》

이 희곡은 B호스피스센터의 자원봉사자이며 예술치료사인 유성이 씨의 수기 「괜찮아 엄마, 미안해 하지 마」를 바탕으로 하여 쓰여진 작품이다. 실화를 기반으로 했지만 허구가 많이 가미된 창작물이다. 수기는 여덟 살 딸을 혼자 남기고 암으로 세상을 떠나게 된 40대 엄마를 60일간 돌본 호스피스 봉사자가 기록한 이야기다.

2015년 5월 1일, 유성이 씨는 세레나와 연이(가명) 모녀를 만났다. 수도권의 한 천주교 호스피스 시설에서다. 엄마가 입원하면서 연이는 보육원에 맡겨졌다. 엄마가 세상을 떠나면, 연이는 입양 혹은 보육원 생활을 계속 해야 할 처지이다. 얼마 남지 않은 시간은 모녀에게 너무나 소중하다. 유성이 씨의 역할은 모녀가 이별을 잘 준비하도록 돕는 것이다. 유 씨는 세레나 생전에 책 출간을 허락 받았지만 세레나의 임종 후, 삼 년이 지나서야 책을 쓰기 시작했다. 탈고하면서 유 씨는 이렇게 말을 맺었다.

"이 세상 천지에 딸을 남기고 가야 하는 엄마의 심정이 어떠했을지… 사랑하는 가족과 떨어져 낯선 곳에서 사는 불안함과, 엄마와의 영원한 헤어짐을 받아들여야만 하는 연이의 마음이 어떠했을지… 새삼 가슴이 아파 눈물방울이 맺힌다."

고백하건대, 나는 유성이 씨의 수기를 읽을 때와 희곡을 쓰면서 몇 번이나 울었다. 내가 눈물을 흘린 이유는 나의 개인적인 체험과 무관하지 않다. 나는 올해로 7년째 보육원 아이들과 결연을 맺어 후원하고 있다. 후원이 뭐 대단한 일은 아니고, 만나서 함께 밥 먹고 놀아주는 것이다. 내가 만난 보육원 아이들은 겉으로 보기에는 일반 가정의 아이들과 별반 다르지 않지만, 그들의 내면을 찬찬히 들여다보면 어딘가 우울하고 그늘진 그림자가 표정 속에 감추어진 걸 발견하게 된다. 부모에게서 버림받고 세상으로부터 격리된 세계(시설) 속에서 살아가는 어린 영혼들의 아픔과 슬픔이 가시처럼 마음속에 박혀 있는 것이다. 보육원 아이들의 학교 성적은 대부분 하위권에 머물러 있다. 머리가 나쁘거나 재능이 모자란다기보다는 그들의 마음을 붙잡아 줄 끈이, 그들이 기대고 부빌 언덕이 부재하는 데서 오는 방황하는 영혼, 혼돈된 정신의 표출이라고 생각한다. 보육원 아이들에게 '네 꿈이 뭐냐, 희망이 뭐냐'고 물으면 고학년으로 올라갈수록 침묵하는 아이들이 많았다. 자신은 지상의 차디찬 시멘트 바닥에 내동댕이쳐진 외톨이라는 자의식이 그들로부터 꿈과 희망과 의욕을 앗아가 버린 것이다.

희곡 「낯설고 두렵고 아름다운 세상의 마지막 날」은 하늘나라로 떠날 엄마, 남겨질 여덟 살 딸, 예술치료사 겸 죽음교육자인 김성희 등 3인이 호스피스센터에서 함께 한 60일 간의 이별 준비 기록이다.

이 작품에서 작가가 말하고자 한 것은 죽음을 눈앞에 둔 모녀의 슬프지만 아름다운 이별이다. 어린이가 이해하기 어려운 죽음, 혈육과의 영원한 이별을 큰 상처 없이 잘 수용하도록 인도하는 것은 죽음준비교육 전문가인 김성희의 몫이다. 그녀의 행적을 통해 죽음이 불러오는 상실의 치유과정을 세세히 기록하려고 노력했다.

이 희곡의 제목 '낯설고 두렵고 아름다운 세상의 마지막 날'에서 '낯설고 두렵고 아름다운'이 수식하는 것은 세상일 수도, 마지막 날(죽음)일 수도 있다. 정녕 죽음이 아름다울 수 있을까? …

이 부족한 작품을 여러 가지 사정으로 사랑하는 자녀와 이별할 수밖에 없는 이 세상의 모든 엄마와 피할 수 없는 모진 운명 때문에 어쩔 수 없이 버려진, 그럼에도 불구하고 엄마의 사랑을 끊임없이 갈구하는 보육원의 불쌍한 아이들에게 바친다.

《털 없는 원숭이傳》

첫째, 일제 강점기에는 일본 경찰의 앞잡이로, 미군정 시절에는 군정 경찰의 주구로, 정부수립 이후에는 역대 정권의 하수인으로 충성을 바쳐 온 한 출세주의자의 말로를 통해 역사의식과 정체성을 상실한 인간의 비극을 형상화하려고 했다.

이 희곡에 등장하는 기세철은 자신의 의지와 무관하게 시대의 격랑에 휩쓸려 간 대다수의 민초들과는 달리, 보다 적극적으로 개인적 출세와 입신양명을 위해 동족은 물론이고 가장 소중히 여겨야 할 가족마저 제물로 바쳤고 그 결과는 가족과 자신이 함께 파멸의 길로 들어서야 했다. 자신의 삶을 역사와 사회 속에서 조망하고 성찰한 게 아니라, 오로지 이기주의와 속물주의에 매몰된 인생의 종말을 보여준 것이다.

둘째, 얼마 전 우리 사회에서 요원의 불길처럼 번진 미투(me too) 운동에 대해 그 의미와 파장을 반추해 보는 하나의 실마리를 제공코자 했다.

성추행이나 성폭행을 개인적 일탈이나 방종의 소산으로 치부해 버릴 수도 있지만, 보다 근원적으로는 그러한 행동과 성의식을 낳은 문화와 제도와 관습 등 사회 구조적인 문제임을 환기하고자 했다.

또한, 성폭행의 피해자가 청소년인 경우, 이 희곡에 등장하는 영아처럼 육체적 · 정신적 성장이 멈추는 것에 끝나지 않고 대인기피증 · 실어증 · 퇴행증상 등 매우 심각한 후유증을 남긴다는 점에 주목해야 한다.

셋째, 가족이란 무엇인가? 이 질문을 던지고 싶었다.

이 세상에서 가장 친밀하고 사랑스러운 존재의 공동체가 가족이지만, 한편으로 애증 증후군(love and hate syndrome)이란 말에서 엿볼 수 있듯이 가족은 증오와 저주의 대상으로 전락할 수도 있다.

가족과 가정이 사랑-화합-평화의 공동체가 되기 위해선 가족 구성원 각자가 인간애와 인간미를 발휘하는 게 무엇보다도 중요하다는 걸 강조하고 싶다.

《챔피언 김남숙》

이 희곡은 빈천한 가정에서 자라난 어린 소녀가 투지 하나로 세계 여자 권투 챔피언의 자리에 오른 경이로운 성공신화를 바탕으로 한다.

이 작품은 한 마디로 '개천에서 용 난' 이야기다. 배고파서 편의점에서 빵을 훔쳐 먹던 어린 김남숙이 세계챔피언 육성이 꿈이었던 복싱체육관 관장 곽승호를 만나면서 하나씩 꿈을 이루어간다는 게 기본 줄거리이다.

주인공 김남숙이 성공 신화를 쓰게 된 요인은 여러 가지가 있지만 그 중의 하나가 요즈음 이슈가 되고 있는 학폭 피해자였다는 사실이다. 김남숙은 가해자였던 칠공주파의 우두머리(국회)를 여자복싱 한국 챔피언전에서 KO로 통쾌하게 때려눕혀 복수하게 된다.

이 희곡에서는 가족애와 이성애라는 사랑의 두 축이 작동한다. 남숙에게 가족은 애증으로 얽히고설킨 관계이다. 치매기가 있는 아버지, 가출하여 재혼하려는 어머니, 이해타산에 밝은 언니… 미워하면서도 사랑할 수밖에 없는 운명 공동체가 가족임을 여실히 드러낸다.

한편, 복싱체육관 선배인 박요한은 고층빌딩 유리창 청소부로 일하다가 낙상하여 휠체어에 매인 신세가 되지만 남숙의 유일한 벗으로서, 남숙이 세계타이틀전에서 패배했을 때도 그녀의 동반자가 되겠다고 자임한다.

이 희곡은 표면적으로는 여자 권투선수의 성공기이지만, 내면적으론 한 인간의 고통과 상처에 대한 기록이며, 절망과 희망 사이에서 헤매는 방황기이다.

미국에 '록키'가 있다면 한국에는 김남숙이 있다. 한국에는 배우 출신 여자권투 선수도 있으니 '록키' 같은 영화 한 편 만들어도 좋을 것이다.

《여덟 남자를 사랑한 여자》

이 희곡은 「월간문학」의 청탁으로 썼고 그 지면에 게재됐다.

내가 아는 여인 중에 이 희곡에 등장하는 '수미'와 비슷한 인생을 살아온 K가 있다. 어느 날, K의 길고 지루한 고백(?)을 경청한 뒤, 노트에 메모를 남기면서 훗날 장편소설로 쓰겠다고 다짐했으나 단막 희곡으로 끝나고 말았다. 호랑이를 그리려다 고양이를 그린 꼴이 됐지만 후회하지는 않겠다.

수미의 화려한 남성편력이 극의 근간을 이루지만 기실 그녀의 편력은 자신이 원해서라기보다는 어쩔 수 없이 운명의 격랑에 떠밀려온 나약한 인간의 모습이라고 해야 할 것이다.

그녀는 원래 호색녀가 아니었고 섹스 중독자도 아니다. 그러나 그녀를 둘러싼 환경이 타락하게 만들었고 온갖 고초를 겪게 했다.

결정적인 원인은 어린 시절에 당한 성추행이었다. 양아버지와 오빠로부터 당한 능욕이 그녀의 성의식이나 성윤리에 심각한 영향을 끼쳤다고 할 수 있다.

프로이트는 인간의 모든 행동을 리비도(Libido)로 해석하려고 했다. 인간행동의 밑바탕을 이루는 것은 성적 욕망, 충동이라는 것이다. 과연 성적 욕망이나 충동이 모든 행위의 시발점이 될까? 일면 타당성이 있지만, 아니라고 생각한다. 고상하고 거룩한 성인이 아닐지라도 어떤 인간은 성적 욕망이나 충동 없이도 무조건적으로 타인을 사랑하고 자선을 베푼다. 그것이 인간이 지닌 고귀함이고 신비함이다. 그러면서도 문득 나는 이런 의문을 품는다, 한 사람이 평생 동안 이성과 섹스하는 횟수는 몇 번일까? 또 평생 동안 평균 몇 사람과 섹스할까? … 소이부답(笑而不答).

장일홍 희곡집 | 매국노

초판 1쇄 인쇄일 2023년 9월 18일
초판 1쇄 발행일 2023년 9월 27일

지 은 이   장일홍
펴 낸 이   이정옥
만 든 곳   평민사
　　　　　서울시 은평구 수색로 340 〈202호〉
　　　　　전화 : 02) 375-8571
　　　　　팩스 : 02) 375-8573
　　　　　http://blog.naver.com/pyung1976
　　　　　이메일   pyung1976@naver.com
등록번호   25100-2015-000102호
ISBN   978-89-7115-090-0   03800
정 가   17,000원

※ 이 책은 제주특별자치도, 제주문화예술재단의 지원으로 발간되었습니다.